HEYNE

CARLY
PHILLIPS

LOVE *not* LOST

Atemlos

Aus dem Amerikanischen
von Anu Katariina Lindemann

WILHELM HEYNE VERLAG
MÜNCHEN

Die Originalausgabe *Fearless* erschien erstmals 2018 bei
CP Publishing, West Harrison, New York.

MIX
Papier aus verantwortungsvollen Quellen
FSC® C014496

Penguin Random House Verlagsgruppe FSC® N001967

Deutsche Erstausgabe 04/2022

Redaktion: Barbara Häusler
Printed in Germany
Umschlaggestaltung: Nele Schütz Design unter Verwendung
von Shutterstock.com (white snow, Galina Timofeeva)
Satz: Greiner & Reichel, Köln
Druck und Bindung: GGP Media GmbH, Pößneck
ISBN 978-3-453-42402-9

www.heyne.de

KAPITEL 1

»Kane! Abschleppdienst auf der Route 5! Eine Lady braucht einen Abschleppwagen!«, rief Kane Harmons Vater Joe aus dem Büro in Harmons Kfz-Werkstatt seinem Sohn zu.

Kane wischte sich seine ölverschmierten Hände an einem Lappen ab und schob sich dann unter dem aufgebockten Wagen hervor, an dem er gerade arbeitete. Er stand auf, sah sich in der leeren Werkstatt um und wusste sofort, was er zu tun hatte.

Jackson Traynor, der sich normalerweise ums Abschleppen kümmerte, war gerade außer Haus. Er befand sich auf dem Weg in die Stadt, um ein Ersatzteil zu besorgen, was bedeutete, dass Kane und sein Vater Joe gerade die Einzigen in der Werkstatt waren. Allerdings wollte Kane seinen Vater nicht gerne alleine hier zurücklassen.

Die Versuchung war für Joe einfach immer viel zu groß. Wenn er sich etwas in die eigene Tasche stecken, mit etwas handeln oder verkaufen konnte, um sich etwas dazuzuverdienen, dann würde er es auch tun. Denn Joe war spielsüchtig. Und bedauerlicherweise konnte Kane seinen Vater auch nicht rausschicken, um das Abschleppen zu übernehmen, weil sich der ältere Herr nicht mehr hinters Steuer setzen durfte. Er hatte einfach zu viele Unfälle gebaut, woraufhin ihm der Führerschein entzogen worden war.

Aber Kane würde keine Frau, die mit ihrem Wagen hilflos auf dem Highway liegen geblieben war, ihrem Schicksal überlassen. Deshalb müsste er sich jetzt selbst darum kümmern. Also ging er ins Büro, in dem sein Vater gerade hinter dem Schreibtisch hockte und etwas auf einen Notizblock schrieb. Kane hoffte inständig, dass es sich dabei nicht um irgendwelche Notizen für Pferderennen oder Ballspiele handelte.

»Hey«, sagte Kane, ging um den Schreibtisch herum und trat hinter seinen Vater. »Ich erledige den Job, weil Jackson nicht da ist.« Während er redete, holte er einen Schlüssel aus seiner Tasche und öffnete die Kasse, um die darin liegenden Geldscheine herauszunehmen.

Flüchtig registrierte er die getrennt gestapelten Hunderter, Fünfziger und kleineren Scheine. Nichts davon ließ er zurück, um seinen Vater nicht einmal das kleinste bisschen in Versuchung zu bringen.

»Du willst mich wohl verarschen.« Joes Augen waren auf das Geld gerichtet, das Kane in die Vordertaschen seiner Hose steckte. »Du vertraust mir nicht!«, beschwerte sich Joe mürrisch.

»Nein, Dad. Tu ich nicht. Warum sollte ich auch?«

Als Kane noch ein Kind gewesen war, hatte sein Vater einmal das komplette Urlaubsgeld verspielt, und wenn die Dinge mal nicht so gut liefen, lautete sein Motto stets: *Wenn's nicht niet- und nagelfest ist, dann kann man sich auch ruhig daran bedienen*. Kane hatte keinerlei Schuldgefühle, als er das tat, was er tun musste, um sicherzugehen, dass er für die Familie sorgen konnte, wenn sein Vater dazu nicht in der Lage war. Joe würde nichts stehlen, wenn Kane gerade in der Werkstatt war – das wusste Kane. Das passierte nur, wenn gerade keiner da war, um den Teufel auf Joes Schulter sitzen zu sehen und darauf zu reagieren, dass dieser sich mal wieder als stärker erwies als Joe und ihn in Versuchung führte.

Sein Vater murmelte irgendetwas vor sich hin – undeutlich zwar, aber eindeutig etwas Böses, und Kane entschied sich, ihn einfach zu ignorieren.

»Es sollte nicht allzu lange dauern. Hältst du hier so lange die Stellung?«, fragte Kane.

»O, du traust es mir also zu, dass ich mit Kunden rede?« Die Worte seines Vaters trieften vor Sarkasmus. »Das letzte Mal, als ich nachgeschaut habe, war es noch mein Name, der auf dem Werkstattschild steht«, murrte er.

Und das letzte Mal, als Kane dies getan hatte, war er derjenige gewesen, der die Firma führte. Stimmte schon, das Gebäude lief offiziell auf den Namen seines Vaters, weil dieser nicht dazu zu bewegen war, Kanes Namen oder den seiner älteren Schwester Andrea auf die Urkunde zu setzen. Das einzig Gute war, dass Joe seine Grenzen kannte. Er hatte Kane die Inhaberschaft der Firma übertragen, als dieser zweiundzwanzig wurde – nach einer üblen Pechsträhne mit einigen Kredithaien. Damals war Kane eingesprungen und hatte die Schulden seines Vaters abbezahlt, und dafür lief die Firma seither auf seinen Namen. Nicht jedoch das Anwesen als solches. Kane wollte es zwischen sich und Andi aufteilen, aber der Stolz seines Vaters verlangte von ihm, daran festzuhalten, bis er irgendwann einmal das Zeitliche segnen würde. Was – Gott sei Dank – nicht danach aussah, als ob dies in nächster Zeit der Fall sein würde.

Joe trieb Kane in den Wahnsinn, aber er liebte seinen Vater trotzdem. Joe hatte sie allein großgezogen, nachdem Kanes Mutter an Eierstockkrebs gestorben war. Kane war damals fünfzehn gewesen. Und sein Vater hatte stets sein Bestes gegeben, trotz seiner begrenzten Fähigkeiten. Aber er trug das Herz am rechten Fleck, auch wenn das nicht für seine Laster galt.

Kane ließ die Schlüssel des Abschleppwagens in seiner Hand verschwinden. »Vergiss nicht, dass Nicky nach dem Tagescamp vorbeikommt«, erinnerte er seinen Vater.

Der siebenjährige Sohn seiner Schwester Andrea verbrachte viele Nachmittage bei seinem Onkel und Großvater in der Werkstatt, während seine Mutter arbeitete. Da Nickys Vater in seinem Leben zum Glück nicht mehr präsent war, war es für Nicky wichtig, dafür Zeit mit den Männern seiner Familie zu verbringen. Außerdem hatte Kanes Schwester dadurch die Möglichkeit zu arbeiten, ohne sich Sorgen um ihr Kind machen und einen Babysitter anheuern zu müssen, sobald die Schule oder das Sommercamp aus waren. Und Kane mochte es, seinen Neffen um sich zu haben. Selbst wenn er sich gerade unter einem Fahrzeug befand, erledigte Nicky währenddessen im Büro seine Hausaufgaben oder spielte irgendwelche Handy-Spiele oder unterhielt sich mit seinem Großvater. Alles war gut, so wie es war.

Kane trat in den heißen Sonnenschein des Spätnachmittags, genoss die sommerliche Hitze auf seinem Gesicht.

Kaum draußen, vergaß er auch schon den Ärger mit seinem Dad und sog die frische Luft ein, nachdem er den Großteil des Tages unter Fahrzeugen eingepfercht gewesen war.

Er setzte seine Pilotenbrille auf, stieg in den Abschleppwagen und ließ den Motor an. Er fuhr aus der Stadt und auf den Highway, Musik dröhnte aus dem Radio, bis er schließlich den glänzenden knallroten Ford SUV am Straßenrand erblickte.

Der Zustrom der Sommergäste nach Rosewood Bay – seine am Meer gelegene Stadt in New England – bedeutete für gewöhnlich teure ausländische Wagen, die den Rand der Hauptstraße säumten und die besten Parkplätze in der Nähe des Strandes besetzten. Der kleine hübsche Schlitten haute ihn zwar nicht so von den Socken wie diese tollen ausländischen Gefährte, aber er erkannte es auch nicht als eines der Fahrzeuge wieder, die er schon mal in seiner Werkstatt gesehen hatte.

Er fuhr hinter den SUV an den Straßenrand und stellte den Wagen ab. Nachdem er ausgestiegen war, ging er zur Vorderseite des Abschleppers. Er sah eine Frau in einem sexy Kleid, die sich über die Heckklappe ihres Wagens beugte und dort hinten irgendwas mit einer Art Laken abdeckte.

Er schob die Hände in die Vordertaschen seiner Jeans und sah sich an dem süßen Hintern, der vor ihm in die Luft ragte, und an den langen Beinen satt, die gegen den Rand des Hecks lehnten. Bei dem Anblick wurde sein Schwanz sofort munter. Das war eine willkommene Abwechslung, seitdem er nichts mehr mit den Frauen anfing, die den Sommer über nach Rosewood kamen und zwar einem netten, kurzen Techtelmechtel mit einem Mechaniker nicht abgeneigt waren, aber niemals etwas Ernstes mit ihm in Betracht gezogen hätten. Da war er gewissermaßen gebranntes Kind. Eigentlich war es schon verdammt viel zu lange her, dass er mit einer Frau zusammen gewesen war, und sogar noch länger, dass ihn eine ernsthaft interessiert hatte.

Bevor er noch auf sich aufmerksam machen konnte –, auch wenn sie die Ankunft seines Wagens gehört haben musste –, drehte sie sich um und begegnete seinem Blick.

Als er sie wiedererkannte, war er wie vom Donner gerührt. »Halley Ward …«, murmelte er. »Ich werd nicht mehr.« Vor ihm stand das Mädchen, das er zwar überhaupt nicht richtig kannte, das er damals in der Highschool jedoch vor den Hänseleien der anderen Kinder beschützt hatte – sie war erwachsen geworden.

»Hi Kane«, begrüßte sie ihn mit sanfter Stimme und beschattete mit den Händen ihre Augen, von denen er wusste, dass sie hellblau waren.

Damals war sie ein stilles und introvertiertes Mädchen gewesen. Den Kopf hatte sie fast immer in einem Kapuzenpulli versteckt, nur zwei lange Zöpfe hingen aus ihrem schützenden Panzer heraus. Aber er kannte ihre Geschichte.

Jeder kannte sie.

Was Klatsch und Tratsch betraf, blühte diese Stadt förmlich auf, und im Lauf der Jahre lieferten die Wards eine Menge davon. Was Halley anging, wusste jeder, dass sie mit dreizehn von ihrer Tante aus einer Pflegefamilie gerettet worden war, sich allerdings anscheinend nie an das Leben bei ihren wohlhabenden Verwandten gewöhnt hatte.

Sie suchte keinen Kontakt zu anderen Mädchen und schloss weder in noch außerhalb der Schule irgendwelche Freundschaften. Vielleicht war sie aber auch nicht wirklich willkommen gewesen, und die anderen hatten sich ihr gegenüber abweisend gezeigt. Er war sich da nie so ganz sicher gewesen.

Er hatte damals gerade erst seine Mutter verloren und sich zurückgezogen. Deshalb hatte er bei Halley auch das gleiche Gefühl von Traurigkeit und Verlust erkannt und war eingeschritten, als ihr die anderen Kinder wegen ihrer Vergangenheit das Leben zur Hölle gemacht hatten. Sie hatten nie ein Wort miteinander gewechselt, waren nie Freunde geworden. Aber er wusste, dass sie seine Bemühungen zu schätzen wusste. An den zögerlichen traurigen, aber dankbaren Blicken, die sie ihm im Korridor zugeworfen hatte, hatte er sehen können, dass ihr sein Handeln etwas bedeutete.

Obwohl sie in derselben Stadt lebten, hatte er sie seit Jahren nicht gesehen. Dem verfluchten Tratsch zufolge war sie extrem zurückgezogen und einzelgängerisch – sogar noch mehr als er. Die Freitag- oder Samstagnächte trieb sie sich jedenfalls nicht im Blue Wall, der beliebtesten Bar in Rosewood, herum – zumindest nicht, wenn er dort gewesen war. Hatte er im Lauf der Jahre immer mal wieder an sie denken müssen? Klar. Aber das Leben ging weiter.

»Also … Kaputter SUV?«, fragte er und wies mit der Hand auf ihr Auto.

»Kaputter SUV«, bestätigte sie und klang sauer. »Was für ein Auto gibt denn einfach so seinen Geist auf? Es ist zwar nicht mehr superneu, aber auch nicht uralt.« Sie stemmte die Hände in ihre schlanken Hüften und blickte stirnrunzelnd auf ihr Fahrzeug.

Er zuckte mit den Achseln. »Das werd ich erst wissen, wenn ich es aufgebockt und es mir genauer angeschaut habe.« Er begegnete ihrem Blick. »Wie ist es dir eigentlich in der Zwischenzeit ergangen?«

»Gut«, antwortete sie und spielte dabei mit einer ihrer Haarsträhnen.

Im gleißenden Sonnenlicht ließ er ihre braunen Locken auf sich wirken, die ihr etwas über die Schultern reichten und an den Spitzen durch die Sonne etwas heller waren. Und ihm fiel sofort auf, dass ihr Gesicht, das sie als Kind immer versteckt hatte, heute sogar noch schöner war.

Ungelogen.

Sie war verdammt schön. Und immer noch zerbrechlich, zumindest was ihr äußeres Erscheinungsbild anging. Die Haut wie Porzellan mit ein paar Sommersprossen auf dem Nasenrücken und feine Gesichtszüge. Auf denen immer noch dieses Flüstern von Traurigkeit lag – ob sie sich dessen nun bewusst war oder nicht.

»Und du?«, fragte sie. »Wie geht's dir? Du arbeitest also immer noch in der Werkstatt, wie ich sehe?«

Von Kindesbeinen an hatte er dort einen Job gehabt und herumgehangen, so wie Nicky heute.

Kane nickte. »Sie gehört jetzt mir.« Er war sich nicht sicher, warum er das Bedürfnis hatte, ihr das zu erzählen.

»Das ist gut.« Sie fuhr sich mit den Händen die Arme rauf und runter.

»Ich lad mal dein Auto auf den Abschleppwagen, und wir fahren zur Werkstatt. Dort werfe ich einen kurzen Blick darauf, mal schauen, ob ich dir dann sagen kann, womit wir es hier zu tun haben.«

»Danke.«

»Du kannst solange vorne in der Fahrerkabine warten«, bot er ihr an.

Sie lächelte. »Und nochmals danke.« Schnell drehte sie sich auf ihren Sandalen mit den flachen Absätzen um, und ihr Kleid mit dem Blumenmuster, das sich an ihre Kurven schmiegte, schwang dabei um ihre Oberschenkel.

Sexy. Süß. Absolut sexy.

Er erledigte seine Arbeit, und schon bald waren sie auf dem Weg zurück zur Werkstatt. »Also, was hast du denn da hinten in deinem Auto versteckt?«, fragte er sie. Schließlich hatte er ja selbst gesehen, wie sie etwas mit einem Laken abgedeckt hatte.

»Bilder. Ich male. Sie sind in der Stadtgalerie zu sehen. Ich war gerade dabei, einige von ihnen rüberzufahren, als mein Wagen den Geist aufgab. Und ich wollte nicht, dass die Sonne auf sie runterbrennt und sie ausbleicht.«

»Eine Künstlerin? Wow. Ich muss mal einen Zwischenstopp bei der Galerie einlegen, um mir deine Bilder anzuschauen.« Er war schon jetzt beeindruckt von dem wenigen, das er über sie wusste.

Die Hände auf dem Lenkrad schaute er kurz zu ihr hinüber. Ihre Wangen waren gerötet. »Ich bin mir nicht sicher, ob sie dein Stil sind.«

»Das bedeutet doch nicht, dass ich sie nicht trotzdem

sehen will. Und mal davon abgesehen: Woher willst du denn eigentlich wissen, was mein Stil ist?«

»Da hast du recht. Tu ich auch nicht«, murmelte sie. Sie umklammerte die Handtasche auf ihrem Schoß, und er konzentrierte sich wieder auf die Straße.

»Vielleicht könnten wir daran ja etwas ändern.« Wo war das denn jetzt plötzlich hergekommen?

Ihr Blick schwenkte zu ihm herüber, verwundert. »Was sagst du da?«

»Geh doch irgendwann mal mit mir aus.« Nein, er hatte das Ganze nicht geplant, aber Halley Ward machte ihn neugierig. Das war schon immer so gewesen. Und jetzt, da sie beide keine Kinder mehr waren, faszinierte sie ihn sogar noch mehr.

»Ich date nicht.«

Das überraschte ihn … wobei es das bei genauerer Überlegung eigentlich nicht sollte. Schließlich hatte er sie noch nie irgendwo bei einem Date gesehen, außerdem blieb sie auch lieber für sich. Aber nicht mal daten? Was hatte das denn zu bedeuten?

»Dann nenne es stattdessen eine Verabredung von zwei alten Freunden, die etwas nachzuholen haben«, schlug er vor. Jetzt war er sogar noch entschlossener herauszufinden, was dahintersteckte.

Er warf einen Blick zu ihr hinüber und sah, dass ihre Lippen amüsiert zuckten, was sie offensichtlich nicht zu zeigen versuchte. Möglicherweise *wollte* sie nicht daran interessiert sein, mit ihm auszugehen – aber sie war es.

»Wir waren keine Freunde«, erinnerte sie ihn sanft.

»Setzen sich Freunde füreinander ein?«, entgegnete er.

Sie nickte. »Ja, das tun sie.«

»In dem Fall würde ich uns allerdings als Freunde bezeichnen.« Er schaute sie an und zwinkerte. »Überleg's dir einfach«, sagte er, als er auf das Werkstattgelände einbog.

Weil er definitiv an ihr interessiert war. Vielleicht war es ja ein Wink des Schicksals, dass ihr Wagen liegen geblieben und dass er derjenige gewesen war, der den Abschleppauftrag übernommen hatte, was sie nach all den Jahren wieder zusammengeführt hatte. Sie waren jetzt erwachsen, und er wollte herausfinden, welche Geheimnisse sich hinter diesen blauen Augen verbargen.

Weil er spürte – sowohl damals als auch heute –, dass die Mauern, die sie um sich errichtet hatte, hoch waren. Und er wollte sie niederreißen und erfahren, was sich dahinter befand.

***

Halley sprang aus dem Wagen und ging um das Fahrzeug herum zu Kane. Seit der Highschool hatte sie ihn nicht mehr gesehen, und seine Wirkung auf sie war nicht schwächer geworden, sondern nur noch stärker.

Er war ein Grübler gewesen, genauso wie sie, nur in männlicher Gestalt. Außer dass ihn die anderen Kinder gemocht hatten, sie hingegen nicht. Der Wechsel von der Pflegefamilie zu ihrer Tante in diese kleine Küstenstadt war nicht besonders gut verlaufen. Nichts davon hatte sie gewollt, auch die Kinder hier nicht, und im Gegenzug hatten diese sie auch nicht gerade freundlich aufgenommen. Aber Kane war ihr Beschützer gewesen, ihr stiller Held, und dafür war sie ihm immer dankbar gewesen.

Sie hatte nie gewusst, warum er beschlossen hatte, auf sie aufzupassen, als die anderen sie zur Zielscheibe machten – sie beschimpften oder Müll in ihren Spind stopften. Kane und Halley hatten nie darüber geredet, auch nicht über etwas anderes. Sie waren keine Freunde gewesen, wie sie ihm vorhin bereits gesagt hatte. Komischerweise waren sie aber auch nicht das Gegenteil gewesen. Jeder war einfach nur seiner eigenen Wege gegangen.

Und trotzdem waren sie nun hier. Er arbeitete an ihrem Wagen und hatte sie um ein Date gebeten.

»Hör mal, du kannst auch solange im Büro warten, während ich mir deinen Wagen ansehe. Und dann schauen wir mal, ob ich eine schnelle, einfache Lösung finde oder ob es länger dauern wird«, sagte Kane.

Sie begegnete seinem Blick, diesen tiefbraunen Augen, die sie ansahen. Dunkle, etwas herausgewachsene Haare fielen ihm über die Augen, was ihm einen kantigen, sexy Look verlieh. Dann war da noch sein Körper. Unter seinem engen schwarzen T-Shirt zeichneten sich Muskeln ab, verwaschene Jeans schmiegten sich an kräftige Schenkel und einen knackigen Hintern, der ihr schon vorhin aufgefallen war.

Sie seufzte. Wenn sie daten würde, dann würde sie definitiv mit ihm ausgehen. Aber das tat sie nicht, weil Dates zu Beziehungen führten. Und Beziehungen führten dazu, dass man sich austauschte und die Männer ihr Fragen über ihre

Vergangenheit stellten. Und das wollte sie auf gar keinen Fall. Sie wollte nicht über die Pflegefamilien nachdenken oder über die Dinge, die dort vorgefallen waren.

Sie ging in das Büro, das er erwähnt hatte, und blieb abrupt stehen. Ein kleiner Junge hockte am Schreibtisch und spielte mit seinem Handy herum. Mit so etwas hätte sie jetzt allerdings nicht gerechnet.

»Hallo«, begrüßte sie ihn und blickte auf seinen braunen Haarschopf.

»Hey.« Mit einem Stift in der Hand schaute er auf.

»Ich bin Halley«, stellte sie sich vor. »Und wer bist du?«

»Nicky.«

Aha. Das war ja nicht gerade aufschlussreich. Sie setzte sich auf einen Stuhl neben dem Schreibtisch. »Ich warte auf Kane. Er schaut sich gerade mein Auto an«, erklärte sie.

»Cool. Onkel Kane kennt sich echt gut mit Autos aus.«

»Darauf könnte ich wetten«, murmelte sie. Und sie hätte darauf wetten können, dass Kane sich mit vielerlei auskannte. Zum Beispiel wie man eine Frau richtig heißmachte – mit diesen schwieligen, ölverschmierten Händen. Sie konnte nicht leugnen, dass sie sich bereits vorgestellt hatte, wie er diese Hände über ihren Körper wandern ließ – über ihre Brüste, ihre Hüften und … Sie schüttelte den Kopf und lenkte ihre Gedanken wieder auf angemessenere Themen.

Sie realisierte, dass ihr Nicky soeben noch eine weitere Information gegeben hatte – eine Andeutung, zu wem er gehörte. Sie erinnerte sich daran, dass Kane noch eine Schwester hatte, altersmäßig waren sie nicht weit auseinander. Wenn er Onkel Kane war, dann war Nicky Andreas Sohn.

»Nicky, deine Mom ist hier!«, hörte sie etwas später eine männliche Stimme rufen. Kurz darauf betrat ein älterer Herr den Raum.

Seinem Aussehen nach zu urteilen war er eindeutig Kanes Vater, die Ähnlichkeit war unverkennbar. Und wenn Kane im Alter einmal so aussehen würde wie sein Dad, dann wäre er auch in Zukunft noch sehr attraktiv, dachte sie. Die Harmons hatten ausgesprochen gute Gene.

»Hallo!«, begrüßte er Halley.

Sie stand auf. »Hi, ich bin Halley Ward«, sagte sie und gab ihm die Hand.

»Joe Harmon«, erwiderte er und schüttelte ihre Hand. »Nett, Sie kennenzulernen. Sie müssen diejenige mit dem Wagen sein, den Kane gerade abgeschleppt hat.«

Sie nickte. »Ja, das bin ich.«

»Nun gut, wir werden Ihren Wagen bald wieder startklar bekommen, damit Sie hier schnell wieder wegkommen. In der Zwischenzeit entspannen Sie sich ruhig ein bisschen. Es gibt übrigens einen Getränkeautomaten in der Werkstatt, falls Sie etwas trinken möchten.«

»Danke.«

»Nicky? Ich bring dich raus zu deiner Mom. Sie hat's heute eilig und schafft's nicht reinzukommen.«

»Okay, Grandpa.« Der Junge nahm seine Camp-Tasche und schob sein Handy in einen grauen Rucksack. Dann kam er hinter dem Schreibtisch hervor. Er hatte lange Gliedmaßen und das für die Harmons so typische dunkle Haar.

Joe Harmon brachte seinen Enkel vorne raus. Durch das Fenster beobachtete Halley, wie der Junge in einen SUV stieg. Die Frau auf dem Fahrersitz konnte sie wegen des blendenden Sonnenlichts nicht erkennen. Achselzuckend drehte sie sich wieder um.

Sie hob ihre Tasche vom Boden auf, durchwühlte sie auf der Suche nach ein paar Dollarscheinen und ging dann in die Werkstatt, um sich eine kalte Soda zu holen. Anschließend kehrte sie ins Büro zurück und setzte sich wieder auf den Stuhl, öffnete die Dose und nahm einen großen Schluck.

Sie tippte mit dem Fuß auf den Boden, wartete und hoffte auf gute Neuigkeiten bezüglich ihres Wagens. Den SUV hatte sie von ihrer Tante Joy geschenkt bekommen. Er war gebraucht, weil Joy gewusst hatte, dass Halley nichts Teures annehmen würde. Sie hatte ihr schon das Strandhaus gekauft. Weil Tante Joy versuchte, ihre Nichte zu kaufen. Es war gar nicht böse gemeint, sondern schlicht und ergreifend die einzige Möglichkeit, die jemand mit viel Geld kannte, um sicherzustellen, dass zwischen ihnen alles gut, einfach und normal war. Und was hätte Halley denn anderes tun sollen, als es dankbar anzunehmen und zu versuchen zu sein, was ihre Tante haben wollte?

Doch Halley fühlte sich nicht *normal*. Sie fühlte sich nicht wie alle anderen. Das Leben hatte ihr übel mitgespielt, und sie klammerte sich an den Schmerz, weil er das Einzige war, was sie je gekannt hatte. Zumindest bis zu ihrem dreizehnten Lebensjahr, als Tante Joy auftauchte und sie aus ihrer letzten Pflegefamilie praktisch gerettet hatte. In der sie nach dem traumatischen Erlebnis mit den Smiths gelandet war. Hier war zwar nicht das Schlimmste passiert, aber dennoch Schlimmes. Und obwohl Halley wusste, dass sie ihrer Tante dankbar sein sollte – was sie auch war –, so wünschte sich doch das Kind in ihr, dass Joy sie und Phoebe schon früher ausfindig gemacht hätte.

Sie wollte nicht, dass Tante Joy für etwas büßen musste, das außerhalb ihrer Kontrolle lag. Sie wusste nur einfach nicht, wie sie eine andere sein konnte. Sie war von Natur aus eine Einzelgängerin, und Tante Joy und Halleys ältere Schwester Phoebe waren das nicht. Aber Halley wollte sich jetzt nicht mehr den Kopf darüber zerbrechen.

Sie schaute sich um, sah die ramponierten beigen Wände, die Spielzeugautos und -lastwagen im Regal, eine halb tote Zimmerpflanze in einem anderen. Ihr fiel auf, dass Joe noch nicht wiedergekommen war, und fuhr damit fort, mit dem Fuß auf den Boden zu tippen.

Aus ihrer Handtasche erklang das Klingeln ihres Telefons, was ihr etwas zu tun gab. Sie kramte es heraus und sah, dass es sich bei dem Anrufer um Phoebe handelte. Sie nahm den Anruf entgegen, und fragte sich gleichzeitig, was ihre Schwester wohl von ihr wollte. Phoebe, die als Immobilienmaklerin arbeitete, war um diese Uhrzeit normalerweise damit beschäftigt, den Reichen und Gefragten Häuser zu zeigen.

»Hallo?«

»Hi Halley! Weißt du was?«

»Nee, was denn?« Halley hatte absolut keine Ahnung.

»Ich habe das alte Callahan-Anwesen verkauft!«, erklärte ihre Schwester und meinte damit die riesige Villa außerhalb der Stadt, die leer stand, seit deren Besitzerin, eine ältere Frau, vor fünf Jahren verstorben war. Die Erben hatten absurde Preisforderungen gestellt, zumindest laut Phoebe, weshalb das Gebäude bis jetzt verfügbar geblieben war.

»Das ist ja fantastisch!« Halley freute sich für ihre Schwester. »Ein Riesenerfolg!« Nicht nur in finanzieller Hinsicht, sondern Phoebe war auch etwas gelungen, wozu keiner ihrer konkurrierenden Kollegen in der Lage gewesen war.

»Danke! Wir wollen ausgehen, um das zu feiern. Dinner und Drinks im Blue Wall. Tante Joy hat angeboten, solange auf Jamie aufzupassen«, sagte Phoebe über ihren elfjährigen Sohn.

»Warte mal. Was?« Schlagartig kehrten Halleys Gedanken zu dem zurück, was ihre Schwester eben gesagt hatte. *Wir gehen aus.* »Ich komm nicht mit. Du willst doch bestimmt mit Nate und den Leuten aus deinem Büro feiern.« Sie nannte Phoebes Kumpel und jeden anderen, der ihr gerade einfiel, mit dem ihre Schwester etwas zu tun hatte, damit sie sich nicht an der Sache beteiligen musste.

Sie wollte heute Abend nicht ausgehen. Sie wollte *nie* ausgehen. Besonders nicht ins Blue Wall, wo sie zwar ein nettes Dinner in dessen Restaurantbereich haben könnten, hinterher aber zwangsläufig im Barbereich landen würden. Und Halley mochte keine großen Menschenmengen und Kerle, die krampfhaft versuchten sie anzubaggern.

»Ich werde nicht …«

»O doch, du wirst! Ich bin um sieben bei dir. Ich fahre«, unterbrach sie ihre Schwester, und Halley erkannte den Tonfall in ihrer Stimme. Sie waren vielleicht nicht zusammen aufgewachsen – da man sie in unterschiedliche Pflegefamilien gesteckt hatte –, doch sie hatten danach genug

Zeit miteinander verbracht, um Halley klarzumachen, dass Phoebe jetzt kein Nein akzeptieren würde.

Halley unterdrückte die in ihr aufkeimende Unruhe und gab nach. »Okay. Aber nur, weil du dir wirklich eine Feier verdient hast.« Sie würde sich einen Ruck geben und es einfach versuchen. Und später würde ihr auch schon noch ein Vorwand einfallen, um sich direkt nach dem Dinner wieder aus dem Staub zu machen.

»Prima. Zieh dir was Schickes an«, sagte ihre Schwester. »Muss jetzt los. Hab dich lieb, tschüss!«

»Hab dich auch lieb«, murmelte Halley, hörte jedoch nur noch den Ton des Freizeichens.

Obwohl sie zu etwas gedrängt wurde, das sie nicht wollte, lächelte sie, denn sie freute sich wirklich für ihre Schwester.

»Gute Neuigkeiten?«, fragte Kane genau in dem Augenblick, als sie merkte, dass er ins Büro gekommen war und anscheinend auf das Ende ihres Telefonats gewartet hatte.

»Meine Schwester hat ein Haus verkauft und ist deshalb völlig aus dem Häuschen.«

Er grinste, was ihm gut stand. »Toll!«, sagte er, während er sich die Hände an einem Lappen abwischte.

Wie konnte ein Mann eigentlich dermaßen sexy aussehen, der etwas dermaßen Simples tat? Diese Frage schoss ihr durch den Kopf, als sie den Anblick seiner starken Unterarme und maskulinen Hände auf sich wirken ließ. Sie sog den Anblick förmlich in sich auf und hoffte, dass er nicht merkte, dass sie ihn regelrecht angaffte.

»Was ist mit meinem Wagen?«, erkundigte sie sich mit ein

bisschen rauer Stimme. Sie hoffte auf gute Neuigkeiten für sich.

»Die Benzinpumpe ist kaputt. Ich muss eine neue bestellen. Ich hab da angerufen, aber leider wird das ein paar Tage dauern, vermutlich kriegen wir sie erst nach dem Wochenende.« Er warf ihr einen bedauernden Blick zu.

Sie seufzte. »Okay, na gut. Danke, dass du dich darum kümmerst. Ich werd meine Schwester anrufen, damit sie mich abholt und nach Hause fährt.«

»Ich kann dich auch fahren«, meinte er, womit er sie völlig überrumpelte.

Sie schüttelte den Kopf. »Du musst dir wirklich nicht mehr Arbeit machen.«

Lässig zuckte er mit der Schulter. »Das macht mir wirklich nichts aus. Lass mich nur noch kurz raufgehen und mir Gesicht und Hände waschen, dann können wir auch schon los.«

»Rauf?«

»Ich lebe in der Wohnung über der Werkstatt«, erklärte er. »Bin sofort wieder zurück.«

»Hmm, okay.« Sie stimmte gerade wieder etwas zu, von dem sie nicht glaubte, dass sie es wollte – schon zum zweiten Mal innerhalb weniger Minuten.

Doch das war eine Lüge. Denn als sie Kane dabei zusah, wie er mit großen Schritten das Büro verließ – sein muskulöser und trotzdem schlanker Körper war ein Anblick, den sie einfach nicht ignorieren konnte –, stellte sie etwas fest: Zum allerersten Mal in ihrem Leben gab es etwas, das sie begehrte.

Sie begehrte Kane Harmon.

KAPITEL 2

Kane fuhr Halley zu ihrem Cottage am Strand. Als sie in der Nähe ihres Hauses waren, brauchte er dann allerdings eine Wegbeschreibung, weil er nicht genau wusste, wo sie wohnte. Während der Fahrt war sie still, und er ließ sie in Ruhe, hauptsächlich weil er nicht vorhatte, sie einfach nur abzusetzen und sich danach sofort wieder aus dem Staub zu machen. Er hatte, während er sich im Obergeschoss frisch gemacht hatte, ziemlich viel über diese rätselhafte Frau nachgedacht und ob er sich wirklich die Mühe machen wollte, ihr hinterherzulaufen.

Normalerweise musste er sich nicht besonders anstrengen, um eine Frau ins Bett zu bekommen. Er war kein Angeber, aber seitdem er sein Interesse für das andere Geschlecht entdeckt hatte, waren die Frauen stets bereitwillig und freiwillig mit ihm mitgegangen. Er hatte noch nicht viele lange Beziehungen geführt – vor allem, weil ihn keine Frau lange interessiert hatte –, aber jetzt war er bereit dafür. Seine Eltern hatten eine gute Ehe geführt, trotz der Schwächen seines Vaters. Seine Mutter hatte das Spielen hingenommen, vermutlich weil es zu ihren Lebzeiten noch nicht ganz so schlimm gewesen war und sie seine Sucht in

Schach halten konnte. Und auch wenn Kane die Richtige noch nicht gefunden hatte, so hätte er das doch gerne gewollt.

Natürlich hatte er mit seiner eigenen Familie schon genug zu tun. Seinen Vater musste er ständig auf Kurs halten, und auf das Kind seiner Schwester musste er ebenfalls so weit wie möglich ein Auge haben.

Als er an Halleys Cottage ankam – eine Bezeichnung, die für viele Häuser in der Gegend galt –, erkannte er, dass sie eigentlich unzutreffend war. Er ließ das großartige Gebäude auf sich wirken. Im Hintergrund plätscherte das Wasser, und eine umlaufende Veranda verband deren traumhaften Eingangsbereich mit der auf der Rückseite des Hauses sichtbaren hinteren Veranda. Das ungeheure Ausmaß des Reichtums von Halleys Familie beeindruckte ihn.

Es kümmerte ihn aber auch nicht weiter, jedenfalls nicht in der Art, dass sie deshalb vielleicht *eine Nummer zu groß* für ihn sein könnte. Was eigentlich merkwürdig war, wenn man bedachte, was damals mit Liza passiert war. Sie hatten sich im Sommer kennengelernt und auch Sex miteinander gehabt. Er hatte geglaubt, sie wäre an etwas Ernstem interessiert, letztendlich hatte sie ihn jedoch fallen lassen wie eine heiße Kartoffel, als ihr Strandurlaub zu Ende ging. Amüsiert hatte sie dann auch noch gemeint, er habe doch wohl nicht ernsthaft geglaubt, sie würde ausgerechnet mit einem Autoschrauber zusammenbleiben. Seitdem machte er einen großen Bogen um die Saisonurlauberinnen. Frauen, die genau die Art von Haus mieteten, wie Halley es in den heißen Monaten Juli und August bewohnte. Sie dagegen war nicht im Mindesten hochnäsig, weder aufgrund ihres Geldes noch ihres familiären Status, deshalb verbannte er diese Gedanken ganz schnell wieder aus seinem Kopf.

Nichts war wirklich wichtig außer, dass die Chemie stimmte und dass ein Mensch aufrichtig war. Zumindest war das seine Meinung. Allerdings hatte er das noch nie bei einer der Sommerurlauberinnen gefunden. Halleys Verhalten dagegen war kein bisschen aufgesetzt, trotz ihrer Skepsis gegenüber anderen Menschen. Sie hatte keinerlei Allüren. Deshalb lautete seine Antwort Ja – auch wenn er sie nicht gut kannte, wollte er sich dennoch um sie bemühen.

Er parkte seinen Wagen – einen klassischen königsblauen Camaro – und stieg aus. Er wollte ihr zuvorkommen und ihr die Wagentür öffnen oder sie zumindest auf ihrer Seite abholen.

Ihre Beine hatte sie bereits aus dem Auto geschwungen, richtete sich gerade auf, wobei sie ihn mit einem verwirrten Ausdruck auf ihrem hübschen Gesicht ansah. »Was machst du da?«

»Ich begleite dich bis zu deiner Haustür«, erwiderte er mit seinem charmantesten Lächeln.

»Aber … das hier ist kein Date. Du setzt mich nur zu Hause ab, nachdem du mir einen Gefallen getan hast.«

»Klar, aber mein Vater hat mich eben zu einem Gentleman erzogen. Und ein Gentleman begleitet eine Lady immer bis zu ihrer Haustür.«

Sie warf ihm einen skeptischen Blick zu. Sie war auf der Hut, und das sollte sie auch, weil er nämlich nicht vorhatte, sie einfach auf ihrer Eingangsveranda zurückzulassen und dann wieder zu gehen. Zumindest nicht, wenn sich das irgendwie vermeiden ließe.

»Dein Haus ist toll. Wohnst du schon lange hier?«, fragte er, während sie die Kiesauffahrt und den von Pflanzen gesäumten gepflegten Pfad hinaufgingen, der zur Haustür führte.

»Ja. Und nein.« Sie zögerte einen Moment, aber dann begann sie zu erzählen. »Meine Tante hat das Haus vor fünf Jahren gekauft. Damals wohnte ich noch mit meiner Schwester im Gäste-Cottage auf dem Anwesen, auf dem auch das Haupthaus der Familie steht.«

Sie ging nicht näher darauf ein, wo genau das war. Aber in Rosewood kannten ohnehin alle das Ward-Anwesen, und offensichtlich war ihr das auch bewusst.

»Also bist du dann hier eingezogen?«, fragte er weiter.

Sie schüttelte den Kopf. »Eine Weile habe ich es nur als Malatelier genutzt. Anfangs ging ich noch davon aus, dass meine Tante es irgendwann sowieso vermieten würde, aber sie bestand darauf, dass es mir gehört. Ich fühlte mich nicht gerade wohl dabei, ein Haus als Geschenk anzunehmen.« Unbeholfen zuckte sie mit den Achseln. »Aber der Ausblick und die Ruhe, die ich hier zum Arbeiten habe … na ja, das war durch nichts zu toppen. Ich verbrachte hier immer mehr Zeit, um zu arbeiten. Manchmal blieb ich auch über Nacht. Und schließlich zog ich dann richtig ein.« Sie errötete, offensichtlich war ihr das Ganze ziemlich unangenehm.

Er konnte das nachvollziehen. Wer verschenkte schon einfach so ein teures Haus? Das war jenseits aller Großzügigkeit. Er spürte, dass hinter der Geschichte mit ihrer

Tante noch mehr steckte, was er aber jetzt noch nicht aus ihr herausbekommen würde.

Sie kramte ihre Schlüssel aus der Handtasche und ließ sie demonstrativ vor seiner Nase baumeln. »Bin jetzt da.«

Und du kannst jetzt gehen. Er hörte die unausgesprochenen Worte und musste grinsen. »Eigentlich hatte ich gehofft, eine Hausführung zu bekommen.«

Sie verdrehte die Augen auf eine Art, die er ziemlich niedlich fand. »Kane, das hier ist doch nur ein kleines … Cottage am Strand. Hier gibt's überhaupt nichts Außergewöhnliches zu sehen.«

»Mit Ausnahme des Ausblicks hinter dem Haus«, korrigierte er sie. »Ich liebe das Wasser und würde es gerne sehen.«

Er gab nicht auf. Denn wenn er diese Schlacht verlor, dann würde er auch den Krieg verlieren. Sie würde ihn zurückweisen, er würde wegfahren und hätte Boden verloren. Aber das würde nicht passieren.

»Na gut«, gab sie angesichts seiner Hartnäckigkeit nach, schloss die Tür auf und ließ sie ins Haus.

Er trat über die Türschwelle. Sie hatte nur wenige Einrichtungsgegenstände, alles in Beige gehalten. Die Wände waren ebenfalls cremefarben mit hellblauen Zierleisten und Akzenten. Vom Vordereingang aus konnte er direkt durch die großen Fenster, die von einer Wand zur anderen reichten, aufs Meer sehen. Der Ausblick war phänomenal. Kein Wunder, dass sie diesen Ort perfekt zum Malen fand.

Er durchquerte den Raum, stellte sich vor das Fenster und schaute auf die umwerfende Szenerie hinaus – auf die plätschernden Wellen und den Strand. »Du hast verdammtes Glück, hier zu wohnen«, sagte er. »Darf ich mal nach hinten gehen und einen Blick nach draußen werfen?«

»Na klar.« Sie entriegelte die Schiebetür, und sie traten auf die Veranda. »Aber halte dich von der Seite da fern!«, warnte sie ihn und wies mit der Hand nach rechts, wo die Veranda in der Mitte abgesunken zu sein schien.

Es gab eine Treppe, aber kein Geländer, an dem man sich hätte festhalten können. Doch immerhin kam sie so leicht zum Strand mit seinem sauberen Sand und dem Wasser, das sanft gegen das Ufer schlug. Wenn ihm das hier gehörte, wäre er meistens draußen. Und anscheinend war das wohl auch ihr Plan gewesen, zumindest dem schicken, in der Sonne glänzenden Grill nach zu urteilen, der am anderen Ende der Veranda, das bereits fertiggestellt worden war, stand.

»Was ist passiert? Steckst du etwa noch mitten in den Reparaturarbeiten?«, fragte er.

Sie trat neben ihn. »Es hat sich herausgestellt, dass die Veranda an der Unterseite verfault ist, und ich musste sie abreißen lassen. Der Typ, den ich angeheuert hatte, um sie neu zu bauen, war unzuverlässig. Er war unpünktlich, manchmal tauchte er überhaupt nicht auf oder verschwand einfach früher. Das benötigte Zubehör war bereits alles gekauft worden und liegt jetzt unter der Abdeckplane dort.«

Sie wies auf die dunkle, schwere Plastikplane, unter der vermutlich Bauholz und weiteres Material lagerte.

Sie zuckte mit den Schultern. »Ich hatte noch keine Gelegenheit, um mir einen zuverlässigen Handwerker für den Job zu suchen.«

Er schob die Hände in seine Hosentaschen und begutachtete das halb fertige Projekt. »Eine Schande, dass manche Leute es nicht hinkriegen, einen Betrieb zu führen«, brummte er. Es tat ihm leid für sie, dass sie so eine schlechte Erfahrung hatte machen müssen. Er übernahm sämtliche Handwerksarbeiten in der Werkstatt seines Vaters und machte derlei auch gerne in seiner Freizeit. Das hier sah nach einer ziemlich umfangreichen Angelegenheit aus.

»Ich hab eine Liste von Baufirmen. Die müsste ich eigentlich nur mal durchgehen und ein paar Anrufe machen.«

Sie ging zurück ins Haus, und er folgte ihr, den Blick auf ihren anmutigen Gang gerichtet, auf das dezente Wiegen ihrer Hüften und die sexy Art, in der ihr Kleid gegen ihre Beine schwang. Sie hatte wunderschöne lange Beine, und er stellte sich vor, wie sie sich um seine Hüften schlangen. Er rückte seine Hose zurecht und unterdrückte ein Stöhnen.

Sie zog die Tür hinter sich zu und schloss sie ab. Dann drehte sie sich zu ihm um, um ihn anzusehen. »Das war dann also die Veranda und die Hausrückseite. Was den Rest angeht, ist es ein ganz normales Haus. Also da du jetzt alles gesehen hast …«

»Hättest du gerne, dass ich gehe. Schon kapiert.« Er schob seine Hände in die Vordertaschen seiner Hose. »Aber ich sag dir jetzt mal was. Ich werde gehen. Aber erst, wenn du versprichst, mit mir auszugehen.«

Sie seufzte und spitzte ihre hübschen Lippen. »Kane, lass mich dir doch nicht schon wieder einen Korb geben.«

»Ich bin hartnäckig. Irgendwann wirst du Ja sagen.« Da war er sich ganz sicher.

Ein widerwilliges Lächeln verzog ihre Lippen. »Arrogant bist du wohl gar nicht, oder?«

»Nee, nur sicher. Weil ich dich immer wieder fragen werde, und irgendwann wirst du mir keinen Korb mehr geben können.«

Sie schüttelte den Kopf und verdrehte die Augen, als sei seine Andeutung völlig absurd. »Wir sind uns sieben Jahre lang nicht über den Weg gelaufen. Wie kommst du nur darauf, mich wiederzusehen, damit du mich noch mal fragen kannst?«

Er zwinkerte ihr zu, die Antwort war naheliegend. »Weil ich jetzt weiß, wo du wohnst. Und deinen SUV hab ich auch. Tschüss, Halley«, verabschiedete er sich grinsend. Sie war eine Herausforderung, aber das machte ihm überhaupt nichts aus.

Er hob eine Hand – seine Version eines Abschiedswinkens – und ging dann zur Tür. Sie blieb mit offenem Mund zurück, sprachlos.

Genau wie er es geplant hatte.

***

Das Blue Wall war das wichtigste Restaurant der Stadt. Einerseits edel und damit ein Ort, an den man für ein Date oder ein schönes Dinner gehen konnte, andererseits gab es aber auch einen Barbereich, in dem an manchen Abenden Live-Musik gespielt wurde. Die Wände waren passend zum

Meer natürlich türkisblau gestrichen, und im Restaurantbereich stand ein riesiges Aquarium, das einfach atemberaubend war.

Halley saß mit ihrer Schwester im Restaurant, hatte zum Abendessen einen köstlichen Hummer verputzt, und war nun im Begriff, sich über ihr Dessert herzumachen.

»Du weißt, dass ich sehr stolz auf dich bin, oder?«, fragte Halley. »Du hast ein Haus verkauft, wozu kein anderer in der Lage war. Du bist eine Göttin!«

Phoebe strahlte übers ganze Gesicht, von Kopf bis Fuß die erfolgreiche Geschäftsfrau. Ihr langes hellblondes Haar hatte sie zu einem eleganten Pferdeschwanz zurückgebunden, und sie trug noch den cremefarbenen Hosenanzug von ihrer vorangegangenen Hausbesichtigung. Sie waren zwar Schwestern, sahen sich aber überhaupt nicht ähnlich. Laut ihrer Tante kam die eine eher nach der Mutter und die andere nach dem Vater. Weder Halley noch Phoebe konnten sich genau daran erinnern, wie ihre Mutter ausgesehen hatte. Und ihr Vater war in der Army und im Irak stationiert gewesen. Als er während eines Einsatzes ums Leben kam, war Halley erst drei gewesen.

»Ich bin echt eine Göttin, oder?«

»Und eine arrogante dazu.« Halley lachte. »Aber ich hab dich trotzdem lieb.«

»Ich dich auch.«

Das sagten sie oft zueinander, um die verlorene Zeit wieder aufzuholen.

Phoebe hob ihr Champagnerglas und nahm einen Schluck.

Halley stürzte sich währenddessen auf ihr Dessert. Es nannte sich »Fire and Ice« – Vanille-Eiscreme mit gemischten, heißen Beeren mit einer Zuckerkruste obendrauf.

»Köstlich!« Sie schob sich den Löffel erneut in den Mund, genoss die süße und gleichzeitig säuerliche Mischung und stöhnte, weil es so lecker schmeckte. Sie war eine kleine Naschkatze und befand sich gerade im siebten Himmel. »Schon allein wegen des Desserts bin ich froh, dass du mich heute aus dem Haus gelockt hast.«

Phoebe ließ ihren Löffel in Halleys Richtung wippen. »Weißt du eigentlich, was dein Problem ist?«

»Nee, aber warum bin ich mir so sicher, dass du es mir gleich verraten wirst?«

Phoebe grinste. »Du gibst den Dingen keine Chance und verkriechst dich lieber in deinem Elfenbeinturm.«

»Strandhaus«, korrigierte Halley.

»Und du gehst immer automatisch davon aus, dass du jede neue Erfahrung hassen wirst.«

»Stimmt doch gar nicht. Ich versuche, meine Bilder raus in die Welt zu bringen.«

Sie wünschte sich, dass eine der größeren Galerien in Manhattan auf sie aufmerksam werden und dann ihre Bilder ausstellen würde.

Allerdings wollte sie keine Ausstellungen machen, bei denen sie selbst anwesend sein müsste. Das entsprach einfach nicht ihrem Naturell. Dennoch wollte sie mit dem Verkauf ihrer Bilder richtiges Geld verdienen, konnte aber nur so viel verlangen, was die Leute auch bereit waren zu zahlen. Im Moment machte sie gerade mal genug Geld, um ihre

Rechnungen zu bezahlen. Aber sie wollte mehr. Allerdings hatte sie das Gefühl, mit ihrer letzten Arbeit an eine Grenze gestoßen zu sein, und wusste nicht, was schiefgelaufen war oder wie sie etwas daran ändern könnte.

»Es sind deine Bilder, die du an den Mann bringen willst. Nicht dich. Aber ...« Die Miene ihrer Schwester wurde wieder sanfter. »Du bist gut. Deine Zeit wird noch kommen!«

»Das hoffe ich.« Im Sommer besuchten auch Galeriebesitzer ihr Strandstädtchen und häufig schauten sie dann in Glaziers Galleries vorbei, wo Halleys Arbeiten zu sehen waren. Sie brauchte nur noch das richtige Bild, um die Aufmerksamkeit der richtigen Person zu wecken.

»Ich weiß es einfach«, erwiderte Phoebe. »Aber zurück zum Thema. Der heutige Abend beweist doch, dass du dich irrst. Neue Erfahrungen sind gut für dich. Du solltest einfach offener sein.«

Halley blickte auf ihr Dessertschälchen. »Nur weil ich das Eis mochte, hast du also entschieden, dass ich jede neue Erfahrung mögen werde?«

Phoebe verdrehte die Augen.

Halley dachte, dass sie ihr, wenn sie noch Kinder gewesen wären, jetzt die Zunge rausgestreckt hätte. Aber eigentlich konnte sie gar nicht wissen, was ihre Schwester als Kind getan hätte, sie waren damals schließlich voneinander getrennt und in unterschiedliche Pflegefamilien gesteckt worden. Halley war damals drei gewesen und Phoebe sechs. Und Juliette war zwei gewesen, als deren richtiger Vater – ein anderer als Halleys und Phoebes Dad – sie für immer mitgenommen hatte. Ihre *liebende* Mutter hatte Juliette ihrem biologischen Vater praktisch verkauft, um ihre Alkohol- und Drogensucht zu finanzieren. Und als die Nachbarn sie wegen Vernachlässigung den Behörden meldeten, waren Halley und Phoebe die nächsten gewesen, die ihr weggenommen wurden.

Halley schüttelte den Kopf und zitterte bei den Gedanken daran. Das meiste davon hatte ihnen ihre Tante Joy erzählt – auf eine etwas nettere Art, als Halley es dann abgespeichert hatte.

»Halley!«

Phoebe schnippte mit den Fingern, und Halley kehrte wieder in die Gegenwart zurück. O Gott, warum wanderten ihre Gedanken eigentlich *immer noch* in ihre furchtbare Vergangenheit zurück?

»Wo warst du gerade?«, fragte ihre Schwester sanft.

Halley schluckte schwer. »Nirgends. Nichts, was wichtig wäre.« Doch es wurde langsam Zeit, nach Hause zu gehen. Vielleicht um ein bisschen zu malen und sich in der Arbeit zu verlieren. Sie wusste schon jetzt, dass es ihr nicht leichtfallen würde zu schlafen, wenn es überhaupt klappen würde.

»Ach, Süße …«

Halley schüttelte den Kopf. »Nein, ist schon gut. Mir geht's gut.« Sie wollte sich jetzt nicht auf eine Diskussion mit ihrer Schwester über ihre Gedanken einlassen.

Lange sah Phoebe sie an, als denke sie darüber nach, was sie sagen wollte. »Ich frag mal nach der Rechnung, und dann gehen wir noch nach nebenan – für einen Drink oder zwei.« Sie begegnete Halleys Blick, ihre zusammengekniffenen grünen Augen forderten ihre Schwester regelrecht dazu heraus, Einwände zu erheben.

»Ja, ich weiß, was du gerade sagen wolltest. Nämlich dass du jetzt heimwillst. Vergiss es. Das hier ist schließlich meine Feier, und wir sind noch nicht damit fertig, Spaß zu haben.«

Mit einem Seufzen genehmigte sich Halley den letzten Löffel ihres Desserts und kostete das letzte bisschen Vergnügen für diesen Abend aus.

***

Kane beobachtete Halley, wie sie sich den Löffel in den Mund schob, dabei die Augen schloss und das Dessert genoss – was immer es auch sein mochte. In ihrem rückenfreien Kleid mit Nackenträger und pastellfarbenem Blumendruck stach sie unter allen anderen Gästen im Raum heraus. Ihre Lippen schlossen sich um den Löffel, und er konnte fast schon hören, wie sie vor Wonne stöhnte. Sein Glied richtete sich auf, sowohl wegen des Anblicks als auch wegen der Richtung, in die ihn seine Fantasie gerade führte. Wie Halleys glänzende Lippen sich um seinen Penis schlossen, wie sie ihm einen blies und ihn tief in ihren Mund nahm.

Er schluckte ein Stöhnen herunter und zwang sich, daran zu denken, wo er sich gerade befand, und warum. Seine Schwester Andrea arbeitete an den Wochenenden abends als Hostess im Blue Wall, und wenn Kane in die Bar ging, schaute er auch immer noch kurz bei ihr vorbei, um Hallo zu sagen. Halley hier zu sehen war ein Schock. Zweimal an einem Tag, nachdem er sie so lange gar nicht gesehen hatte – für ihn war das ein Wink des Schicksals, der ihm klarmachen sollte, nicht aufzugeben, auch wenn sie sich bis jetzt noch weigerte mit ihm auszugehen. Sie sah ihn nicht, und er machte sich auch nicht bemerkbar, sondern hielt sich stattdessen im Dunkeln. Wie er ihr gesagt hatte: Er wusste, wo er sie finden konnte.

»Andi!«, begrüßte er seine Schwester, die gerade wieder zum Eingangsbereich des Restaurants zurückgekehrt war. Sie trug einen schwarzen Rock und ein durchgeknöpftes weißes Spitzenoberteil, in der Hand hielt sie Speisekarten.

»Hallo Kane! Wie geht's denn meinem Brüderchen?« Sie gab ihm ein Küsschen auf die Wange. »Bist du für ein paar Drinks hergekommen und um dich ein bisschen zu amüsieren?«

»Genau genommen bin ich ein Mann auf einer Mission.«

Sie legte ein paar Speisekarten neben den Hostessenstand. »Ach, wirklich?« Mit zusammengekniffenen Augen musterte sie ihn. »Wer ist sie?«

Er lehnte sich gegen das Holzpodest. »Sie ist interessant und einzigartig. Und sie malt«, erzählte er, auch wenn ihm bewusst war, dass er Andi gerade unzusammenhängende Informationen gab. Aber sie war schließlich eine Frau und würde schon kapieren, was er sagen wollte. Die Frau, an die er dachte, war keine nur für eine Nacht.

»Du bist ja verknallt! Und sogar mehr als nur verknallt. Du bist wirklich an der Frau interessiert! Wer ist sie?« Andis braune Augen funkelten vergnügt.

Er tippte ihr auf die Nasenspitze. »Das geht dich gar nichts an.«

Seufzend trat sie einen Schritt vor und klemmte sich dabei eine braune Haarsträhne hinters Ohr. »Irgendwann kriege ich es sowieso raus.«

»Davon bin ich überzeugt.« Sobald er bereit war, es ihr zu erzählen. Nachdem er weitergekommen war.

»Viel Glück«, wünschte sie ihm und tätschelte ihm die Wange.

Das könnte er gebrauchen. Er bezweifelte, Halley an der Bar zu treffen, weshalb er seinen nächsten Schritt ganz genau planen musste.

Außer wenn er sich irrte. Er trank gerade sein zweites Bier und unterhielt sich mit seinem alten Freund Paul Carver, als Halley und ihre Schwester hereinkamen. Paul pfiff. »Wer ist das denn?«, fragte er und folgte den beiden Frauen mit Blicken, während diese auf die andere Seite der Bar gingen.

»Welcher der beiden schaust du gerade hinterher?«, fragte Kane und ballte seine Hand zur Faust. Schon jetzt verspürte er Besitzansprüche auf die Frau, die bereits unauslöschliche Spuren bei ihm hinterlassen hatte.

»Der hübschen Blondine natürlich.«

Kane entspannte sich wieder, und die Anspannung in seinen Schultern ließ nach. »Gut. Weil ich dir nämlich nicht so gerne den Kiefer brechen würde«, sagte er gutmütiger, als er sich fühlte angesichts des Bluts, das wie wild durch seine Adern gepumpt wurde.

Paul fing an zu lachen. »Erhebst du etwa gerade Ansprüche auf die andere?«

»Schon passiert.«

»Was hältst du davon, wenn wir mal zu den beiden rübergehen und unser Glück versuchen?«

Kane stellte sein Bier auf den Tresen und neigte den Kopf. »Auf geht's!«

★★★

Halleys Innenleben wurde ganz schön durchgeschüttelt, als sie an der Bar stand. Der Druck, den sie in Räumen voller Menschen immer verspürte, war ihr einfach zu groß – etwas, das sie als Teenagerin bei ihrer Rückkehr nach Hause herausgefunden hatte. Sie hatte nicht gerne fremde Leute um sich, die viel zu nahe bei ihr standen. Und nachdem, was sie in der Pflegefamilie erlebt hatte, ergab das ja auch einen Sinn. Eine gewisse bleibende Beunruhigung war da durchaus nachvollziehbar.

Sie schnappte sich ihren Cuba Libre und nahm einen Schluck. Mit ein wenig Glück würde sich ihre Schwester … und ihre Mitfahrgelegenheit bald entscheiden, dass sie genug hatte und nach Hause wollte.

Halley ließ ihr Glas genau in dem Moment sinken, als eine vertraute Stimme plötzlich sagte: »Zweimal an einem Tag!«

Sie drehte sich um und begegnete Kanes Blick. Eigentlich hätte sie nicht erstaunt sein sollen, ihn hier zu sehen, schließlich war das Blue Wall die angesagteste Location dieser Stadt. Trotzdem hatte sie nicht einmal daran gedacht, ihm heute Abend hier begegnen zu können. Und nun, da es tatsächlich passiert war, flatterten in ihrem Bauch jede Menge Schmetterlinge, was ihr … noch nie zuvor passiert war.

Er hatte sich schick gemacht, seitdem sie ihn heute Nachmittag zuletzt gesehen hatte. Seine Haare waren zwar immer noch verstrubbelt, aber auf eine sexy Art, so als sei er gerade erst aus dem Bett gefallen. Er trug eine verwaschene Denim-Jeans und ein weißes T-Shirt, das seine Muskeln ebenso gut zur Geltung brachte wie das schwarze T-Shirt, das er nachmittags getragen hatte. Sie war versucht, auf seinen Bizeps zu drücken, um zu fühlen, wie fest er war. Stattdessen ballte sie ihre freie Hand zur Faust, während sie in der anderen noch den Drink hielt.

»Nun verrate mir mal – wie komme ich zu so viel Glück?«, fragte er, sein warmer Blick ruhte auf ihrem.

»Meine Schwester wollte einen wichtigen Verkauf feiern.« Halley stellte ihr Glas auf den Tresen.

»Ja, du hast erwähnt, dass sie früher schon mal ein Haus verkauft hat.«

Halley nickte. »Phoebe ist Immobilienmaklerin. Genau genommen sogar eine unheimlich gute. Sie hat es geschafft, das Callahan-Anwesen zu verkaufen.«

Kane ließ einen leisen Pfiff ertönen. »Das ist wirklich beeindruckend!«

»Ja, oder?« Sie konnte ihren Stolz über den Erfolg ihrer Schwester nicht unterdrücken. »Deshalb hatten wir Dinner hier, um das zu feiern, und dann hat sie darauf bestanden, dass wir noch auf ein paar Drinks an die Bar gehen. Aber …« Augenzwinkernd wies sie auf Phoebe, die sich gerade mit einem gut aussehenden Typen mit dunklen Haaren und kantigem Kinn unterhielt. »Offensichtlich lässt sie mich gerade sitzen.«

Kane lachte. »Dann ist es ja gut, dass ich hier bin, um für sie einzuspringen und dir Gesellschaft zu leisten.«

Dagegen konnte sie allerdings nichts einwenden. Kane um sich zu haben war besser, als alleine herumzustehen und sich von irgendwelchen wildfremden Typen anbaggern zu lassen. »Ja, könnte sein«, murmelte sie.

Er hob eine Augenbraue. »Freust du dich eigentlich, mich zu sehen?«, fragte er und trat etwas näher.

Es störte sie nicht, ihn in ihrer persönlichen Distanzzone zu haben. Sein männlicher Geruch ließ Hitze in ihr aufwallen, die ihre Sinne überwältigte. Ihre Brustwarzen wurden hart und ihr Höschen feucht.

Sie schluckte mühsam. »Ich glaube, die Barszene ist nicht so mein Ding.«

»Und ich bin ein bekanntes Gesicht«, sagte er. Er konnte nachvollziehen, wie sie sich gerade fühlte, ohne dass sie es ihm hätte erklären müssen. »Ich hab festgestellt, dass wir deine Bilder in dem SUV in der Werkstatt gelassen haben. Wolltest du sie in die Galerie bringen?«

Dankbar griff sie das alltäglichere Thema auf. »Eigentlich wollte ich damit warten, bis ich mein Auto zurückhabe und die Bilder dann selbst vorbeifahren.«

Faith, die Galeriebesitzerin, hatte zwar gesagt, sie hätte die Bilder gerne noch vor dem Wochenende, dennoch könnte es sein, dass Halley es nicht schaffte, sie ihr rechtzeitig vorbeizubringen. Sie könnte zwar Phoebe oder ihre

Tante Joy bitten, sie zu fahren, aber sie hasste es, den beiden Umstände zu machen.

»Wenn du willst, könnte ich das morgen erledigen«, schlug Kane vor.

Überrascht zögerte sie. »Ich möchte dir wirklich nicht zur Last fallen.«

»Schon gut, ich kann mir dafür Zeit nehmen. Und auf dem Rückweg könnten wir dann noch zusammen Mittag essen.«

»Aber …«

»Es wäre kein Date. Nur zwei alte Freunde, die sich treffen. Und einer tut dem anderen einen Gefallen«, versicherte er ihr, und sie war sich nicht sicher, ob sie jetzt erleichtert oder enttäuscht war, dass er es anscheinend aufgegeben hatte, sie um ein Date zu bitten.

Sie mochte es nicht, andere um einen Gefallen zu bitten. Und sie hatte sich auch noch nicht daran gewöhnt, sich auf irgendwen anderes zu verlassen als sich selbst. Doch Kane schien ihr wirklich helfen zu wollen, deshalb sagte sie: »Okay, danke.«

Ein zufriedenes Lächeln umspielte seine sexy Lippen. »Gib mir deine Handynummer. Ich ruf dich gleich mal an, dann hat jeder die Nummer des anderen. Und bevor ich morgen die Werkstatt verlasse, um dich abzuholen, melde ich mich bei dir.«

Sie sah das Funkeln in seinen Augen, und ihr wurde klar, dass noch ein anderer Grund dahintersteckte, warum er nach ihrer Nummer gefragt hatte. Dennoch ertappte sie sich dabei, wie sie ihr Telefon aus der Handtasche kramte und es ihm reichte. Und nur wenige Minuten später hatten sie ihre Nummern in ihren Handys gespeichert.

Für Kane wäre es nun ein Leichtes, sie zu erreichen. In ihrem Bauch flatterten erneut Schmetterlinge – etwas, woran sie sich bereits zu gewöhnen begann, sobald er in ihrer Nähe war.

***

Kurz nachdem Halley sich mit Kane unterhalten hatte, verließ sie die Bar. Eigentlich hatte sie damit gerechnet, aus den üblichen Gründen wieder einmal Probleme mit dem Einschlafen zu haben. Weil sie aufgrund ihrer Vergangenheit Angst vor der Dunkelheit hatte beziehungsweise weil sie sich davor fürchtete, einzuschlafen und beim Aufwachen jemanden zu sehen, der über ihr stand. Bei dieser quälenden Erinnerung zitterte sie am ganzen Körper, aber seltsamerweise war das diesmal nicht der Grund für ihre Schlaflosigkeit.

Anstatt an schlimme Dinge zu denken, kreisten ihre Gedanken nur um Kane. Bilder von seinem sexy Lächeln schossen ihr durch den Kopf. Die Art, wie er sich während sie sprach, ganz nah zu ihr geneigt hatte. Seine geschwungenen Lippen, wenn er lachte. Das Spiel seiner strammen Armmuskeln, wenn er sich bewegte. Und sein anziehender Geruch – warm und betörend –, der ihre Sinne erregte.

Das hier würde nicht einfach werden, dessen war sie sich bewusst. Halley gehörte nicht zu den Frauen, die sich in Beziehungen stürzten oder lockere Liebesgeschichten eingingen. Als Teenagerin hatte sie ein Trauma erlitten, und auch wenn sie Gott sei Dank nicht vergewaltigt worden war, machte sie das Erlebte misstrauisch gegenüber Männern. Deshalb hatte sie bei den wenigen Malen, wenn sie sich Gesellschaft gewünscht hatte, ihre Wahl immer sorgfältig getroffen und war auf Nummer sicher gegangen, dass es nach ihren Regeln lief.

Sie hatte keine Dates. Sie hatte Sex. Eine flüchtige Affäre. Aus Erfahrung wusste sie, dass dies die einzige Art von »Beziehung« war, mit der sie sich wohlfühlte, da niemand etwas von ihr verlangte und aus der nichts Ernstes wurde. Danach schlief sie auch nie neben jemandem in einem Bett, weil keiner zu wissen brauchte, dass sie nicht schlief. Nicht gut und auch nicht oft. Sie wollte nicht, dass jemand nach den Gründen fragte.

Was erklärte, warum sie Kane hinhielt und warum sie nicht einfach Ja zu einem Date sagen konnte. Weil er ein Mann war, der zwangsläufig mehr wollen würde. Und sie hatte Angst, dass er sie dazu bringen könnte, ebenfalls mehr zu wollen.

Halley arbeitete die Nacht durch und fiel gegen drei Uhr morgens ins Bett. Als sie aufwachte, fühlte sie sich ziemlich ausgeruht, obwohl sie nur wenig geschlafen hatte. Sie machte sich einen Kaffee, ging dann auf die halb fertige Veranda und schaute hinaus aufs weite Meer.

Das beruhigende Geräusch der Wellen, die gegen das Ufer schlugen, erreichte ihre Ohren, und sie atmete tief ein. Der Geruch von Salz und frischer Luft stieg ihr in die Nase. Offenbar hatte Kane der Ausblick auch gefallen, dachte sie und nahm einen langen Schluck von ihrem Kaffee. Das gesüßte Gebräu half ihr dabei wach zu werden und sich besser zu konzentrieren.

Ihr Handy, das sie in die Tasche ihres Cardigans gesteckt hatte, klingelte laut, und sie zuckte zusammen. Sie stellte die Tasse auf den Boden und zog es aus der Tasche. Unterdrückte Rufnummer.

»Hallo?« Sie wunderte sich, wer sie da wohl schon so früh am Morgen anrief.

Stille.

»Hallo?«

Keine Antwort. Sie zuckte mit den Achseln und legte auf.

Als das Telefon erneut klingelte, war sie bereits etwas genervt, aber ein Blick aufs Display verriet ihr, dass dieses Mal ihre Schwester die Anruferin war.

»Morgen, Phoebe.«

»Morgen. Bin grad auf dem Weg zur Arbeit und wollte mich nur noch mal bei dir bedanken, dass du gestern mitgekommen bist. Ich weiß ja, dass so was nicht grade deiner Vorstellung von Spaß entspricht. Jedenfalls hat es mir viel bedeutet, dass du trotzdem mitgekommen bist.«

Halley lächelte. »Ich bin froh, dass ich das gemacht hab. Deine Erfolge haben es schließlich verdient, gefeiert zu werden!«

Ein Piepen ertönte. »Ups, das ist jetzt das Büro. Ich muss los. Wir reden später«, sagte Phoebe und legte auf.

Halley musste über ihre Schwester lachen, die immer schwer beschäftigt war. Sie nahm ihre Kaffeetasse vom Boden und ging zurück ins Haus. Sie wollte noch malen, bevor

Kane sie anrief, um Bescheid zu geben, dass er sich jetzt auf den Weg machte, um sie abzuholen. Und natürlich auch, solange die Sonne noch im perfekten Winkel zum Haus stand.

Sie setzte sich vor ihre Staffelei und nach einer Weile, die sich kurz angefühlt hatte – in Wirklichkeit aber dann doch ein paar Stunden gewesen waren –, klingelte ihr Telefon, was sie zusammenzucken ließ. Kanes Name erschien auf dem Display, und dementsprechend flatterten auch wieder die Schmetterlinge in ihrem Bauch.

»Lächerlich …«, murmelte sie noch, bevor sie ranging. »Hi Kane.«

»Tag, Halley. Bist du startklar, um deine Bilder zur Galerie zu bringen? Ich hab sie schon aus dem Kofferraum deines SUVs in den meines Trucks geladen.«

Sie blickte auf das Bild, an dem sie gerade arbeitete. Die Acrylfarben waren strahlender als sonst.

»Ich dachte, du hast diesen tollen Camaro?« In der Sonne hatten das Königsblau gestrahlt und der makellose weiße Streifen geglänzt. Ein tolles, ein sexy Auto. Es passte zu ihm.

»Hab ich auch, den Truck benutze ich aber für anderes. Wie zum Beispiel, Nicky herumkutschieren oder Arbeiten am Haus meines Vaters und Einkäufe erledigen. Für solche Sachen eben. Deine Bilder sind jetzt jedenfalls sicher verstaut, und ich hab sie auch abgedeckt.« Er räusperte sich. »Und sie sind wunderschön«, fügte er noch hinzu. In seiner Stimme schwang echte Bewunderung mit. »Ich könnte in einer halben Stunde bei dir sein, wenn dir das passt.«

»Na klar. Und Kane? Danke!« Für das Kompliment, dachte sie. Es freute sie sehr, dass ihm ihre Arbeiten gefielen. Und natürlich, dass er ihr half.

»Gern geschehen«, erwiderte er. Seine Worte klangen rau und bedeutungsvoll, allerdings war ihr klar, dass das lediglich ihrer Einbildungskraft entsprang. Noch so etwas, das total untypisch für sie war: etwas in die Worte oder in die Handlungen eines Mannes hineinzuinterpretieren. »Ach übrigens, auf dem Heimweg legen wir dann noch einen Zwischenstopp zum Lunch ein. Da gibt's so ein Lokal am Strand, die haben die besten Burger. Zwanglose Atmosphäre und leckeres Essen.«

Ihr Körper kribbelte, als ihr plötzlich bewusst wurde, dass sie mit Kane ausgehen würde. Und auch wenn sie normalerweise extrem vorsichtig war, freute sich ein Teil von ihr schon jetzt auf diesen Nachmittag mit ihm.

KAPITEL 3

Kane half Halley, ihre Bilder auszuladen, und trug sie dann in die Galerie. Er war schon oft an Glaziers vorbeigekommen, war allerdings nie neugierig gewesen oder hatte daran gedacht, einmal hineinzugehen. Schon ulkig, dass er sich jetzt plötzlich für Kunst interessierte. Und für die Künstlerin.

Die Galeriebesitzerin war eine reizende Frau in den Mittvierzigern namens Faith. Sie hatte blondes Haar und sprach leicht affektiert, war jedoch herzlich und liebte Halleys Bilder ganz offensichtlich. Diese wiederum blühte bei dem Lob regelrecht auf. Gerötete Wangen und ein aufgeregter Tonfall, den Kane noch nie zuvor bei ihr gehört hatte. Diese Fröhlichkeit wollte er häufiger sehen und hören.

Als sie fertig waren, fuhren sie zum Shack, seiner bevorzugten Adresse für Burger und Pommes. Der Name des Ladens war Programm: eine Bude am Strand, ein verstecktes Juwel in ihrer Stadt.

»Warst du hier schon mal essen?«, fragte er Halley, nachdem sie ihre Bestellung aufgegeben und sich einen kleinen Campingtisch ausgesucht hatten, der einzigen Form von Sitzmöglichkeit hier. Hier gab es keinen Schnickschnack, genau Kanes Geschmack. Die Zeit würde zeigen, ob Halley so etwas auch mochte.

»Nein. Aber ich liebe gute Burger und bin gerade regelrecht am Verhungern.«

Sie war also keine, die angesichts seines Lieblingslokals die Nase rümpfte. Das gefiel ihm.

Kurze Zeit später saßen sie sich im Shack gegenüber. Ihre Burger hatten sie bereits aufgegessen, und Halley stocherte nun in ihren Pommes herum, dippte sie in Ketchup und schob sie sich dann langsam in den Mund – eine nach der anderen. »Gut?«, fragte er.

Sie nickte mit vollem Mund, und erst als sie runtergeschluckt hatte, antwortete sie grinsend: »Es ist unglaublich hier!«

Er lachte. »Ich komme oft mit Nicky her. Er liebt den Laden.«

»Er ist also der Kleine deiner Schwester Andrea?«

Er nickte. »Sie wurde schwanger und heiratete Nickys Vater. Leider entpuppte der sich nicht gerade als vorbildlicher Ehemann. Und er war ein Versager als Vater, der sich dann aus dem Staub gemacht hat – zur Erleichterung aller!«

Halley zuckte zusammen.

Kane biss die Zähne zusammen, während er die Geschichte erzählte. Was seine Schwester durchgemacht hatte, machte ihn jedes Mal wütend. »Seitdem hat Andrea nichts mehr von ihm gehört. Was, wenn du mich fragst, ein Segen ist!«

»Das ist ja furchtbar«, murmelte Halley.

»Stimmt.«

»Du und deine Schwester steht euch nahe, oder?«, fragte sie.

»Ja, sehr.«

Sie lächelte. »Phoebe und ich auch, was mich manchmal wundert, weil wir so grundverschieden sind.«

»Wie kommt's?« Er lehnte sich vor, interessiert an jedem flüchtigen Einblick, den sie ihm in ihr Leben gewährte.

»Na ja …«, sagte sie und drehte eine Pommes in ihrer Hand. »Ich bin eher ruhig und gerne allein zu Hause bei meinen Bildern, während meine Schwester der gesellige Typ ist. Deshalb ist sie auch so gut in ihrem Job. Sie kann sich mit jedem über alles Mögliche unterhalten. Für mich ist so etwas ziemlich anstrengend.«

Er begegnete ihrem Blick. »Ich mag den ruhigen Typ. Das macht es interessanter herauszufinden, wie du tickst.«

Bei seinen Worten lief sie rot an. »So interessant bin ich nun wirklich nicht.«

»Da bin ich anderer Meinung.« Aber er würde sie nicht drängen. Sie hatten einen netten Lunch gehabt, sie schien in seiner Gegenwart allmählich aufzutauen, und das reichte ihm erst mal für den heutigen Tag.

Sie nahm einen Schluck von ihrer Soda. »Es muss schön für dich sein, mit deinem Dad zusammenzuarbeiten.«

Ihr plötzlicher Themenwechsel überraschte ihn. »Es ist schön, einen Familienbetrieb zu haben.«

»Manchmal frage ich mich, wie es wohl gewesen wäre, wenn mein Dad nicht schon so früh gestorben wäre«, meinte sie, und im nächsten Moment wurden ihre Augen ganz groß, als wäre ihr klar geworden, was sie da gerade gesagt hatte.

»Was ist mit ihm passiert?«

Sie senkte den Blick. »Er war in der Army und kam bei einem Einsatz im Irak ums Leben.«

Er streckte seine Hand aus und berührte die ihre. »Das tut mir leid.«

»Ich war erst drei. Ich kann mich nicht mal mehr an ihn erinnern, weil er nie zu Hause war.«

Sie fuhr sich mit der Zunge über die Lippen. Er bemerkte es und fragte sich, wie sie wohl schmeckte. Süß? Herb? Waren ihre Lippen weich? Aber er konnte nicht zulassen, dass ihn jetzt Gedanken an Sex von dem bedeutsamen Umstand ablenkten, dass sie ihn gerade zumindest ein kleines bisschen an sich heranließ.

»Ich verlor meine Mutter, als ich fünfzehn war«, erzählte er in der Hoffnung, dass sie weiterreden würde, wenn er auch ein wenig über sich selbst preisgab. »Die darauffolgenden Jahre waren echt beschissen.«

Der Blick in ihren Augen wurde sanft. »Das war die Zeit, in der du mir in der Schule beigestanden bist«, murmelte sie.

»Ich erinnere mich noch, dass du gerade erst hergezogen warst und es nicht leicht hattest. Nach Moms Tod habe ich eine harte Zeit durchgemacht, und ich hatte das Gefühl, dich ein bisschen zu verstehen. Ich wollte dir helfen.«

Sie lächelte. »Das hast du auch. Mehr als du dir vielleicht vorstellen kannst.«

»Das freut mich.«

Sie blickte auf ihre Hände, seine Hand lag immer noch auf ihrer. Beiläufig zog er sie weg.

Da er spürte, dass sie genug für heute hatte, knüllte er die Folienverpackung seines Burgers zusammen. »Bereit für den Heimweg? Ich muss heute Nachmittag noch kurz in der Werkstatt vorbeischauen und mich vergewissern, dass dort alles glattläuft.«

Er hatte die Werkstatt in Jacksons Obhut überlassen, was nicht das Problem war. Doch sein Vater war ebenfalls da. Kane war immer wohler, wenn er wusste, nach Joe gesehen zu haben.

»Na klar«, erwiderte sie und sammelte nun ebenfalls ihren Abfall zusammen, um ihn zusammen mit Kanes zu entsorgen.

Seite an Seite schlenderten sie anschließend zu seinem Truck, er öffnete ihr die Wagentür und war ihr beim Einsteigen behilflich. Während der Rückfahrt schwieg sie, und es war eine angenehme Stille, was für ihn keineswegs selbstverständlich war.

Sie wohnte nicht weit vom Shack entfernt, und er hielt vor ihrem Haus, sprang aus dem Auto und kam ihr auf ihrer Wagenseite entgegen.

Sie öffnete schon den Mund, um Einwände zu erheben und ihm zu versichern, dass es nicht nötig sei, sie bis zur Haustür zu begleiten, aber bevor sie etwas sagen konnte, legte er ihr einen Finger auf die Lippen. Damit kam er so nah wie möglich daran herauszufinden, ob ihre Lippen so weich waren, wie er sich vorgestellt hatte.

Sie waren es.

»Keine Diskussion, meine Schöne.«

Erneut überzog eine leichte Röte ihre Wangen.

Er legte ihr eine Hand auf den Rücken und begleitete sie dann über den Pfad bis zu ihrer Haustür. Dort angekommen, drehte sie sich zu ihm um, um ihn anzusehen. Ihre Augen waren weit aufgerissen und … erwartungsvoll.

Er hatte sie aus dem Gleichgewicht gebracht, und das gefiel ihm. Sie wartete darauf, dass er irgendetwas sagte. Oder dass er sie küsste, zumindest wenn ihr Gesichtsausdruck – gerötete Wangen, nach hinten geneigter Kopf, geöffnete Lippen – ein Hinweis dafür war.

Er beugte sich vor und streifte mit den Lippen flüchtig über ihre Wange. Ihre Haut war sogar noch weicher als ihre Lippen. »Tschüss, Halley.«

»Tschüss«, flüsterte sie, als er sich wieder aufrichtete und dann ging. Es fiel ihm verdammt schwer, sich nicht noch einmal umzudrehen.

***

Am nächsten Morgen wurde Halley durch ein lautes Geräusch geweckt. Zuerst dachte sie, sie hätte es sich nur eingebildet, und versuchte wieder in den Traum zurückzukehren, den sie gerade gehabt hatte. Ein Traum über Kane, in dem es zu dem Kuss, der ihr am Tag zuvor verweigert worden war, tatsächlich gekommen war. Seine warmen Lippen hatten ihre umhüllt, und seine Zunge war träge darübergefahren, was dazu führte, dass sie ihren Mund für ihn öffnen wollte. Sie stöhnte. Im Traum hatte er ihren Hinterkopf umfasst und ihren Kopf nach hinten gebogen, um mit seiner Zunge besser und tiefer hineinzukommen. Ihre Zungen hatten sich ineinander verheddert, und sie hatte ein Bein um seines geschlungen und ihre Hüften gehoben, um sich mit ihrer Scham an seinem Schwanz zu reiben.

Das laute Gepolter durchdrang erneut ihren Kopf, trommelte sich förmlich durch ihre Schädeldecke und brach die Erinnerung an ihren erotischen Traum ab.

»Verdammt«, brummte sie und zwang sich, ihre Augenlider zu öffnen und sich im Bett aufzusetzen.

Der Lärm hörte sich an, als käme er von der Hausrückseite, sie musste der Ursache also auf den Grund gehen. Es war zu früh am Sonntagmorgen, um aus tiefem Schlaf mit heißen Träumen gerissen zu werden. Vor allem, weil sie normalerweise nicht problemlos schlief und definitiv nicht oft erotische Träume hatte. Wenn überhaupt.

Sie kletterte aus dem Bett und fand einen kurzen, seidenen Morgenrock, der über der Lehne eines Stuhls bei dem kleinen Schminktisch hing. Sie zog ihn über und knotete den Gürtel in der Taille zusammen.

Dann ging sie aus dem Schlafzimmer und an der Staffelei vorbei zu den Türen, die zur rückwärtigen Veranda führten. Bei dem Anblick, der sich ihr dort bot, blieb sie verdutzt stehen.

Kane hatte schon ziemlich viel von dem behandelten Holz unter der Abdeckplane hervorgeholt und war gerade dabei, noch weiteres herbeizuschaffen. Er trug Jeans und ein eng anliegendes weißes T-Shirt, unter dem sie das Spiel seiner Muskeln sehen konnte. Er ließ das Holz auf den Stapel fallen – das war also die Erklärung für den Krach.

Sie war etwas verlegen, da sie nun wusste, dass er dafür verantwortlich gewesen war – wodurch er sich selbst daran gehindert hatte, die Hauptrolle in ihrem erotischen Traum zu spielen. Aber jetzt musste sie wirklich wissen, warum er hier war.

Sie öffnete die Tür und fragte: »Was ist denn hier los?« Sie zog den Gürtel ihres Morgenrocks etwas fester und trat nach draußen. »Kane?«

Er schaute auf und ließ den Blick über ihren Körper wandern – angefangen bei ihren nackten Füßen und Beinen, dann weiter nach oben über ihren Oberkörper und Hals, wo er schließlich auf ihrem Gesicht landete. Pure männliche Anerkennung funkelte in seinen Augen, was sie zusammenzucken ließ. Schließlich war sie gerade erst aus dem Bett gestiegen und hatte noch nicht mal einen Blick in den Spiegel geworfen.

Er kam zu ihr und blieb vor ihr stehen. »Guten Morgen!«

Sie schluckte mühsam und ignorierte die Hitze, die bei seiner Musterung in ihren Wangen aufgestiegen war. »Guten Morgen. Was treibst du denn da?«

»Wonach sieht's denn aus?« Er wies mit der Hand auf den Holzhaufen. »Ich repariere deine Veranda.«

»Ja, das sehe ich. Ich meinte … warum?«

»Weil es gemacht werden muss. Außerdem arbeite ich gerne mit meinen Händen.«

Ihre Gedanken rasten zu der versteckten Anspielung in dieser Bemerkung. Zu seinen Händen, die über ihren Körper wanderten, sich ausgiebig Zeit nahmen und ihre Kurven nachzeichneten. Und als er ihr zuzwinkerte, wusste sie, dass sie hier gerade nicht die Einzige war, deren Gedanken *dorthin* gewandert waren.

Sie räusperte sich. »Ich weiß es wirklich zu schätzen, dass du mir helfen willst, aber ich kann mir deine Dienste doch nicht so zunutze machen.« *Dienste zunutze machen*. O mein Gott! Warum schien eigentlich alles, was sie sagten, einen sexuellen Beiklang zu haben?

»Tust du doch gar nicht. Ich will das machen. Ich hab das Haus meines Vaters renoviert, falls du irgendwelche Referenzen brauchen solltest«, meinte er, und sie war sich nicht sicher, ob er das gerade ironisch gemeint hatte. »Solange du kein Problem damit hast, dass ich in meiner Freizeit arbeite, habe ich es auch nicht.«

»Danke. Wirklich.« Sie würde tun müssen, was sie konnte, um ihm ihre Dankbarkeit zu zeigen. Und ganz konkrete Möglichkeiten dafür kamen ihr auch schon in den Sinn. Wie sie vor ihm in die Knie ging und langsam seinen Reißverschluss herunterzog, bis sein Schwanz heraussprang. Oje! Was machte sie hier eigentlich, sich derlei mit ihm vorzustellen, während er sie dabei auch noch mit einem belustigten und wissenden Blick beobachtete?

Er streckte seine Hand aus und hob das Gürtelende ihres Morgenrocks hoch. »Und jetzt, da wir das geklärt hätten, kannst du mir bitte noch einen Gefallen tun?« Er ließ die Seide ganz langsam zwischen Daumen und Zeigefinger hindurchgleiten. Lustvoll.

»Na klar. Schieß los«, erwiderte sie mit einem heiseren Krächzen. Sie war wie hypnotisiert von der Art, wie seine schwieligen Fingerkuppen das weiche Material liebkosten. Ihre Nippel unter ihrem Hemdchen waren schon ganz hart.

»Bitte geh rein und zieh dir was an«, sagte er mit rauer Stimme. »Du lenkst mich zu sehr von der Arbeit ab.« Sein Blick hatte sich in der Zwischenzeit auf die härter gewordenen Spitzen konzentriert, die gegen den Stoff ihres Morgenrocks stießen.

O mein Gott! Sie errötete. Das wurde allmählich zur Gewohnheit, wenn er in ihrer Nähe war. Sie drehte sich um und ging ins Haus.

***

Kane arbeitete schon seit ein paar Stunden. Die morgendliche Sommersonne brannte mittlerweile noch heißer auf seine Haut. Halley hatte ihm ein paarmal kaltes Wasser nach draußen gebracht, was er genauso sehr zu schätzen wusste wie die Tatsache, dass sie eines ihrer luftigen Kleider angezogen hatte, die sie so gerne mochte und die so viel von ihrer gebräunten Haut zeigten. Gott sei Dank trug sie nicht mehr diesen kurzen Morgenrock, der nur bis zur Mitte ihrer Schenkel reichte und ihn mit Gedanken quälte, was er wohl vorfinden würde, wenn er mit seinem Finger unter die Seide gleiten und dann, auf der Suche nach ihrer Pussy, immer weiter nach oben wandern würde. Mehr als einmal hätte er sich bei seiner Arbeit fast selbst verletzt, weil er wegen dieser Frau im Haus total abgelenkt war.

Das Geräusch einer zuknallenden Autotür brachte ihn wieder in die Realität zurück. Kurz darauf folgte ein weiterer Knall. Halley hatte Besuch bekommen, und er fragte sich, wer das wohl sein könnte.

Bis jetzt hatte er nicht den Eindruck gewonnen, als ob sie allzu viele Freunde hätte.

Er fand sie wahnsinnig interessant. Nicht nur, weil sie so verdammt sexy war oder sein Verlangen, sie überall zu schmecken, jedes Mal stärker wurde, wenn sie zusammen waren.

Sie hatte ihm gestern einen kleinen Einblick in ihre schwermütige Seite gewährt, als sie zugegeben hatte, dass sie sich fragte, ob ihr Leben wohl anders verlaufen wäre, wenn ihr Vater nicht so früh gestorben wäre. Das waren zwar nur winzige Informationssplitter, und sie warfen mehr Fragen auf, als Antworten zu geben. Trotzdem war es ja immerhin schon mal etwas.

Ein Hinweis darauf, dass sie ihm vertraute, so wenig es im Moment vielleicht auch noch sein mochte. Doch es war zumindest etwas, womit er arbeiten konnte.

Worauf er aufbauen konnte.

Und er beabsichtigte, alles zu nutzen, was er kriegen konnte. Aber jetzt musste er sich erst mal wieder an die Arbeit machen.

***

Nachdem sie Kane auf der Veranda zurückgelassen hatte, ging Halley duschen. Dabei war ihr schmerzhaft bewusst, dass sich da draußen vor ihrem Haus gerade dieser heiße Mann abrackerte. Schnell erledigte sie ihre morgendliche

Routine, föhnte sich die Haare und trug ein bisschen Make-up auf, etwas Mascara, Foundation, Rouge und Lipgloss, gab sich wegen Kane mehr Mühe als sonst.

Aber das sollte sie doch nicht!

Sie redete sich ein, es gar nicht zu tun, was allerdings nur ein Depp geglaubt hätte. Sie war sich Kanes Wirkung auf sich sehr wohl bewusst, genau wie des Feuers, das sie beide zum Lodern brachte, wenn sie zusammen waren. Im Moment zeigte er ihr, was für ein netter Kerl er war. Wobei sie das auch schon vorher gewusst hatte, und nun erkannte sie, dass sich daran nichts geändert hatte.

Nachdem Kane eine Weile gearbeitet hatte, stellte sie die Zutaten für Omeletts bereit. Als Dank wollte sie ihm etwas zu essen machen. Kochen war das Einzige, was ihr einfiel, um sich für die harte Arbeit, die er da in ihr Haus steckte, erkenntlich zu zeigen. Sie könnte ihm hier etwas vorsetzen oder ihm etwas Selbstgekochtes nach Hause mitgeben, damit er sich, wenn er ging, nicht auch noch Gedanken machen musste, was er später essen sollte.

Das Kochen hatte sie sich selbst beigebracht. In ihrer Freizeit schaute sie sich gerne Kochsendungen an und stellte Menüs für sich zusammen. Da sie nicht viel ausging, verwöhnte sie sich damit eben selbst, und sie liebte es. Manchmal lud sie auch ihre Schwester, ihren Neffen und ihre Tante zu sich ein, weil diese sich ständig Sorgen darüber machten, wie viel Zeit sie damit verbrachte, sich daheim zu verkriechen und zu malen. Auf diese Weise sahen sie dann, dass es ihr gut ging und sie sich keine Gedanken machen mussten.

Sie hatte bereits alle benötigten Zutaten herausgestellt, als es an der Haustür klingelte. Sie spähte durch den Spion und war überrascht, als sie ihre Schwester und ihre Tante vor der Tür stehen sah.

Sie ließ sie hinein. »Was macht ihr denn hier?«, fragte sie. »Alles in Ordnung?«

»Ich muss mit dir reden, und ohne Auto kannst du ja nicht zu mir kommen«, erwiderte ihre Tante Joy, die ziemlich fertig klang.

»Deshalb sind wir zu dir gekommen«, erklärte Phoebe, während sie bereits ins Wohnzimmer ging. Ihr Blick schoss sofort in Richtung des Lärms auf der Veranda. »Ist das etwa …?« Sie verstummte und trat näher ans Fenster. »Das ist ja Kane Harmon! Was treibt der denn an einem Sonntagmorgen hier? Arbeitet er etwa an deiner Veranda?«

»Er …«

»Warte mal. Hab ich dich nicht Freitagabend mit ihm im Blue Wall reden sehen? Erzähl mir jetzt nicht, dass ihr was miteinander hattet?«, fragte sie hoffnungsvoll.

Eine weitere Sache, über die ihre Schwester ständig klagte, war, dass Halley nie Dates hatte und ausging.

Halley lief rot an. »Was? Nein! Er hat mich von der Werkstatt nach Hause gefahren, nachdem mein SUV seinen Geist aufgegeben hat. Er hat das Haus gesehen, die unfertige Veranda und ist heute einfach aufgetaucht, um mir zu helfen.«

Sie blickte zu ihrer Tante, die die beiden Schwestern amüsiert beobachtete, sich klugerweise jedoch nicht einmischte. Sie würde sich nicht mit Phoebe gegen Halley verbünden oder diese ausquetschen, um mehr über deren Privatleben herauszubekommen. Das war Phoebes Stärke.

»Er hat eine Werkstatt. Was versteht er denn schon von Bauarbeiten?«, wollte Phoebe wissen.

»Er meinte, dass er gut mit seinen Händen arbeiten kann«, entgegnete Halley und verschränkte defensiv die Arme vor der Brust. Phoebe würde nachbohren, das wusste sie jetzt schon.

»Da könnte ich drauf wetten …«

Halley ignorierte die Anspielung – davon hatte es heute bereits genug gegeben – und lenkte das Gespräch auf ein anderes Thema.

»Also verratet ihr mir jetzt endlich, warum ihr hergekommen seid?«

»Lange Geschichte«, erwiderte ihre Tante. »Vielleicht sollten wir uns vorher lieber setzen.«

»Zuerst muss ich noch die Eier und die Milch zurück in den Kühlschrank stellen. Kommt in die Küche, da können wir auch sitzen.«

Ihre Tante nickte und ging voraus.

Phoebe folgte ihr, blieb dann aber noch kurz bei Halley stehen, um ihr etwas ins Ohr zu flüstern. »Du solltest den Vorteil von so viel echt heißer Männlichkeit wirklich nutzen.«

Halley verdrehte die Augen und ging in die Küche, ihre Schwester lief ihr hinterher.

»Bevor wir anfangen – hast du vielleicht irgendwas Kaltes zu trinken da?«, fragte Phoebe und öffnete, ohne auf eine Antwort zu warten, die Kühlschranktür, um selbst nachzusehen. Sie holte eine Cola Light heraus.

Phoebe kam häufig zu Besuch und genauso häufig verhielt sie sich, als wäre sie bei sich zu Hause. Nach etwas zu fragen war reine Höflichkeit, die eigentlich gar nicht nötig war.

»Will sonst noch jemand eine?«, fragte Phoebe.

»Nein«, antworteten Halley und ihre Tante gleichzeitig.

Phoebe drehte sich um und begegnete Tante Joys Blick.

Halley beschlich das sichere Gefühl, dass sie hier gerade die Einzige war, die nicht wusste, warum Tante Joy mit ihr persönlich reden musste.

»Was ist los?«, fragte Halley nervös, weil sich das hier wie ein Überfall anfühlte. Sie hatte keine Ahnung, was ihre Tante mit ihr zu bereden hatte, das sie nicht auch am Telefon hätte machen können.

»Setzen wir uns.« Tante Joy ging zum Granittisch, einem von Halleys Lieblingsstücken im Haus, der von schwarzen, weißen und grauen Wirbeln durchzogen war. Tante Joy rückte einen Stuhl an den Tisch und nahm Platz, dann wartete sie, dass Halley und Phoebe sich ebenfalls setzten.

Halley stützte ihre Arme auf die Tischplatte und lehnte sich vor. Sie blickte von ihrer Schwester zu ihrer Tante, wie immer erstaunt, wie ähnlich sich die beiden sahen. Mit ihren glatten hellblonden Haaren, den grünen Augen und vornehmen Gesichtszügen wirkten sie eher wie Mutter und Tochter. Auch ihr Kleidungsstil war ähnlich. Während Halley legere, fließende Kleider und generell bequeme Kleidung bevorzugte, wählten Phoebe und Joy stattdessen taillierte Hosenanzüge und Kleider, die eher zur Arbeit passten als zu einem zwanglosen Tag zu Hause. Dabei arbeitete Joy noch nicht mal. Phoebes sicheres Auftreten hatte sie wohl auch ihrer Tante zu verdanken.

Demonstrativ schaute Halley die beiden an.

Als die Stille weiter andauerte, hielt Halley es irgendwann nicht mehr aus. »Okay, so langsam sollte jemand mal etwas *sagen*.«

»Ich hatte heute Morgen Besuch«, erklärte ihre Tante Joy schließlich.

»Okay?«

Tante Joy griff nach Halleys Hand. »Meine Schwester … eure Mutter war bei mir.«

Die Worte waren für Halley wie ein Schlag ins Gesicht. »Was?« Sie konnte ihren Ohren nicht trauen. »Unsere Mutter, von der wir, seitdem wir ihr weggenommen wurden, weder etwas gesehen noch gehört haben, war bei dir? Du willst mich wohl auf den Arm nehmen.«

Tante Joy schüttelte den Kopf. »Ich mache keine Witze. So etwas würde ich nie tun.«

Halleys Blick wanderte zu ihrer Schwester, die ganz still geworden war. »Du hast es gewusst!«, sagte sie vorwurfsvoll.

»Tante Joy hat's mir erst eben, auf der Fahrt hierher, erzählt, weil ich nicht aufgehört habe, sie zu nerven.« Phoebes Wangen waren gerötet, offensichtlich war sie genauso aufgewühlt wie ihre Schwester.

»Was wollte sie?«, fragte Halley.

Nervös rutschte Tante Joy auf ihrem Stuhl herum. »Es ist kompliziert, aber ich habe das Gefühl, dass ihr beide bald von ihr hören werdet.«

Halley zog ihre Hand aus der ihrer Tante und schlang ihre Arme um sich. Ihr Mund war ganz trocken, ihr Herz raste, und in ihren Ohren summte es – alles Anzeichen einer drohenden Panikattacke. Sie begann, tief und beruhigend ein- und auszuatmen.

»Warum denn auf einmal?«, fauchte Phoebe wütend. »Und warum jetzt?«

Tante Joy stand auf. »Die Sache ist die ... Also um ehrlich zu sein, ist es nicht das erste Mal, dass ich sie in letzter Zeit gesehen habe.« Sie begann auf den großen Keramikfliesen in der Küche auf- und abzugehen.

»Was soll das heißen?«, fragte Phoebe.

»Meg kam vor sechs Monaten aus dem Gefängnis. Nach ihrer Entlassung rief sie mich an, und ich gab ihr Geld, damit sie auf die Beine kommt.«

Ein Schock durchfuhr Halley. Es sah ihrer Tante überhaupt nicht ähnlich, ein derart großes Geheimnis für sich zu behalten. »Hat sie damals nach uns gefragt?«, fragte Halley laut.

»Wen interessiert's?!«, schrie Phoebe sie an. »Sie war eine Scheißmutter, die es zugelassen hat, dass wir ihr weggenommen wurden! Dann wurde sie wegen Drogenbesitzes verhaftet und weil sie vorhatte zu dealen. Sie hat sich einen Scheißdreck um uns gekümmert, als wir klein waren und sie gebraucht hätten. Warum interessiert sie dich jetzt?«

Halley senkte ihren Blick. »Weiß nicht, warum ich überhaupt gefragt habe ...«

In Wirklichkeit wusste sie es jedoch genau. Ein Teil von ihr hatte immer glauben wollen, dass es da irgendeinen Fehler gegeben hatte und ihre Mutter sie und ihre Schwester wirklich liebte. Dass es ihr schrecklich leidtat, was sie getan hatte.

Händeringend appellierte ihre Tante an die beiden: »Mädchen, bitte! Hört auf, euch zu streiten. Das bringt doch nichts.« Sie ging zu Halley und legte ihr tröstend eine Hand auf die Schulter. »Und nein, mein Schatz. Sie hat nicht nach euch gefragt. Sie hatte Angst, wieder von vorne anfangen zu müssen, und ich dachte, wenn ich ihr etwas Geld gebe und sie sich neu organisiert und erst mal Fuß gefasst hat, würde sie wiederkommen, um euch zu treffen.«

»Ist es das, worum es bei ihrem Besuch ging? Zuerst einmal fasst sie Fuß und kriegt ihr Leben wieder auf die Reihe, und dann ist sie bereit, sich mit uns zu treffen?«, fragte Halley. Sie hasste es, dass sie sich immer noch an Hoffnungen klammerte, was ihre Mutter anging.

»Nein.« Der Griff ihrer Tante an ihrer Schulter wurde fester. »Ihr ist das Geld ausgegangen, und sie wollte mehr. Ich fragte sie, ob sie einen Job gefunden habe und ob sie unabhängig sei oder jedenfalls teilweise. Wenn sie es wenigstens versucht hätte, hätte ich ihr noch mal geholfen. Aber das war nicht der Fall, und daran hat sich auch bis heute nichts geändert. Sie meint, dass sie ein Anrecht auf Teile des Familienvermögens hat.«

»Hat sie aber nicht, oder? Eure Eltern haben sie doch aus ihrem Testament streichen lassen?«, fragte Halley. Ihre Großeltern waren bereits gestorben, bevor die Mädchen zu ihrer Tante kamen, und sie hatten ihrer Tochter Meg den Rücken zugekehrt, als diese sich aus dem Staub machte, um einen Mann zu heiraten, der keine andere Perspektive hatte, als seinem Land zu dienen.

»Ja, sie haben sie aus ihrem Testament streichen lassen«, bestätigte Tante Joy nickend.

Halley konnte ihre Großeltern nicht verstehen. Alles, was sie aus den Erzählungen ihrer Tante Joy wusste, war, dass sie sehr streng gewesen waren, unnachgiebig, und nur ihr Weg der einzig richtige war. Als Meg nicht das tat, was sie für richtig für sie hielten, hatten sie sich von ihr abgewandt. Sie waren nicht einmal nachgiebiger geworden, als Halleys Vater bei einem Einsatz im Irak ums Leben kam.

Und als Vater Staat sich einschaltete und die beiden Mädchen ihrer Mutter wegnahm, lebte nur noch Tante Joys Vater, der behauptete, nicht in der Lage zu sein, sich um zwei kleine Kinder zu kümmern. Wobei er durchaus in der Lage gewesen wäre, eine Hilfskraft einzustellen, die sich in Vollzeit um die Kinder hätte kümmern können. Er hatte Joy nicht einmal erzählt, dass ihre Schwester Meg Kinder hatte, geschweige denn, dass sie ihr weggenommen worden waren.

Halley blickte zu Phoebe. Ihre Schwester fuhr sich mit der Hand durchs Haar und zupfte ebenso besorgt wie frustriert an den langen Haarsträhnen herum.

»Und obwohl ich Meg wieder unter die Arme greifen würde, wenn sie meine Hilfe bräuchte, werde ich mit Sicherheit nicht ihre Sucht finanzieren!«, sagte Tante Joy schließlich, nachdem es lange Zeit still gewesen war. »Deshalb glaube ich, dass sie es als Nächstes bei euch versuchen wird, an Geld zu kommen.«

»Ich will sie aber nicht sehen!«, erklärte Phoebe.

Halley schwieg. Sie hatte gemischte Gefühle, gegen die sie nichts tun konnte. Ein Teil von ihr – das verletzte kleine Mädchen in ihr – war neugierig auf ihre Mom.

»Halley?«, drängte Phoebe sie zu einer Antwort. Sie wollte wissen, was ihre Schwester tun wollte, falls sie etwas von ihrer Mutter hörte.

»Ich … ich weiß es nicht«, gab Halley zu.

»Halley!«, entfuhr es ihrer Schwester aufgebracht.

»Mädchen, ich kann euch nicht vorschreiben, was ihr tun sollt«, schaltete sich nun ihre Tante ein. »Ihr seid beide erwachsen. Aber ich würde mich nicht richtig verhalten, wenn ich jetzt nicht ehrlich wäre. Ich fürchte, dass Meg mit euren Gefühlen spielen wird, um zu bekommen, was sie will. Und letzten Endes wird sie euch dann wieder verletzen.«

Für den Bruchteil einer Sekunde legte Halley ihre Hand auf die ihrer Tante, wollte ihr damit zeigen, dass sie sie verstand. »Ich muss nachdenken.«

»Ich nicht«, murmelte Phoebe. Sie stand auf und ließ ihre ungeöffnete Cola auf dem Tisch stehen. »Ich muss jetzt los. Noch ein paar berufliche Telefonate führen.«

Ihre Schwester war sauer. Scheiße. »Phoebe …«

»Nicht jetzt. Wir beide müssen das Ganze erst mal verdauen. Tante Joy? Kannst du mich jetzt nach Hause bringen?«

Joy warf Halley einen bedauernden Blick zu. »Ich melde mich später bei dir«, versprach sie ihrer Nichte.

»Mir geht's gut.« Das war eine Lüge. Doch Halley wollte nicht, dass Tante Joy sich noch mehr Sorgen machte als ohnehin schon.

»Aber wie soll sie uns denn finden?« Halley konnte sich die Frage nicht verkneifen. »Sie weiß doch gar nicht, wo ich wohne, oder dass du unseren Nachnamen wieder in Ward hast ändern lassen, oder?« Als sie nach der Pflegeunterbringung zu Tante Joy gezogen waren, hatte diese einen Neuanfang für die Mädchen gewollt.

Ihr Vater war vor vielen Jahren gestorben, seine Eltern waren schon älter gewesen und hatten die Mädchen auch nicht zu sich nehmen wollen, nachdem sich die Behörden eingeschaltet hatten. Auch sie hatten behauptet, nicht in der Lage zu sein, sich um kleine Kinder zu kümmern. Juliette war zu diesem Zeitpunkt schon weg gewesen. Und wieder einmal hatte sich ihre Tante für sie eingesetzt und veranlasst, dass sie die Möglichkeit hatten, ihren Nachnamen zu ändern.

Zu der Zeit hatte sich besonders Phoebe an ihre Tante geklammert. Und Halley hatte alles getan, was ihre Schwester wollte. Sie hatten den Namen ihres Vaters aufgegeben und den Familiennachnamen Ward angenommen.

»Ich habe ihr nicht eure Nummern gegeben. Sie weiß zwar, dass Phoebe im Gästehaus wohnt, aber nicht genau, wo du lebst«, sagte sie zu Halley. »Nachdem Meg weg war, merkte ich aber, dass sie mich ausgetrickst hat. Sie hatte mich um ein Glas Wasser gebeten, und als ich in die Küche ging, ließ ich mein Handy auf dem Wohnzimmertisch liegen. Ich dachte mir gar nichts dabei, bis sie wieder weg war. Da fiel mir auf, dass mein Telefon plötzlich woanders lag. Außerdem hatte sie auch versucht mich nach euch auszufragen, nachdem ich mich geweigert hatte, ihr einen Scheck auszustellen.«

Jetzt war es Phoebe, die ihre Arme vor der Brust verschränkte. »Aber Handys benötigen doch ein Passwort.«

»Ähm ... ich hatte mir noch keins zugelegt.« Joy lief rot an. »Alles, was sie tun musste, war, eure Vornamen ins Handy einzutippen. Tut mir leid.«

»Na toll«, murmelte Phoebe.

Seufzend drehte sich Tante Joy um und ging zur Küchentür, sah dann jedoch noch einmal zurück. »Ich ruf dich an.«

Halley nickte.

Nachdem die beiden gegangen waren, ging Halley nach draußen auf die halb fertige Veranda. Kane war nirgends zu sehen. Vielleicht war er ja schon nach Hause gefahren, ohne sich zu verabschieden, weil er sie nicht stören wollte? Sie beschloss, ein Spaziergang am Meer wäre jetzt genau das Richtige, stieg die Verandatreppe hinunter und schlenderte zum Strand. Dort setzte sie sich in den Sand, beobachtete die Wellen, die rhythmisch ans Ufer schlugen, was sie immer zur Ruhe kommen ließ.

In ihrem tiefsten Herzen wusste sie, dass wenn ihre Mutter auftauchte, es nicht um eine innige Versöhnung gehen würde oder darum, um Verzeihung zu bitten. Halley wünschte sich nur, dass sie damit klarkäme. Als kleines Mädchen hatte sie es nicht verstanden, warum sie in ein neues Zuhause gesteckt worden war, zu Leuten, die sie überhaupt nicht kannte. Oder warum sie so oft hungrig war oder, als sie älter wurde, von den anderen Mädchen schikaniert wurde. Sie hatte geweint, weil sie ihre Mutter vermisst und sich gewünscht hatte, dass diese kommen und sie retten würde.

Als ihre Tante schließlich auftauchte, waren Halleys Mauern, die sie um sich herum errichtet hatte, bereits ziemlich hoch gewesen. Ihre Wut war immer mal wieder urplötzlich und unvermittelt in ihr hochgekommen: auf ihre Tante, dass sie sie nicht schon früher gefunden hatte, und auf sich selbst, weil sie es nie geschafft hatte, sich einzugliedern. Es war immer einfacher gewesen, introvertiert und alleine zu sein, als den Menschen um sich herum zu vertrauen.

Und auch wenn sie heute als Erwachsene stärker als früher versuchte, freundlicher und nachsichtiger zu sein, belastete sie die Vergangenheit doch noch immer ungemein. Sie hielt sie davon ab, auf irgendeine sinnvolle Weise voranzukommen. Sie hielt sie davon ab, irgendwelchen Interessen nachzugehen, die über ihren behaglichen Tellerrand hinausgingen.

Sie hielt sie davon ab, sich auf Kane einzulassen.

KAPITEL 4

Kane war gerade bei seinem Wagen, um die Schleifmaschine zu holen, als Halleys Gäste zu ihrem Auto zurückgingen. Er erkannte ihre Schwester wieder – sowohl aus der Bar als auch von den Malen, als sie zur Inspektion ihres Autos in seine Werkstatt gekommen war. Er wusste zwar nicht sofort, wer die ältere Frau war, ging aber aufgrund der großen Ähnlichkeit mit Phoebe davon aus, dass es sich um die Tante handeln musste. Die gerunzelte Stirn beider Frauen ließ darauf schließen, dass sie in Gedanken versunken waren.

Er kehrte gerade rechtzeitig auf die Veranda zurück, um Halley noch zu sehen, die zum Strand hinunterlief, wobei ihr Kleid um ihre Beine schwang. Am Ufer blieb sie stehen und blickte auf den Horizont, irgendwann ließ sie sich auf dem Sand nieder. Als sich das Wasser seinen Weg zum Ufer bahnte, überspülte es ihre Füße. Obwohl Kane sie nur von hinten sah, konnte er ihre Traurigkeit und Unruhe förmlich spüren, was ihre hochgezogenen Schultern verrieten.

Am liebsten wäre er zu ihr gegangen, um sie zu trösten. Um sie zu fragen, was passiert war und was er tun könnte, damit es ihr wieder besser ging. Allerdings wusste er, dass sie beide noch nicht an dem Punkt waren, an dem sie sich ihm anvertraut hätte. Wenn es nach ihm ginge, würden sie jedoch an diesen Punkt kommen. Erst mal würde er sie jedoch in Ruhe lassen, so schwer es ihm auch fiel, nichts zu tun, wenn sie eindeutig unglücklich war.

Mit Schutzhelm und -brille machte er sich wieder an die Arbeit. Als Halley zurück ins Haus ging, kam sie an ihm vorbei und winkte ihm zu. Er lächelte zurück, arbeitete aber weiter. Als er kurze Zeit später aufschaute, sah er sie wieder. Anscheinend wartete sie darauf, mit ihm zu sprechen.

Er schaltete die Schleifmaschine aus, nahm zuerst die Schutzbrille, dann den Schutzhelm ab und sah ihr in die Augen.

»Ich dachte, du bist vielleicht hungrig, deshalb hab ich Frühstück gemacht. Es ist ein bisschen später geworden als geplant, weil ich Besuch hatte, aber jetzt sind sie weg. Das Frühstück steht auf dem Tisch, falls du was essen möchtest.«

»Du hättest doch nichts machen müssen.« Er stand auf. »Aber ich bin froh, dass du es getan hast. Ich muss mich vorher nur noch ein bisschen frisch machen.«

Sie lächelte. »Komm doch rein.« Sie gingen ins Haus, und sie führte ihn zum Badezimmer.

Ein paar Minuten später gesellte er sich zu ihr in die Küche. Auf einem Teller in der Mitte des Tischs lagen Eiermuffins, dazu gab es lecker aussehende Speckstreifen und eine Karaffe Orangensaft.

»Das ist ja unglaublich. Und es riecht köstlich.« Er nahm sich eine Serviette und legte sie sich auf den Schoß. »Ich weiß es wirklich zu schätzen, dass du etwas für mich zu essen machst.« Und er sah es als ein gutes Zeichen, dass sie ihn in ihrem Haus haben wollte, auch wenn sie sich damit nur erkenntlich zeigte.

»Gern geschehen. Ich mag es zu kochen. Also nur zu, hau rein.« Sie wies mit der Hand auf das Essen.

Zuerst reichte er ihr etwas, anschließend bediente er sich. Dann nahm er einen Bissen. Sie war eine verdammt gute Köchin. »Fantastisch«, lobte er den Muffin. Speck war Speck. Immer gut.

»Danke.«

Sie aßen schweigend.

»Ich wurde nach dem Kometen Halley benannt«, sagte sie auf einmal, womit sie ihn völlig überraschte.

»Echt?«

»Wir wurden alle nach etwas benannt, das es im Sonnensystem gibt. Wie du siehst, war meine Mutter, bevor sie wegen Drogen und Alkohol aus dem Gleis geriet, ganz schön schlau. Ein Naturwissenschafts-Freak. Sie war ganz vernarrt in Planeten und den Weltraum, deshalb bekamen meine Schwestern und ich auch solche Namen. Ich bin eindeutig der Komet Halley. Phoebe wurde nach einem der äußeren Monde des Saturns benannt und Juliette nach dem Mond des Planeten Uranus. Jedenfalls hat das meine Tante Joy so erzählt. Ich war noch zu klein, um mich an irgendwelche Geschichten von meiner Mutter zu erinnern.«

Ihre plötzliche Offenheit überrumpelte ihn völlig, und die Wehmut in ihrer Stimme, als sie eine Schwester erwähnte, von der er bis jetzt noch nie etwas gehört hatte, musste er erst einmal verdauen. »*Schwestern?* Juliette?«, fragte er.

Sie legte ihre Gabel ab und sah ihn traurig an. »Ja, ich habe zwei Schwestern. Wir haben unterschiedliche Väter. Ich habe dir von meinem und Phoebes Dad erzählt, der bei einem Einsatz ums Leben kam. Na ja, kurz bevor Phoebe und ich in Pflegefamilien gesteckt wurden, hat meine Mutter Juliette, die damals erst zwei war, ihrem leiblichen Vater gegeben. Gegen Cash.«

Er war sich nicht sicher, ob er gerade richtig gehört hatte. Ausgeschlossen. »Deine Mutter hat ...?«

»Ihre Tochter verkauft. Du hast schon ganz richtig gehört.« Sie stand auf, nahm ihren Teller und ging damit zur Spüle. Nachdem sie ihn abgestellt hatte, stützte sie sich mit einer Hand an der Küchentheke ab und senkte den Kopf.

Nicht einmal in seinen wildesten Träumen hätte er gedacht, dass sie sich ihm auf diese Weise öffnen würde. Andererseits schien sie auch niemanden außer ihm zu haben, dem sie sich hätte anvertrauen können. Er war jedenfalls dankbar dafür, und er würde ihr zuhören, auch wenn es ihm das Herz brach, weil sie ihm so schrecklich leidtat. Er konnte sich nicht vorstellen, dass es wirklich ein Elternteil gab, das nicht für seine Kinder sorgte. Selbst sein Vater hatte trotz all seiner Schwächen stets sein Bestes für seine Kinder gegeben, nachdem Kanes Mutter gestorben war.

Weil er spürte, dass Halley ihn jetzt brauchte, trat er hinter sie, griff sie an der Schulter und drehte sie zu sich um, sodass sie ihm ins Gesicht sah. »Es tut mir leid, was du durchmachen musstest. Und es ist echt beschissen, dass deine Mutter so etwas Schreckliches getan hat!«

Ihre Unterlippe zitterte, und er verspürte den Wunsch, das weiche Fleisch zu berühren. Mit seinen Fingern. Mit seinem Mund. Mit irgendwas, um sie zu trösten.

»Nicht mehr so schlimm …«, murmelte sie. »Meine Mutter ist übrigens wieder zurück. Deshalb kam meine Tante vorhin auch vorbei. Um mir zu sagen, dass meine Mom nach ihrer Entlassung zu ihr gekommen ist, weil sie Geld wollte.« Halley atmete tief durch, offensichtlich setzte ihr diese Geschichte ganz schön zu.

»Du machst Witze«, brummte er.

Halley schüttelte den Kopf. Dann kehrte sie in die Vergangenheit zurück und erzählte ihm weitere Einzelheiten, unter anderem wie alt sie damals gewesen war, als sie ihrer Mutter weggenommen wurde, weil diese unfähig gewesen war, sich um ihre Kinder zu kümmern. Erst verdammte drei Jahre alt. Empört und traurig zugleich ballte er seine Hände zu Fäusten.

»In den darauffolgenden zehn Jahren war meine Mutter dann anscheinend mit einem Drogendealer liiert«, fuhr sie fort. »Deshalb wurde sie von der Polizei verhaftet, als sie in ihrer Wohnung eine Razzia durchführten. Wegen Drogenbesitzes und des Vorsatzes zu dealen.«

Er zuckte zusammen. »O mein Gott.«

Sie schnaubte. »Und ich bin noch nicht mal fertig. Während ihrer Haft kam sie wohl wieder zur Besinnung. Jedenfalls meldete sie sich bei meiner Tante Joy und erzählte ihr, dass sie zwei Kinder hat, die in Pflegefamilien gesteckt worden waren. Daraufhin schaltete sich unsere Tante Joy ein und holte uns zu sich. Vor sechs Monaten wurde meine

Mutter dann aus dem Gefängnis entlassen und kam zu Tante Joy, weil sie Geld wollte.«

»Nicht, um ihre Töchter zu sehen?«, fragte er, schockiert über diese Geschichte, die ihr Leben war.

»Nein. Aber Tante Joy hoffte, sie würde die Kurve kriegen und wiederkommen, um sich mit uns zu treffen.« Sie hatte sich mit der Hüfte an die Küchentheke gelehnt, nun richtete sie sich auf. »Meine Mom ist zurückgekommen, gut. Und wollte mehr Geld. Meine Tante sagte Nein, und meine Mom suchte daraufhin heimlich in Tante Joys Handy nach unseren Telefonnummern. Also gehe ich mal davon aus, dass ich von ihr hören werde. Heute Morgen hatte ich tatsächlich einen seltsamen Anruf, bei dem gleich wieder aufgelegt wurde, und dann noch einen, als ich gerade am Kochen war. Bei beiden Anrufen war die Nummer unterdrückt. Phoebe ist total sauer. Sie will nämlich nichts mehr mit unserer Mutter zu tun haben.«

»Und du?«

Während sie sprach, hatte er ihre Hand genommen. Ihre Schwester war sauer, und ihre Tante wusste vermutlich nicht, was sie tun sollte.

Aber Halley? »Was willst *du*?«, fragte er noch einmal. Weil es das war, was für ihn zählte. Was Halley wollte oder brauchte.

Das hatte ihr noch nie jemand gegeben. Als sie noch ein Kind gewesen war, war niemand für sie da gewesen, und es war offensichtlich, dass sie jetzt niemanden mehr an sich heranließ. Doch er wollte derjenige sein, bei dem sie es akzeptierte.

»Ich würde … am liebsten zurück und die Vergangenheit auslöschen. Ich will das einfach alles vergessen, auch wenn ich weiß, dass das nicht möglich ist. Ich will, dass sich meine Mutter meldet, und dass sie sich geändert hat. Dass sie der Mensch geworden ist, den ich in all den Jahren, die ich in Pflegefamilien verbrachte, vermisst habe«, gab sie schließlich mit zitternder Stimme zu. »Bedeutet das, dass ich sie treffen und es mit eigenen Augen sehen muss? Muss ich mir selbst einen Schlag ins Gesicht verpassen, oder soll ich einfach meiner Tante glauben, dass meine Mom egoistisch ist und nur Geld will?« Sie seufzte. »Wenn ich es laut ausspreche, kenne ich die Antwort bereits«, meinte sie, bevor er etwas dazu sagen konnte. »Ich wünschte nur …«

»Ich weiß«, sagte er und drückte ihre Hand. »Ich weiß, wie es ist, wenn ein Elternteil ein Suchtproblem hat. Mein Dad ist spielsüchtig. Normalerweise bin ich derjenige, der die Erwachsenenrolle übernehmen muss.«

Sie schüttelte den Kopf und lachte leise. »Da haben wir ja eine ziemlich beschissene Gemeinsamkeit.«

Er schmunzelte. »Na ja, immerhin. Ich denke übrigens, dass du deinem Herzen folgen und nicht das tun solltest, was deine Schwester oder Tante für richtig halten.«

»Danke«, murmelte sie.

»Wofür?«

»Dass du mir zugehört hast. Und dass du nicht über mich urteilst.«

»Ich bin froh, dass ich für dich da sein konnte. Jederzeit gerne.«

»Ich glaube, du hast dir gerade ein weiteres selbst gekochtes Essen verdient«, sagte sie und wirkte jetzt schon etwas fröhlicher.

»Dann haben wir einen Deal! Ich versuche, diese Woche nach der Arbeit mal vorbeizukommen, aber das hängt natürlich davon ab, wie viel wir in der Werkstatt zu tun haben.«

Er fasste sie an den Schultern und kam näher, atmete den schwachen fruchtigen Geruch ihres Haars ein. Einen Duft, der direkt in sein Glied schoss und es steif werden ließ. Am liebsten hätte er jetzt ihre hübschen rosa Lippen geküsst, wollte mit seiner Zunge in ihren süßen Mund gleiten. Doch nachdem sie gerade erst all ihren Schmerz herausgelassen hatte, hätte er ihren Zustand ausgenutzt, wenn er seinem Verlangen nachgab. Und das würde er nicht tun.

Es würde einen anderen Zeitpunkt geben. Da war er sich ganz sicher.

***

Kanes Arbeitswoche in der Werkstatt war hektisch, und als es Freitag wurde, war er fix und fertig. Obwohl er gerne an einem oder zwei Abenden bei Halley vorbeigeschaut hätte, hatten sie einfach immer zu viel zu tun gehabt und er hatte immer lange arbeiten müssen. Er musste wohl noch einen weiteren Mechaniker einstellen, und zwar so schnell wie möglich.

Das Ersatzteil für Halleys SUV war bereits angekommen, aber als sie in die Werkstatt kam, um ihren Wagen abzuholen und zu bezahlen, war er gerade wegen eines Pannendienstes unterwegs. Er fragte sich, wie es ihr wohl ging, ob sie etwas von ihrer Mutter gehört hatte, und ob sie an ihn gedacht hatte. Ja, er hatte es schon verdammt schwer … Ein Zustand, an den er überhaupt nicht gewöhnt war.

Am Abend zuvor war er spät noch eine Stunde im Blue Wall gewesen, hatte Halley dort allerdings nicht angetroffen, was ihn auch nicht sonderlich überrascht hatte. Letzte Woche war sie schließlich nur dort gewesen, weil sie von ihrer Schwester praktisch mitgeschleppt worden war. Vielleicht könnte er sie ja irgendwann mal davon überzeugen, mit ihm zusammen hinzugehen … und sich dann auch wirklich zu amüsieren.

Am frühen Samstagmorgen schreckte ihn sein Handy aus dem Schlaf. Er rollte sich zum Bettrand und schnappte es sich.

»Hallo?«, fragte er, ohne vorher nachzusehen, wer der Anrufer war.

»Hi Kane«, hörte er seine Schwester sagen.

Mit dem Handrücken rieb er sich über die Augen. »Warum weckst du mich denn schon so früh?«, fragte er gähnend.

»Ist Dad bei dir?«

»Was?« Sofort war er hellwach und setzte sich im Bett auf. »Warum sollte er denn hier sein? Schließlich wohnt er doch bei dir«, erwiderte er und hatte dabei ein flaues Gefühl in der Magengrube.

Er schaute sich im Zimmer um und sah seine Jeans auf dem Boden liegen. »Hat er letzte Nacht denn nicht gebabysittet?« Normalerweise passte Joe immer auf Nicky auf, wenn Andrea ihre Schicht im Blue Wall hatte.

»Nein. Er meinte, er wolle mit Walter und Pete ausgehen«, erklärte sie und nannte damit die Namen von Joes langjährigsten Freunden. Von denen zumindest einer einem guten Kartenspiel genauso wenig abgeneigt war wie Joe.

Kane klemmte sich das Telefon zwischen Ohr und Schulter, kletterte aus dem Bett und schnappte sich seine Hose. »Du glaubst also, dass er eine Nachtschicht eingelegt hat?« Jedes Mal, wenn ihr Vater zu einem Pokerspiel gegangen war, bei dem es um hohe Einsätze ging, und sich anschließend spätnachts nach Hause geschleppt hatte, hatte ihre Mutter gesagt, er hätte eine Nachtschicht eingelegt.

»Keine Ahnung. Jedenfalls ist er nicht heimgekommen, und ich mach mir langsam Sorgen.«

Kane zog seine Jeans an und holte dann ein T-Shirt aus der Schublade. »Mach dir keine Gedanken. Ich werd mal an den üblichen Treffpunkten vorbeischauen. Donny hat ja eine Wohnung über der Kneipe. Dort wird regelmäßig gepokert.«

»Danke, Kane.«

»Bedank dich doch nicht, schließlich ist das meine Aufgabe. Ich meld mich bei dir, wenn ich ihn gefunden hab.« Dann legte er auf.

Er zog sich seine restlichen Klamotten an und rannte anschließend nach unten. Er wünschte, er hätte noch Zeit für einen Kaffee, schnappte sich jedoch seine Schlüssel und verließ das Haus.

Als Erstes machte er halt bei Walter, weil er hoffte, dass der Alte zu Hause bei seiner Frau war. Aber Kane hatte kein Glück. Edna erzählte ihm, Walter sei letzte Nacht überhaupt nicht nach Hause gekommen, allerdings hatte er im Gegensatz zu Kanes Vater zumindest bei ihr angerufen und Bescheid gesagt. Am Telefon hatte er ihr erzählt, dass er das Gefühl hätte, heute Nacht Glück zu haben, weil seine Handflächen kribbelten – ein alter Aberglaube, der besagte, dass er zu Geld kommen würde. Edna war daran gewöhnt, dass ihr Mann sein eigenes Ding durchzog und hatte sich nichts weiter dabei gedacht. Allerdings hatte Walter nicht gesagt, wohin er gehen würde. Aber das konnte Kane sich schon denken.

Er kam bei Donny's Pub an, ging hinten ums Haus und lief die Treppe zum Hinterzimmer hoch. Er hämmerte an die Tür, und als keiner reagierte, tat er es noch mal.

»Immer mit der Ruhe!«, hörte er jemanden von drinnen brüllen.

Kane lehnte sich gegen den Türrahmen. Dann schwang die Tür weit auf. Mit blutunterlaufenen Augen begegnete Donny seinem Blick. Donny, der die Bar von seinem Vater übernommen hatte, aber nicht genauso clever war wie dieser, griff nach der Tür. Sein grau meliertes Haar stand in alle Richtungen ab. »Joeys Junge …«, sagte er.

Kane drückte die Tür auf, was Donny nach hinten stolpern ließ. »Wo steckt mein Vater?«

»Immer locker bleiben.« Donny hielt beide Hände hoch. »Joe, dein Sohn ist hier!«

Er schaute Kane an. »Da hinten.«

Er gestikulierte Richtung Wohnzimmer. Dort lag Kanes Vater völlig weggetreten auf einem durchgesessenen und völlig durchlöcherten alten Sofa. Walter hockte auf einem ebenso alten ramponierten Polstersessel und war ebenfalls total benebelt.

»Dad.« Kane gab seinem Vater eine Ohrfeige. »Dad! Wach auf.«

Walter sollte aufstehen und nach Hause gehen, wann er wollte.

»Was zur …« Joe schüttelte den Kopf und setzte sich auf. »Wie hast du mich gefunden?«

»Wo hättest du denn sonst sein sollen, Dad?«, fragte Kane erschöpft, schließlich war er selbst ja auch noch nicht allzu lange wach.

»Ich hatte eine gute Nacht«, erklärte Joe und tätschelte seine vollen Taschen, als wäre der Gewinn eine Entschuldigung dafür, dass er in alte schlechte Gewohnheiten zurückgefallen war.

»Und Walter?«

Sein Vater lachte trocken und blechern. »Hat sein letztes Hemd verloren.«

Kane schüttelte den Kopf. »So viel zum Thema Aberglaube …«, knurrte er. »Und jetzt reiß dich mal zusammen und dann nichts wie weg hier.« Er ging davon aus, dass Walter gefahren war und schon allein nach Hause kommen würde.

Schweigend ging Kane nach draußen und stieg in seinen Camaro, wo er wartete, dass sich sein Vater auf den Beifahrersitz setzte. Dann fuhren sie nach Hause. Kane trommelte mit den Fingern einer Hand auf dem Lenkrad herum. Seit seine Schwester angerufen und ihm erzählt hatte, dass sein Vater verschwunden sei, war seine Wut immer größer geworden. Joes leicht dahingesagte Behauptung, er hätte eine gute Nacht gehabt, ließ Kanes Ärger nur noch größer werden.

»Hast du überhaupt mal darüber nachgedacht, dich bei Andrea zu melden? Sie hat sich schreckliche Sorgen gemacht, als sie gemerkt hat, dass du letzte Nacht nicht nach Hause gekommen bist.« Er warf seinem Dad einen Seitenblick zu.

Das Auge seines Vaters zuckte. »Hatte ich ja vor, aber dann fing das Spiel an, und ich wurde abgelenkt.«

Kane stieß geräuschvoll die Luft aus. »Ach ja? Also, das ist verdammt egoistisch von dir, wenn du mich fragst. Und hattest du nicht versprochen, das Spielen zu lassen?«

Es war ihm nie gelungen, seinen Vater in irgendein Suchtprogramm zu bekommen. Selbst an Joes absolutem Tiefpunkt, als er seine Frau verloren hatte und in dermaßen gravierenden Schulden steckte, dass er sogar eine zweite Hypothek auf sein Haus aufnehmen musste, hatte er sich geweigert, etwas gegen sein Problem zu unternehmen.

Stöhnend rutschte Joe auf seinem Sitz herum und sah seinen Sohn an. »Ja, ich hätte anrufen sollen. Tut mir leid. Aber ich hab gewonnen. Andrea wird sich freuen.«

»Wird sie nicht, darauf kannst du Gift nehmen«, knurrte Kane. Sein Griff ums Lenkrad wurde fester. »Dad, du kannst nicht einfach abhauen und sinnlos Geld verprassen. Du wirst nicht immer gewinnen. Und das *weißt* du auch.« Er bremste seine Enttäuschung, denn wenn es um seinen Vater und um dieses Thema ging, zog er immer den Kürzeren.

Nachdem er ihn zu Hause abgesetzt hatte, fuhr Kane zu Halley. Jackson hatte ihm versichert, in der Werkstatt alles unter Kontrolle zu haben, deshalb würde Kane diesen Tag für sich haben.

Einen Tag, an dem er sich um seinen Nebenjob kümmern und Halley wiedersehen konnte. Nach diesem beschissenen Morgen brauchte er jetzt auch etwas, um die Enttäuschung über seinen Vater auszugleichen. Und wenn er mit Halley zusammen war, kam er immer zur Ruhe und fühlte sich besser.

***

Die Sonne schien aufs Meer und reflektierte das Wasser, als Halley von ihrem Sitz vor der Staffelei aus dem Fenster blickte. Gewöhnlich waren ihre Bilder immer düster, intensiv und passten zu der Stimmung, in der sie sich normalerweise befand. Heute hingegen fanden erneut hellere Farben ihren Weg auf die Leinwand. Sie war sich nicht sicher, was sie von dieser Veränderung halten sollte, kämpfte aber auch nicht dagegen an.

Sie war völlig in ihre Arbeit versunken und schreckte auf, als plötzlich das Geräusch einer Maschine in ihre Konzentriertheit drang.

»Kane …«, murmelte sie, und bei dieser Erkenntnis rumorte es wieder angenehm in ihrem Bauch. Sie legte ihren Pinsel beiseite, stand auf und ging in die Küche. Während sie sich die Farbe von den Händen und Armen wusch, überlegte sie, wann sie ihn in der vergangenen Woche eigentlich gesehen hatte.

Seit ihrem letzten Treffen waren ihre Gedanken immer wieder zu dem Gespräch zurückgekehrt, das sie zuletzt geführt hatten. Es erschreckte sie, wie viel sie ihm über sich verraten hatte. In der Regel vertraute sie sich nie einem anderen Menschen an, geschweige denn, etwas über ihre Familiengeschichte. Aber er war da gewesen, direkt nach dem verstörenden Gespräch mit ihrer Tante und Schwester, und hatte zuhören wollen, und sie hatte in dem Moment weiß Gott ein offenes Ohr gebraucht. Eine objektive Sichtweise zu einem Thema, bei dem sie niemals unvoreingenommen sein konnte.

Er hatte sie gefragt, was *sie* wolle, und hatte ihr nicht gesagt, was sie tun solle – im Gegensatz zu ihrer Schwester, die am Telefon wieder einmal darauf bestanden hatte, dass keine von ihnen mit ihrer Mutter sprechen oder sie treffen sollte, falls sie auftauchte. Phoebe wäre vielleicht nicht gerade glücklich darüber, dass Halley dies tatsächlich erwog. Aber wenn sie eben ihrem Wunsch folgte und es einfach tat? Phoebe würde ausrasten. Immer noch unschlüssig, was sie letztendlich tun sollte, zwang Halley ihre Gedanken weg von diesem unangenehmen Thema und hin zu etwas deutlich Angenehmerem.

Kane. Vielleicht fand sie ihn lächerlicherweise ja wirklich attraktiv und fühlte sich sexuell zu ihm hingezogen, er hatte jedoch auch etwas an sich, das sie immer schon auf einer tieferen Ebene berührt hatte. Weil er eine gute Seele hatte und ein sogar noch besseres Herz. Er hatte ihr geholfen, als sie in Not gewesen war, war für sie da gewesen, als sie sich noch kaum kannten. Und jetzt? Er schmeichelte sich langsam in ihr Leben, machte sich beliebt bei ihr. Und sie tat sich schwer, den Willen aufzubringen, etwas dagegen zu unternehmen.

Obwohl sie sich sagte, dass sie albern war, ging sie ins Schlafzimmer und warf einen Blick in den Spiegel, brachte ihre Haare in Ordnung und trug etwas Lipgloss auf.

Sie hoffte, er würde klopfen oder sich anderweitig bemerkbar machen, aber das tat er nicht. Nach einer Stunde beschloss sie, nach draußen zu gehen und ihn zu fragen, ob er etwas bräuchte. Zuvor lief sie jedoch zurück in die Küche und schenkte ein Glas Eiswasser ein und ging erst dann hinaus auf die Veranda.

Weil sie ihn nicht stören wollte, wartete sie, bis er sie bemerkte. Außerdem war es auch nicht gerade eine Strafe, ihn bei der Arbeit zu beobachten. Das Spiel seiner Muskeln, wenn sie sich anspannten, war ein Genuss, und sie starrte ihn ohne jegliche Scham an, bis er schließlich aufschaute.

Sie hielt das Glas hoch.

»Sekunde.« Er schaltete seine Maschine aus und nahm Schutzhelm und -brille ab. Dann kam er zu ihr und nahm ihr das Getränk ab. »Danke! Das kann ich gerade echt gut gebrauchen.«

In gefühlt vier schnellen Schlucken stürzte er den Inhalt des Glases hinunter und wischte sich anschließend mit dem Armrücken den Schweiß von der Stirn. »Verdammte Hacke, ganz schön heiß heute.«

Sie bemerkte, dass sein Shirt schon ganz feucht war. »Willst du vielleicht einen Moment reinkommen? Die Klimaanlage wird dir guttun.«

Er schüttelte den Kopf. »Nein, ich mach hier weiter.«

Sie sah seinen ernsten Gesichtsausdruck und runzelte die Stirn. Er lächelte nicht wie sonst immer. »Stimmt irgendetwas nicht?«, fragte sie.

Er begegnete ihrem Blick. »Beschissenen Morgen gehabt.«

Er tat ihr leid, denn sie wusste, wie es sich anfühlte, wenn man Probleme hatte, die einem unlösbar zu sein schienen. »Ich bin eine gute Zuhörerin.« Das Angebot war das Mindeste, was sie tun konnte, nachdem er das letzte Mal für sie da gewesen war.

Er schüttelte den Kopf und knurrte: »Nichts, das du hören willst.«

»Ach, wirklich? Weil ich mich noch gut daran erinnern kann, dass ich neulich meine Probleme bei dir abgeladen habe und du sie dir anscheinend wirklich anhören wolltest. Warum sollte ich das nicht auch tun?«, fragte sie. Für sie war hier das letzte Wort noch nicht gesprochen.

Angesichts dieses Winks verzogen sich seine Lippen leicht nach oben. »Okay. Ich werde darauf zurückkommen.«

Das beruhigte sie. »Gut. Ich finde es immer besser, am Wasser zu grübeln. Willst du vielleicht eine Pause machen und dort reden?«

Er zuckte mit den Achseln, wobei sich seine Muskeln unter seinem Shirt bewegten. »Warum eigentlich nicht? Vielleicht bringt's ja was.«

Sie stellte das Glas neben der Schiebetür auf den Boden und zog ihre Schuhe aus.

Kopfschüttelnd schaute er auf ihre nackten Füße. »Ich arbeite hier mit Nägeln und würde es vorziehen, nicht mit dir ins nächste Krankenhaus rasen zu müssen.«

»Alles klar.« Das Letzte, was sie jetzt wollte, war, sich zu verletzen und eine Tetanusspritze zu bekommen. Bäh. Also zog sie sich ihre Sandalen wieder an. Dann ging sie vor ihm die Treppe hinunter und lief über die Sandfläche, die zum Wasser führte.

Sie setzten sich an der Stelle hin, die sie gerne als *ihren Platz* betrachtete. Sie zog ihre Sandalen erneut aus, schob ihre Füße nach vorn, sodass das Wasser, als es wieder gegen das Ufer schlug, ihre Zehen überspülte, bevor es sich wieder zurückzog. Kane ließ sich neben ihr nieder, zog seine Arbeitsschuhe aber nicht aus und achtete darauf, dass sie nicht nass wurden.

»Wie läuft's mit der Malerei?«, erkundigte er sich.

»Gut. Irgendetwas fühlt sich anders an als sonst, aber ich lass mich einfach mitreißen.«

Er nickte. »Folge einfach deiner Muse.«

»Das ist der Plan. Vielleicht ist *anders* ja auch gut. Jeden Sommer hoffe ich, dass einer der großen New Yorker Galeriebesitzer meine Arbeiten sieht und mich fragt, ob ich sie in Manhattan ausstellen will. Bis jetzt ist das leider noch nicht passiert, aber ich gebe die Hoffnung nicht auf.« Weil der Sommer die reichen Gäste in die Stadt brachte, der Winter dagegen nichts als Schnee, ging es ihr durch den Kopf.

Mit einer Hand beschattete er seine Augen und sah sie an. »Du könntest doch auch selbst aktiv werden«, schlug er vor. »Fahr nach New York und zeig ihnen deine Bilder.«

»Entschuldigung, aber hast du mich schon kennengelernt?«, fragte sie lachend. »Hattest du je den Eindruck, ich wäre der Typ, der einfach so nach New York fahren und arglosen Galeriebesitzern seine Arbeiten aufdrängen würde?«

Er neigte den Kopf, und Erheiterung zeigte sich auf seinen attraktiven Gesichtszügen. »Du könntest es doch wenigstens versuchen und deine Komfortzone mal verlassen.«

Daraufhin lachte sie nur noch mehr. Niemand war ein größeres Gewohnheitstier und schätzte heimische Behaglichkeit mehr als sie. »Du klingst wie Phoebe.«

»Weil wir beide nur dein Bestes wollen.«

Sie lehnte sich zurück und stützte sich auf ihre Hände. »Und wer wüsste das wohl besser als ich selbst?«

Er schaute über das Meer und seufzte leise. Er dachte gerade nicht an ihre Kunst, so viel war ihr klar. Doch sie wusste auch, dass jemand nur etwas über sich erzählte, wenn er bereit dazu war. Deshalb wartete sie ab, konzentrierte sich auf die Landschaft, weil sie andernfalls wieder nach rechts geschaut und ihn mit ihren Blicken verschlungen hätte. Sein markantes Profil, seine gerade Nase und die vollen Lippen … Nicht so, dass ihr sein Profil überhaupt aufgefallen wäre oder sie es sich besonders genau eingeprägt hätte oder so.

»Meine Schwester hat heute Morgen angerufen«, erzählte er schließlich. »Mein Vater ist letzte Nacht nicht nach Hause gekommen. Ich hab ihn mit seinen Kumpels bei einem Pokerspiel vorgefunden, das die ganze Nacht gedauert hat.«

Sie zuckte zusammen. »Autsch. Tut mir leid.«

»Die Sache ist die, dass er es eigentlich besser weiß. Und er hat beschissenerweise auch noch gewonnen, was bedeutet, dass er jetzt meint, unbesiegbar zu sein, und damit weitermachen und nach lukrativeren und risikoreicheren Spielen Ausschau halten wird, bis er irgendwann wieder verliert und sich heillos verschuldet.« Er hieb seine riesigen Arbeitsstiefel in den Sand.

Sie seufzte. »Süchtig zu sein ist hart. Nicht nur für den Süchtigen selbst.«

Kane nickte zustimmend. »So läuft's schon seit Jahren. Als wir noch Kinder waren, hatte meine Mutter in einem Jahr mal für Weihnachten gespart. Ich weiß nicht mehr genau, wie alt ich damals war. Vielleicht zwölf oder so. Jedenfalls hatte Dad die geniale Idee, dass er das wenige, das Mom zusammengespart hatte, verdoppeln und mir und Andi noch tollere Geschenke machen könnte.«

Sie hielt den Atem an, denn sie wusste bereits, worauf diese Geschichte hinauslief, und hatte fast schon Angst, es zu hören.

»Er hat alles verloren. Danach schleppte er sich nach Hause und musste sich dem Zorn meiner Mutter stellen. Andi und ich haben das Geschrei bis in unsere Zimmer gehört.« Er schluckte mühsam. »In dem Jahr verkaufte Mom ihre Nähmaschine, damit wir trotzdem Weihnachten feiern konnten. Und die Sache ist die, dass Dad einfach nicht kapierte, dass wir gar keine großen Geschenke wollten. Sondern einfach nur einen verdammten Feiertag. Ein paar Geschenke unterm Weihnachtsbaum, so wie die anderen Kinder auch, damit wir in der Schule nicht erzählen mussten, dass wir gar nichts gekriegt hatten.«

»Und das habt ihr dank eurer Mutter auch bekommen. Es klingt so, als ob sie ein ganz besonderer Mensch gewesen wäre.« Vermutlich war sie auch diejenige, von der Kane seine Herzlichkeit und seine großzügige Art hatte.

»Das war sie wirklich.« Sein Gesichtsausdruck wurde wieder sanfter. »Es gab nichts, das sie nicht für ihre Familie getan hätte. Und wir haben sie viel zu früh verloren. Ihr Tod hat Dad in eine Art Teufelskreis geworfen, aus dem er immer noch versucht herauszukommen. Er musste sogar eine zweite Hypothek aufs Haus aufnehmen.«

Sie überraschte sich selbst damit, dass sie ihre Hand ausstreckte und sie auf seine legte. »Du kannst nur so viel tun, wie du kannst, um ihm zu helfen. Ganz offensichtlich kannst du seine Gewohnheiten nicht ändern, und er ist ja anscheinend auch nicht daran interessiert aufzuhören. Aber du kannst etwas daran ändern, wie du auf ihn reagierst. Du musst dich selbst von dem Bedürfnis befreien, ihm ständig aus der Klemme helfen zu wollen, oder du wirst dich selbst in den Wahnsinn treiben.«

Er schnaubte. »Leichter gesagt als getan. Aber du bist klug und hast ja recht. Ich muss daran arbeiten.« Er drehte sich zu ihr, und sie verlagerte ihr Gewicht, um ihm näher zu sein.

»Hat es dir geholfen zu reden?«, fragte sie. Zumindest war ihr eine große Last von den Schultern gefallen, als er ihr neulich zugehört hatte.

»Mir hat alles geholfen: das Reden, das Wasser … du.« Er blickte in ihre Augen – in diesen dunkelbraunen Tiefen funkelte etwas, das sie lockte.

Ein paar Sekunden verstrichen. Das Tosen der Brandung hallte in ihren Ohren nach, als Kane sich zu ihr herüberlehnte. Seine Lippen riefen förmlich nach ihr. Sie wusste nicht, wer von ihnen sich zuerst bewegte, aber plötzlich berührten sie sich. Verflochten sich ineinander. Harmonierten in völliger Perfektion. Er ließ seinen Mund über ihren gleiten, vor und zurück, bis sie ihre Lippen öffnete und ihm Einlass gewährte.

Die Wärme der Sonne brannte auf sie herab, während gleichzeitig die Sinnlichkeit des Kusses ein regelrechtes Feuer in ihr entfachte. Er schob eine Hand in ihren Nacken, sein harter Griff war ein erotisches Gegengewicht zur Weichheit seines Mundes. Er saugte an ihrer Unterlippe, biss leicht hinein, was sie zum Stöhnen brachte. Sie beugte sich weiter vor, um ihm noch näher zu sein.

Immer und immer wieder glitten seine Lippen über ihre, abwechselnd war es ein behutsames Lecken, dann verschlang er sie regelrecht. Seine Zunge stieß in die Tiefen ihres Mundes, das Drängen und Ausweichen seiner Zunge war ein Vorspiel, das ihr zeigte, wie er ihren Körper nehmen würde. Manchmal sanft, manchmal stürmischer – beides war erotisch und heiß, es erregte sowohl ihren Geist als auch ihren Körper.

Sein Griff in ihrem Nacken wurde fester, er zog sie näher zu sich heran, ihre Brüste wurden dabei gegen ihn gedrückt. Ihre Nippel waren hart und verzehrten sich nach mehr. Am liebsten hätte sie sie an seinem rauen, behaarten Oberkörper gerieben. Stattdessen bekam sie nicht mehr als diesen Kuss, und ein leises Wimmern entwich ihrer Kehle.

Er biss ihr ein letztes Mal in die Lippe, fuhr mit seiner Zunge in einer besänftigenden Bewegung über ihre, bevor er sich wieder zurückzog und ihr in die Augen blickte.

»Das ist verdammt viel besser, als ich mir vorgestellt hatte«, sagte er schroff.

Sie stieß ein zögerndes Lachen aus, während die Realität sie wieder einholte. »Kane …«

»Bereue nichts«, ermahnte er sie.

Sie schüttelte den Kopf. »Tu ich auch nicht. Diesen Kuss kann ich nicht bereuen. Aber du musst wissen, dass ich keine heiße Kandidatin für eine Beziehung bin.«

Er kniff die Augen zusammen, sein schwindelerregender Blick ruhte immer noch auf ihrem. »Wie kommst du darauf?«

Sie schluckte. »Ich bin anders. Das weißt du ja schon. Ich bin gerne allein. Ich arbeite hart, verliere mich in meinen Bildern. Dabei vergesse ich oft die Zeit. Manchmal achte ich noch nicht mal darauf, ob es gerade Tag oder Nacht ist. Ich verbringe mehr Zeit allein als mit anderen Menschen, und die meisten Männer haben kein Interesse an einer Frau, mit der sie nicht ausgehen und die sie nicht mit zu ihren Kumpels nehmen können, weil sie keine großen Menschenmengen mag.« Und da war es. Sie hatte alles ausgesprochen, hatte ihm die Wahrheit über sich gesagt.

Natürlich nicht alles. Es gab einige Wahrheiten, die sie nicht ans Tageslicht holte. Nie. Die ließ sie, wenn möglich, noch nicht einmal in ihre Albträume. Das Problem war nur, dass sie ihre Träume mitunter nicht kontrollieren konnte. Sie wünschte, sie könnte es.

»Und?«, entgegnete er, als würde das, was sie gerade gesagt hatte, überhaupt keine Rolle spielen.

»Ich hatte Beziehungen, die nicht gerade von Erfolg gekrönt waren. Und willst du auch wissen, warum das so war? Weil ich seltsam bin«, sagte sie, bevor er etwas erwidern konnte. »Und das hat die Männer dann so frustriert, dass sie Schluss machten. Deshalb gehe ich auch keine Beziehungen mehr ein. Ich mag es nicht, andere zu enttäuschen oder selbst verletzt zu werden, wenn es irgendwann zwangsläufig vorbei ist.«

»Hmm ...«

Sie riss die Augen auf. »Das ist alles, was du dazu zu sagen hast? *Hmm?*«

Ein verständnisvolles Lächeln umspielte seine Lippen. »Du vergisst gerade, dass ich dich bereits kenne. Und mir gefällt, was ich sehe. Ich hab gar nicht vor, dich zu ändern. Und ich will dich auch nicht zu einer Beziehung zwingen, die du nicht haben willst.«

Sie blinzelte und richtete sich mithilfe einer Hand im Sand auf. »Nicht?«

Er schüttelte den Kopf. »Ich mag *dich*. Ich verbringe gern Zeit mit dir. Und ja, ich küsse dich auch gern. Und zwar sehr gern. Und ich beabsichtige, das noch häufiger zu tun. Aber dich in einer Beziehung einsperren, wenn du das gar nicht willst?« Er schüttelte den Kopf. »Das wird nicht passieren.«

Sie fuhr sich mit der Zunge über ihre Lippen, die noch ganz rau von dem Kuss waren. »Ich weiß nicht, was ich dazu sagen soll.« Ebenso wenig, was sie von seiner Erklärung halten sollte und davon, dass er es so einfach akzeptiert hatte.

»Ich mag dich, und du magst mich, oder?«

Sie nickte.

»Und der Kuss … der war gut?«, fragte er weiter, strich ihr mit einer Hand über die Wange und löste damit ein Zittern in ihr aus, das direkt in ihre aufgerichteten und begierigen Brustwarzen und weiter nach unten in ihre Pussy schoss.

»Ja«, murmelte sie.

»Dann lass uns nichts überanalysieren oder untersuchen, was das hier ist oder nicht ist. Mein Leben ist schon verrückt genug wegen der Werkstatt, meinem Vater, meinem Neffen, der jeden Tag bei uns ist … und jetzt noch ein Nebenjob, der mir allerdings eindeutig Vergnügen macht.« Er wies mit der Hand auf ihre Veranda. »Es gibt keinen Grund, etwas mit einem Schild zu versehen und die Dinge komplizierter zu machen, als sie sind.«

Es überraschte sie, dass er so locker damit umging. Aufgrund seines Drängens auf ein Date und weil er seine knappe Freizeit dafür opferte, um an ihrer Veranda zu arbeiten, war sie sich ziemlich sicher gewesen, dass er etwas Ernsthaftes wollte.

Sollte das nicht der Fall sein und er akzeptieren können, wer sie war und was sie ihm geben konnte, dann sah sie ebenfalls kein Problem darin, die Dinge so weiterlaufen zu lassen wie bisher und jeden Tag so zu nehmen, wie er kam.

»Also sind wir einer Meinung?«, fragte er. Seine Lippen berührten ganz leicht ihre. »Haben wir Spaß? Verbringen wir gerne Zeit miteinander? Und setzen den anderen nicht mit irgendwelchen Erwartungen unter Druck?«

»Einverstanden«, sagte sie und wunderte sich, warum ihr bei dem Gedanken, dass er nur eine schöne Zeit mit ihr verbringen wollte und nicht mehr, ganz flau im Magen wurde. Schließlich hatte er ihr doch genau das gegeben, worum sie ihn gebeten hatte.

Sie saßen noch eine Weile da und sahen aufs Meer hinaus. Sie liebte das Gefühl von Sand zwischen ihren Zehen und wie das Wasser über ihre Füße plätscherte. Es beruhigte sie mehr als alles andere. Und diesen Mann an ihrer Seite zu haben? Vollkommene Perfektion.

Plötzlich kam ein großer schwarzer Hund auf sie zugerannt, sprang an ihnen hoch, landete auf Halleys Schoß und schleckte alles ab, was in der Nähe war.

Halley lachte und griff nach seinem Halsband. »Bruno, du unartiger Junge! Bist du mal wieder zu Hause ausgebüxt?« Sie kicherte in sein weiches Fell.

»Hey, Junge.« Kane tätschelte Brunos haarigen Kopf. »Bist du etwa ein Ausreißer?«

Der Hund leckte ihm über die Wange. Kane grinste und sammelte damit viele Pluspunkte bei Halley. Jeder Mann, der Hunde mochte, stieg in ihrer Wertschätzung. Und Bruno war kritisch. Sie hatte selbst mitbekommen, wie er ihren Nachbarn gegenüber angeknurrt hatte. Der hasste Hunde und beschwerte sich immer, wenn Bruno von daheim ausriss – was zugegebenermaßen zu oft passierte.

Kane hob ein Stöckchen auf. »Holst du es?«, fragte er den Hund und warf es.

Bruno raste los, rannte seinem neuen Spielzeug hinterher, brachte es zu Kane zurück und ließ es vor dessen Füße fallen. »Guter Junge«, lobte Kane und streichelte ihn.

Die nächsten paar Minuten spielten sie mit dem Stock, bis Halleys Nachbarin Ronnie angeschlendert kam, um ihren Hund zurückzuholen. »Entschuldigt die Störung«, sagte sie. Sie schaute zuerst Halley und dann Kane an, woraufhin ihre Augen aufleuchteten.

Blond, Single, hübsch – und ganz offensichtlich an Kane interessiert. Abwartend blieb sie bei den beiden stehen, statt irgendwelche Anstalten zu machen, sich ihren Hund zu schnappen und nach Hause zu gehen.

Was bedeutete, dass es jetzt wohl angebracht wäre, die beiden einander vorzustellen. »Kane, darf ich dir meine Nachbarin vorstellen – Ronnie Palmer. Ronnie, das hier ist mein … *Bekannter* Kane Harmon«, sagte Halley und kämpfte mit der Wortwahl, um ihre Beziehung zu Kane zu beschreiben. Ronnies Augen leuchteten erneut auf.

Halley drehte sich der Magen um angesichts des offensichtlichen sexuellen Interesses, das die hübsche Frau an Kane hatte. »Ronnie hat das Haus nebenan für diesen Monat gemietet«, murmelte sie.

»Warum habe ich dich hier eigentlich noch nicht früher gesehen?«, fragte Ronnie, die nur noch Augen für Kane hatte.

»Mir gehört die Werkstatt in der Stadt. Vielleicht war dein Wagen bis jetzt noch nicht kaputt?« Mit der Hand beschattete er seine Augen vor der blendenden Sonne und schaute zu Halleys Nachbarin auf.

Die streckte daraufhin ihren Rücken noch gerader durch und ihr üppiges Dekolleté hervor, sodass es über ihr hauchdünnes Bikini-Oberteil quoll. »Tja, ist das nicht perfekt? Zufällig benötige ich gerade einen Ölwechsel«, meinte sie. »Vielleicht komm ich ja in deine Werkstatt, statt zur Tankstelle zu fahren.« Dabei klimperte sie mit den Wimpern.

»Dann vielleicht bis bald«, erwiderte Kane. »Und es war nett, dich kennenzulernen.«

Als sie Ronnies zufriedenes Lächeln sah, schluckte Halley ein Ächzen hinunter. Sie war sich so sicher gewesen, ihre Beziehung mit Kane nicht genauer definieren zu wollen, aber lediglich Kanes Bekannte ohne Erwartungshaltungen zu sein erwies sich doch als weniger leicht, als sie sich vorgestellt hatte.

»Komm schon, Bruno«, sagte Ronnie und tänzelte dann über den Strand zurück zu ihrem Haus, ihr Hund folgte ihr.

Kane lehnte sich zurück und stützte sich auf seinen Händen ab. »Das scheint ja eine typische Sommerurlauberin unserer Stadt zu sein.«

»Wie meinst du das?«, fragte Halley.

»Schön, kess und vermutlich nur an einer einzigen Sache interessiert«, antwortete er, seinerseits augenscheinlich nicht daran interessiert, was die Blondine ihm zu bieten hatte.

Das mulmige Gefühl in Halleys Magengrube ließ nach. »Hier scheint jemand die Touristen nicht sonderlich leiden zu können. Bringen sie dir in den Sommermonaten denn nicht gutes Geld ein?«, fragte sie.

Er nickte. »Schon. Aber du hast recht – ich bin kein besonders großer Fan.« Er stand auf und hielt ihr die Hand hin. »Jetzt muss ich mich wieder an die Arbeit machen.«

Sie registrierte den schnellen Themenwechsel, griff nach seiner Hand, und er half ihr auf die Beine. Dann gingen sie zurück zu ihrem Haus, Halley mit aufgewühlten Gefühlen. Es gab jede Menge, worüber sie nachdenken musste – in Hinsicht auf ihre Beziehung zu Kane Harmon, die keine wirkliche Beziehung war.

KAPITEL 5

Spaß haben. Die Zeit miteinander genießen. Kein Druck, keine Erwartungen. Nein, darin waren sie nicht einer Meinung, dachte Kane, aber er hatte einen Plan und an dem würde er festhalten. Er hatte Halley gegeben, was sie, wie er wusste, hören musste, wenn er sie auch weiterhin sehen wollte. Um mit ihr zu reden. Sie zu küssen. Und mit ihr zu schlafen. Irgendwann.

Vorerst würde er sich aber mit dem begnügen, was sie ihm zu geben bereit war, während er weiter um sie warb, damit sie einen Schritt weiterging. Er arbeitete bis zum Nachmittag an ihrer Veranda, und die wenigen Male, wenn er eine Pause einlegte, sich den Schweiß von der Stirn wischte und durch die Scheibe blickte, sah er sie malen. Sie war völlig konzentriert auf ihre Arbeit, was im Moment schwer sein musste, weil er Elektrowerkzeuge benutzte, die sie ziemlich ablenken mussten. Mit wohlüberlegter Genauigkeit bewegte sich ihr Pinsel über die Leinwand, ihre Augen blickten konzentriert auf das Bild und wanderten kein einziges Mal zu ihm.

Als er näher an die Glastür herantrat, um sie besser sehen zu können, bemerkte er, dass sie ihre kleine Zunge zwischen den Lippen herausstreckte. Was ihn gedanklich zu ihrem Kuss zurückbrachte – ein Kuss, den er nicht so schnell vergessen würde.

Ihre Lippen waren weich und sinnlich, die Berührung ihrer Zunge elektrisierend. Es hatte ihm all seine Selbstkontrolle abverlangt, sie nicht in den Sand zu werfen, ihr das sexy Kleid vom Leib zu reißen und sie genau dort zu nehmen – vor Gott, dem Wasser und dieser verfluchten Nachbarin, die sie in ihrer Zweisamkeit gestört hatte.

Aber für heute wollte er Feierabend machen, deshalb klopfte er an die Glasschiebetür, um ihr Bescheid zu geben.

Sie schob die Tür auf und trat heraus. »Was gibt's?«

Er nahm sofort ihre farbbefleckten Hände wahr, ein hellblauer Klecks prangte auf ihrer Wange. Er verkniff sich ein Grinsen. »Ich mach Schluss für heute. Morgen muss ich ein paar Dinge für meine Familie erledigen und kann nicht an der Veranda weiterarbeiten.«

»Du musst dich doch nicht rechtfertigen. Du stehst ja nicht unter Zeitdruck. Ich bin einfach nur dankbar, dass du das hier für mich erledigst«, murmelte sie.

»Alles klar, dann wollte ich mich eben von dir verabschieden.«

Sie grinste. »Tschüss, Kane.«

Er lächelte breit. »Mach's gut, meine Schöne.«

Er mochte die Röte, die immer ihre Wangen überzog, wenn er dieses Wort benutzte. Er wollte sich schon umdrehen und gehen, blieb dann aber stehen. »Hast du eigentlich etwas von deiner Mutter gehört?« Aufgrund ihres unbekümmerten Verhaltens zweifelte er zwar daran, musste es aber einfach fragen.

Sie biss sich auf die Unterlippe. »Nein … aber es gab schon wieder einen Anruf, bei dem aufgelegt wurde. Vielleicht ist sie ja zu aufgeregt, um mit mir zu reden?«, überlegte sie laut und klang dabei fast hoffnungsvoll.

Er machte sich ernsthaft Gedanken wegen dieser verzwickten Situation, auch wenn er das Halley nie gesagt hatte. Er ging davon aus, dass ihre Tante vermutlich gute Gründe für ihre Bedenken hatte, da sie ihre Schwester schließlich gut kannte. Andererseits konnte er auch verstehen, dass Halley ihre Mutter kennenlernen wollte. Und auch wenn sie letztendlich enttäuscht werden würde, wüsste sie zumindest, dass sie nicht gekniffen, sondern es immerhin versucht und der Frau eine Chance gegeben hatte.

Er wollte nur nicht, dass ihr das Herz gebrochen wurde, aber er würde für sie da sein, um die Scherben aufzusammeln, falls es zum Schlimmsten kommen sollte. »Ich denke, du schaust einfach, was passiert.«

Sie nickte, ihre Hand lag bereits auf dem Schieber, so als würde sie darauf warten, die Tür hinter ihm zu schließen.

»Noch etwas«, sagte er.

»Und was?« Neugierig legte sie den Kopf schief.

Wer A sagt, sollte auch B sagen, dachte er. »Ich habe gehofft, dass du mir einen Gefallen tun könntest«, sagte er in dem Wissen, dass er sein Glück gerade ganz schön herausforderte.

»Schieß los.« Offensichtlich hatte sie das Gefühl, ihm für die Arbeit an ihrer Veranda etwas schuldig zu sein, etwas, das er jetzt schamlos ausnutzte … was sie erkennen würde, sobald er ihr sagte, was er sich wünschte.

»Morgen Abend gibt's bei uns ein Familien-Dinner. Sonntags treffen wir uns immer bei Dad und Andi. Sie und Nicky wohnen bei ihm«, fügte er noch erklärend hinzu. »Das ist ganz ungezwungen, und ich hab gehofft, dass du mich begleitest.«

Sie riss ihre Augen auf. »Kane …«

Er streckte die Hand aus und ergriff ihre, die mit Farbflecken übersät war. »Ist keine große Sache. Ich will nur, dass du mein Puffer bist, damit ich nicht mit Dad aneinandergerate und am Ende allen den Abend versaue. Bitte«, sagte er noch schnell, bevor sie Einwände erheben konnte.

»Aber du hast doch eben selbst gesagt, dass es ein Familien-Dinner ist, und da gehöre ich doch ganz bestimmt nicht hin.«

Er schüttelte den Kopf, denn mit diesem Argument hatte er bereits gerechnet. »Stimmt nicht. Oft kommt ein Kumpel von Dad, und manchmal bringt Nicky auch jemanden von der Schule oder aus dem Camp mit. Das Abendessen ist nur ein Vorwand, dass wir alle mal wieder zusammen sind. Es macht gar nichts, wenn da noch jemand anderes dazukommt.« Er zog eine Augenbraue hoch. »Also? Was sagst du?«

»Ich …«

»Ach, bitte.«

»Du wirst nicht aufhören bis ich Ja sage, oder?«

Er zuckte halb mit einer Schulter. »Nö.«

Ihr Lächeln, das anfangs noch unentschlossen gewesen

war, wurde zu einem richtigen, und schließlich lachte sie sogar. »Na gut. Ich komme mit.« Sie klang nervös, und er würde dafür sorgen, dass sie auch wirklich kam und sich wohlfühlte.

»Danke. Ich hol dich morgen gegen Viertel vor sechs ab. Zieh dich ganz leger an. Und mach dir keine Gedanken. Für gewöhnlich sind wir ganz normal«, versprach er. »Alles wird gut.«

Unsicher schaute sie ihn an, als wäre sie sich nicht sicher, ob sie ihm auch wirklich glauben könnte. Das würde sie, schon bald. Denn er hatte einen Hintergedanken bei seiner Einladung. Einen, der ihr unter anderem zeigen sollte, dass sie nicht der einzige Mensch auf der Welt war, der eine komplizierte Familie hatte. Denn bei ihnen gab es kein einziges Familien-Dinner, bei dem nicht die schlechten Gewohnheiten seines Vaters zur Sprache gekommen wären, und Kane wollte, dass Halley sah, dass es mit einer Familie generell schwierig war.

Einer der Gründe, warum sie sich in sich selbst zurückzog, war, weil sie ohne ihre eigene Familie aufgewachsen war. Wenn ihre Schwester sauer war, machte sie das immer total fertig, und sie zog sich auch vor ihrer Tante zurück, die versuchte sie für sich zu gewinnen, indem sie ihr teure Geschenke machte. Und um all dem aus dem Weg zu gehen, verkroch sich Halley zu Hause.

All das war für ihn offensichtlich und leuchtete ihm ein.

Aber wenn er ihr zeigen könnte, wie normal es war, eine Familie zu haben, die einen trotz aller Fehler und Schwächen liebt, könnte er sie vielleicht auch offener für neue Erfahrungen machen – sowohl was ihre eigene Familie anging als hoffentlich auch ihn.

Sein Wunsch war demnach nicht rein egoistischer Natur.

Natürlich wollte er, dass sie gerne mit ihm zusammen war. Eine Beziehung mit ihm einging, zu der sie sich in aller Öffentlichkeit bekannte. Er wollte ihr aber auch ihre Familie zurückgeben. Auf eine Art, die sie nicht dazu brachte, sich in ihr Schneckenhaus zurückzuziehen und allein sein zu wollen, weil sie sich seltsam fühlte oder – in ihren Worten – anders als die anderen.

Er hob zum Abschied die Hand, denn er wusste, dass es nun Zeit war zu gehen, bevor sie ihre Meinung doch noch änderte. »Tschüss, Halley.«

Sie lächelte. »Tschüss, Kane.«

***

Am späten Sonntagnachmittag stand Halley vor dem bodenlangen Spiegel hinter ihrer Schlafzimmertür und betrachtete den Klamottenhaufen auf dem Bett hinter sich. Sie hatte bereits ein paar Kleider und auch eine Jeans anprobiert. Nun stand sie in BH und Slip vor dem Spiegel und war total unentschlossen.

Was bedeutete eigentlich *leger*? Eines der Kleider, die sie jeden Tag zum Malen anzog? Oder Jeans, die sie im Sommer allerdings nicht so gerne trug, weil sie das Gefühl hasste, wenn der feuchte Stoff in der Hitze an ihrer Haut klebte. Aber traf die Bezeichnung »leger« nicht gerade absolut auf Jeans zu?

Sie wollte sich gerade ein weiteres Kleid aus dem Wandschrank nehmen, als ihr Handy klingelte. Auf dem Display leuchtete der Name ihrer Schwester auf.

»Hi Phoebe.«

»Was machst du gerade?«, fragte ihre Schwester. Manchmal hatte Halley das Gefühl, Phoebe müsste ein Radargerät haben, weil sie Halley immer in den ungelegensten Momenten erwischte. Wie zum Beispiel als Kane gerade an der Veranda gearbeitet hatte.

Sie biss sich auf die Innenseite ihrer Wange. »Ich versuche mich gerade zu entscheiden, was ich anziehen soll.«

»Seit wann machst du dir denn darüber Gedanken? Mach Schluss für heute und zieh dir irgendein Kleid an. Dein Schrank ist doch voll damit. Oh. Warte mal. Wieso ziehst du dich um, wenn der Tag sowieso schon fast vorbei ist? Wohin gehst du denn so kurz vor der Abendessenszeit?«, erkundigte sich Phoebe neugierig.

Eigentlich wollte Halley ihr wirklich nichts erzählen, andererseits konnte sie Phoebes Rat jetzt gut gebrauchen. »Kane hat mich gefragt, ob ich ihn zum Dinner bei seinem Vater begleite«, gestand sie.

»Wusst ich's doch! Er steht auf dich.«

»Wir sind nur *Freunde*«, entgegnete Halley nachdrücklich. Wenn Freunde sich auch küssten. Heiße, feuchte, sinnliche Küsse am Strand – wie im Film. »Er will mich als eine Art Puffer dabeihaben, weil er ein paar Familienprobleme hat.« Solche, die sie ihrer Schwester nicht auf die Nase binden würde. Kanes Geheimnisse würde sie für sich behalten.

»Aber natürlich seid ihr das. Okay, welche Klamotten stehen zur Auswahl?«

»Eins meiner Kleider oder Jeans mit T-Shirt. Er sagte, ich solle etwas Legeres anziehen.«

Phoebe schwieg einen Augenblick, offensichtlich dachte sie nach.

»Sei einfach du selbst. Du bist eine, die luftige Kleider liebt. Ändere dich nicht für einen Mann!«, riet ihr ihre Schwester.

»Ich will mich auch gar nicht ändern, ich will nur nicht auffallen.«

Phoebe räusperte sich. »Jede andere würde ich jetzt für albern halten, aber weil du es bist, weiß ich, dass es ernst ist. Erstens datest du nie, und allein das macht daraus schon eine große Sache. Und zweitens gehst du überhaupt kaum aus, was daraus eine noch größere Sache macht. So oder so, sei einfach nur du selbst. Zieh dir eins deiner hübschen Kleider an und entspann dich. Keiner dort wird dich beißen, da bin ich mir sicher. Außer vielleicht Kane, wenn du ihn ganz lieb darum bittest.«

»Phoebe!«, sagte Halley lachend. »Benimm dich!«

»Was wär das wohl für ein Spaß? Willst du, dass ich rüberkomme und dir helfe, was auszusuchen?«

Halley seufzte. »Nein. So viel Zeit hab ich nicht.«

»Dann zieh irgendwas mit Blau drin an. Das passt zu deinen Augen.«

»Danke«, murmelte Halley.

»Gern geschehen. Und dafür schuldest du mir ein Abendessen. Eigentlich hatte ich ja angerufen, um zu fragen, ob

Jamie und ich für dein fantastisches Essen vorbeikommen können.«

Halley lächelte. Wenn Phoebe nicht so penetrant wäre – im positiven Sinne –, würde Halley ihre Schwester und ihren Neffen definitiv nicht oft genug zu Gesicht bekommen. »Wir haben einen Deal.«

Halley entschied sich für ein pastellfarbenes weiß-hellblaues Alltagskleid, so wie Phoebe ihr geraten hatte, und dazu silberne Riemchensandalen. Etwas, das sie auch anziehen würde, um in der Stadt Besorgungen zu machen, nicht jedoch zum Malen, weil sie das Kleid zu sehr mochte und nicht riskieren wollte, es zu ruinieren.

Sie trug nur sehr wenig Make-up auf, weil es ihr so entsprach. Sie übertrieb es nicht mit der Foundation, dem Lidschatten oder dem Lippenstift. Sie mochte diesen übertrieben geschminkten Look nicht, und Kane schien sie so zu mögen, wie sie war. Auch wenn sie sich selbst sagte, dass dies kein Date war, hegte sie doch keinerlei Zweifel daran, dass es doch irgendeine Bedeutung hatte. Jedes Kribbeln im Bauch und Nervenflattern bestätigten das.

Kurz darauf holte Kane sie mit seinem Camaro ab. Er trug eine dunkle Jeans, die sauberer war als die, die er die Woche über zum Arbeiten trug, an seinem schlanken Körper jedoch genauso gut saß. In seinem jägergrünen T-Shirt sah er wild und sexy aus.

Bei ihrem Anblick pfiff er. »Du siehst wunderschön aus, meine Schöne.« Sie errötete. »Ich hab Kekse für den Nachtisch gebacken. Und auch als Dankeschön an deine Familie für die Einladung.«

»Das hättest du doch nicht tun müssen. Aber ich find's schön, dass du's gemacht hast. Was für eine Sorte?« Seine Augen funkelten.

»Schokokekse.«

»Eine Frau ganz nach meinem Geschmack. Bist du startklar?«

Sie schnappte sich ihre Handtasche und die Kekse, die sie mit Alufolie abgedeckt hatte. Draußen hielt er die Schüssel, damit sie die Haustür abschließen konnte, dann gingen sie zu seinem Wagen.

Kurze Zeit später hielten sie vor einem gepflegten Haus mit akkurat gestutzten Hecken in einer Wohngebietsstraße. Es hatte hellgraue Dachschindeln, schwarze Rollläden sowie eine weiße Haustür und sah freundlich und einladend aus.

Als sie hielten, warf Nicky gerade am Ende der Einfahrt Bälle in einen dort hängenden Basketballkorb.

Kane stieg aus und ging zur Beifahrerseite. »Hey Kumpel! Wie geht's?«, rief er seinem Neffen zu.

»Gut! Spielst du mit mir?« Nicky dribbelte, warf den Ball und verfehlte den Korb nur ganz knapp.

»Ich werfe ein paar Körbe mit dir, bevor ich nach Hause fahre, versprochen! Aber lass mich jetzt erst mal Halley deiner Mutter vorstellen, okay?«

»Okay.« Der Junge drehte sich um und übte weiter.

»Er ist echt süß«, sagte Halley.

»Und ein guter Junge«, stimmte Kane ihr zu. »Ich bin echt froh, dass meine Schwester nicht mit so einer Nervensäge, wie ich es früher war, fertigwerden muss.«

Halley runzelte die Stirn. »Nach allem, was du mir erzählt hast, glaube ich, dass du ein genauso guter Junge warst wie Nicky.«

»Vielleicht bis die Pubertät zuschlug«, murmelte er.

Sie grinste, und sie gingen weiter Richtung Haustür. Er öffnete sie, und sie stiegen die unmittelbar dahinterliegende Treppe hinauf. Oben angekommen standen sie auch schon vor der Küche. Rechts befand sich das Wohnzimmer und links das Esszimmer.

»Kane!« Eine hübsche Frau mit dunkelbraunem Haar, das zu einem Pferdeschwanz zusammengebunden war, kam aus der Küche. »Und du musst Halley sein. Herzlich willkommen!«

»Schön, dich kennenzulernen«, sagte Halley. »Und danke für die Einladung.«

»Jederzeit. Oh, was ist das denn? Das riecht ja köstlich!«

Halley reichte ihr die Schüssel mit den Keksen. »Schokokekse.«

Andi nahm sie ihr ab. »Danke! Kommt doch rein. Das Abendessen ist fast fertig. Dad grillt Steaks. Ich hoffe, du isst rotes Fleisch?« Sie drehte sich zu Halley um. »Ich kann auch Hühnchen auf den Grill schmeißen, wenn du das lieber magst.«

»Steak ist prima. Mach dir keine Gedanken. Kann ich irgendwie behilflich sein?«

»Nee, aber du kannst Nicky reinrufen, Kane«, bat Andi ihren Bruder. »Und dann setzen wir uns.«

Kurz darauf saßen sie dann alle am Esstisch. Halley fühlte sich wohl mit Kanes Familie, so wie er es ihr versprochen hatte. Sein Vater war charmant, trotz seiner Schwächen, und unterhielt sich mit ihr über ihre Malerei, nachdem Kane es erwähnt hatte. Andi, die eine sehr fürsorgliche Mutter zu sein und als Alleinerziehende einen tollen Job zu machen schien, war ebenfalls sehr lieb und herzlich.

Halley entspannte sich zusehends, als Nicky während des Essens plötzlich sagte: »Onkel Kane, spielen wir später Karten?«

»Welches Spiel?«, fragte Kane.

»Poker.«

Andi fing an zu husten und ließ ihre Gabel auf den Tisch fallen. »Aber du weißt doch gar nicht, wie man das spielt.«

»Grandpa hat's mir gezeigt! Wir können mit Cheerios spielen, bis ich irgendwann richtiges Geld habe«, schlug er vor. »Wenn ich älter bin, bringt Grandpa mir bei, wie man um echte Einsätze spielt.«

Kane warf seinem Vater einen vernichtenden Blick zu, und Halley erstarrte in Erwartung des Donnerwetters.

»Nicky, geh bis zum Nachtisch bitte nach draußen spielen«, sagte Andi zu ihrem Sohn, der schon aufgegessen hatte und auf seinem Stuhl herumzappelte. Sie ballte ihre Hände, die auf dem Tisch lagen, zu Fäusten.

Als würde er die Verärgerung seiner Mutter spüren, erhob sich Nicky und rannte nach draußen.

Andi wartete, bis Nicky außer Hörweite war, und drehte sich dann zu ihrem Vater um. »Du hast meinem Sohn beigebracht, wie man pokert und um Einsätze spielt?«, fragte sie wutentbrannt.

»Es ist doch nur ein Kartenspiel, Liebling.«

»Nenn mich nicht Liebling! Das Spiel ist vielleicht harmlos, aber um Einsätze zu spielen mit Sicherheit nicht! Du bist süchtig, Dad! Und Sucht zieht sich durch unsere Familie. Das hat mir grade noch gefehlt, dass du meinem Sohn zeigst, wie man um Cheerios oder um Geld spielt. Das ist fahrlässig und dumm!«

»Der Junge muss diese Dinge doch kennen. So was braucht man fürs Leben«, behauptete Joe.

Andi schlug mit der Faust auf den Tisch und stand auf.

Kane griff nach ihrer Hand. Sanft murmelnd brachte er sie dazu, sich wieder zu setzen.

Dann wandte er sich seinem Vater zu. »Dad, Andi erzieht ihren Sohn auf ihre Art. Du weißt, wie wir beide über das Glücksspiel denken. Und das bedeutet, dass du ihre Wünsche respektieren musst. Bring Nicky keine schlechten Gewohnheiten bei und mach nichts hinter ihrem Rücken. Denn wenn du auch bloß einmal darüber nachgedacht hättest, wäre dir klar gewesen, dass es ihr nicht gefallen würde.« Er sprach ruhig, doch Halley spürte seinen mühsam zurückgehaltenen Zorn.

Sie kam sich vor wie die Zuschauerin eines Films, nur dass das hier kein Film war, sondern das richtige Leben. Und sie hatte ein schlechtes Gewissen, Zeugin von etwas so Gravierendem zu sein.

»Vielleicht sollte ich …«

Kane legte ihr eine Hand auf den Oberschenkel und hielt sie dadurch vom Weitersprechen ab. »Ist schon gut«, sagte er. »Bleib, wo du bist.«

Sie schluckte mühsam.

»Na schön«, meinte sein Vater schließlich in schmollendem Ton wie ein Kind. »Ich werd nicht mehr mit meinem Enkel spielen.« Absichtlich verstand er sie falsch.

Andi stöhnte und stützte den Kopf in die Hände. Dann stand sie auf und begann, den Tisch abzuräumen.

In dem zurückbleibenden Schweigen stand Joe Harmon ebenfalls auf. »Entschuldigt mich. Ich hab noch ein paar Sachen zu erledigen«, murmelte er und ging hinaus.

»Ich denke, das Essen ist hiermit beendet«, meinte Kane, drehte sich zu Halley um und warf ihr einen betrübten Blick zu.

»Lass mich noch deiner Schwester helfen.« Halley schob ihren Stuhl zurück und begann, Teller einzusammeln. Kane half ihr dabei, und während Andi Ordnung schaffte, räumten Halley und Kane gemeinsam den Tisch ab.

Andi bestand dann allerdings darauf, sich allein um den Rest zu kümmern, und bekniete die beiden förmlich, jetzt doch zu tun, worauf sie Lust hatten. »Lass uns rausgehen«, schlug Kane vor, und Halley folgte ihm nach draußen. Während er und sein Neffe Ball spielten, sah sie den beiden beim Dribbeln und Werfen zu und bei dem Spaß, den sie dabei hatten. Es war schön, Kane dabei zu beobachten, wie er mit dem Jungen spielte, ihm Tipps gab und Dinge beibrachte, die ihm, wenn sein Verein im Winter wieder spielte, von Nutzen sein würden. Außerdem unternahm er nicht den geringsten Versuch, sich aus dem Staub zu machen, bevor er nicht sein Versprechen, mit Nicky Basketball zu spielen, erfüllt hatte. Das war etwas, das sie sehr zu schätzen wusste.

Als er Nicky ausgepowert hatte, schickte er ihn wieder zurück ins Haus. Halley und Kane folgten ihm, um sich noch kurz von Andi zu verabschieden. Joe hatte sich irgendwohin verkrümelt, und sie ließen ihn in Ruhe.

Zurück im Auto ließ Kane den Motor an und schaltete die Klimaanlage ein. Dann sah er Halley an. »Mein Plan, dich zu einem ganz normalen Familien-Dinner mitzunehmen, ist ja wohl einigermaßen nach hinten losgegangen. Heute Abend war es sogar noch schlimmer als sonst.«

Sie lächelte und legte eine Hand auf seinen Unterarm, fühlte seine starken Muskeln. »Schon gut. Ich hab die Zeit mit deiner Familie wirklich genossen. Und es tut mir leid, falls ich die Situation durch meine Anwesenheit noch unangenehmer gemacht haben sollte.«

»Hast du nicht. Das hat Dad ganz allein geschafft. Was hat er sich bloß dabei gedacht, einem Siebenjährigen die Grundlagen des Glücksspiels beizubringen? Wo er doch selbst Probleme damit hat!«

Halley zuckte mit den Achseln. »Er scheint das nicht wahrhaben zu wollen.«

»Stimmt.« Kane legte eine Hand aufs Lenkrad. »Tut mir leid, dass wir gar nicht dazu gekommen sind, deine Kekse zu essen«, sagte er und zog ein Gesicht.

»Nicht schlimm. Ich hoffe, dass sie Nicky schmecken. Und bei dir kann ich's ja jederzeit wieder wettmachen, indem ich neue backe.«

Er grinste. »Das macht mich zu einem glücklichen Mann. Und jetzt … was hältst du von italienischem Eis? Bist du schon mal bei Hank's gewesen?«

Sie schüttelte den Kopf. »Ich bin dran vorbeigekommen, aber es standen immer irrsinnig viele Leute davor.«

»Na ja, das Warten lohnt sich aber auch. Hast du Lust, auf dem Heimweg da noch vorbeizuschauen?«

Sie nickte. »Wenn du mich während der Wartezeit beschäftigen kannst, habe ich nichts dagegen.«

Er lachte. »Ich glaube, diese Herausforderung gefällt mir.«

Als sie bei Hank's Eisbude ankamen, stellten sie fest, dass die Warteschlange recht kurz war. Jedenfalls standen nicht so viele Leute davor, dass Kane Halley großartig hätte unterhalten müssen, und ehe sie sich versahen, waren sie auch schon an der Reihe.

Beim Bestellen änderte Halley ihre Meinung und fragte nach Vanilleeis mit heißer Karamellsoße. Kane bestellte sich rotes Sorbet.

Dann schlenderten sie mit ihren Desserts zu einer Backsteinmauer, auf die sie sich nebeneinandersetzten. Sie ließen ihre Füße baumeln und aßen ihr Eis.

Er war als Erster fertig. »Gut?«, fragte er sie und stellte seinen leeren Becher neben sich.

Sie blickte zu ihm hinüber und fing an zu lachen. »Deine Zunge ist ja ganz rot.«

Er streckte sie heraus und grinste.

»Willst du was von mir abhaben?« Sie hielt ihm den Löffel mit der Vanille-Schoko-Mischung hin.

»Nein, das passt nicht wirklich zu meiner Kirsche.« Er schwieg kurz, so als ob er sich etwas überlegte. »Es sei denn …«

»Hm?« Sie zog eine Augenbraue hoch.

»Es sei denn, ich küsse dich.« Und ehe sie sich's versah, beugte er sich auch schon vor und fuhr mit seiner Zunge über ihre Lippen und dann in ihren Mund. Er verschlang sie regelrecht – schnell, aber gründlich.

Sie stöhnte, lehnte sich ganz nah an ihn und genoss den warmen Kirsch-Geschmack, den er zu ihrem Dessert beisteuerte.

Noch bevor sie ihn ganz ausgekostet hatte, hob er seinen Kopf und begegnete ihrem Blick, seine Augen waren dunkel und voller Verlangen. »*So* isst man Eis.«

Ihre kecken Nippel und ihr feuchtes Geschlecht waren der gleichen Meinung.

★★★

Kane parkte vor Halleys Haus und stützte eine Hand auf dem Lenkrad ab. Er wollte sie einfach noch nicht gehen lassen. Der Kuss hatte ein Feuer in ihm entfacht, das gelöscht werden musste, und ein simpler Abschiedskuss würde es da nicht tun. Bis zum heutigen Abend hätte er nicht gedacht, dass sie für den nächsten Schritt bereit war, aber sie wirkte inzwischen in seiner Gegenwart schon viel entspannter, und sie wollte ihn definitiv genauso sehr wie er sie. Er würde sie jedenfalls nicht gehen lassen, ohne zumindest versucht zu haben, die Dinge voranzubringen.

Bevor sie aussteigen konnte, drückte er auf den Knopf für die automatische Türverriegelung und schloss sie damit ein.

»Was machst du da?«, fragte sie.

»Bevor ich aus diesem Wagen steige, gibt es da noch etwas, das du wissen musst.«

Neugierige Augen sahen ihn an. »Und zwar?«

»Wenn ich dich zu deiner Haustür begleite, dann werde ich nicht wieder gehen.« Seine Worte ließen keinen Zweifel an seinen Absichten.

Er wartete darauf, dass ihr dämmerte, was er wollte. Und während es das tat, nahmen ihre Augen eine dunklere Färbung an. »Kane«, stieß sie atemlos hervor.

»Wie wirst du dich entscheiden, meine Schöne?«

Sie fuhr sich mit der Zunge über die Unterlippe. Bei dieser sinnlichen Geste wurde sein Schwanz munter.

»Steig aus«, sagte sie. Ihre Stimme war tief und heiser, und aus ihren Worten sprach eindeutig sexuelles Verlangen.

Erleichterung überkam ihn, dass sie auf gleicher Wellenlänge lagen. Er stellte den Motor ab, wobei er sich ermahnte, sich zusammenzureißen, damit er nicht sofort über sie herfiel, sobald die Tür hinter ihnen ins Schloss fiel. Nur weil sie zugestimmt hatte, hieß das noch lange nicht, dass sie zu einer schnellen, harten Nummer bereit war. Eine Frau wie sie hatte mehr verdient.

Und das wollte er ihr geben.

Er kam zu ihrer Wagenseite und legte ihr eine Hand auf den Rücken, während er sie zum Haus begleitete. Sie kramte den Schlüssel aus ihrer Handtasche und versuchte ihn mit zitternden Händen ins Schloss zu schieben. Er nahm ihr den Schlüssel ab und erledigte es für sie. Wenn auch nur einen Tick ruhiger als sie.

Im Haus – weg von vorbeifahrenden Autos und neugierigen Blicken –, nahm er ihr die Handtasche ab, warf sie auf den nächsten Stuhl und zog Halley in seine Arme.

Sie keuchte angesichts der Gier, mit der er sie an sich presste. Er senkte den Kopf, und seine Lippen schlossen sich um ihren Mund. Ihre Zungen verschlangen sich ineinander, duellierten sich, und sie nestelten beide hektisch an ihrer Kleidung herum.

Halley packte den Saum seines T-Shirts und zog es ihm über den Kopf. Er schob den elastischen Ausschnitt ihres Kleides herunter und entblößte ihre Brüste, als diese über die Körbchen ihres Spitzen-BHs quollen. Er griff hinter sie, hakte ihn auf und ließ ihn zu Boden fallen. Dann beugte er sich hinunter und leckte sich von ihrem Dekolleté bis zur Spitze eines Nippels, umrundete ihn mit seiner Zunge und knabberte sanft daran, bevor er sich der anderen Brustwarze zuwandte und ihr die gleiche sorgfältige Behandlung zukommen ließ. Halley legte ihren Kopf zurück und stöhnte, ihr Körper zitterte vor Wonne.

Er verbrachte ziemlich viel Zeit mit ihren festen Knospen, bevor Halley sich aus seinem Griff löste, sich das Kleid hinunterschob und es auszog, bis es sich um ihre Füße kringelte. Dann steckte sie, während ihr erregter Blick die ganze Zeit auf seinem ruhte, die Daumen in ihren kaum vorhandenen Slip, der ein süßer Hauch von Nichts war, und zog ihn ebenfalls aus. Nun stand sie splitternackt vor ihm – in jeglicher Hinsicht –, und verkörperte für ihn jeden Traum, den er je geträumt hatte und der nun Wirklichkeit wurde, und mehr. Nicht zu große Brüste, genau die richtige Größe für seine Hände, voll und mit dunklen Nippeln, gerötet von seinen neckenden Bissen. Und ihre akkurat getrimmte Scham war ein Genuss für die Augen.

Sie streckte die Hände aus und nestelte damit zitternd an seinem Jeansknopf herum, was ihn dazu veranlasste, die Führung zu übernehmen. Er öffnete den Knopf und den Reißverschluss seiner Hose, zog sie herunter und trat sie beiseite. Er konnte das Gefühl von Klamotten auf seiner Haut keine Minute länger ertragen, seine Retroshorts folgten als Nächstes.

Hektisch suchten beide nach Hautkontakt zum anderen, und sobald er nackt war, drückte er sie gegen die nächste Wand. Seine Lippen verschmolzen mit ihren. Er griff nach ihrer Hüfte und ließ eine Hand aufwärtsgleiten, bis sie ihre feste Brust umschloss. Er massierte ihren Nippel mit seiner Handfläche, dann begann er mit Daumen und Zeigefinger an der Spitze zu zupfen. Sie krümmte sich ihm entgegen, schlang ihr Bein um seines und rieb sich an seinem prallen Penis.

Ihre erregte Pussy an seinem Schwanz war mehr, als er aushalten konnte. »Schlafzimmer …«, raunte er schwer atmend in ihr Haar.

Er nahm ihre Hand, und sie führte ihn dorthin. Es war ein femininer Raum, mit gelben und weißen Rüschen und Kissen. Unfähig länger zu warten, hob er sie hoch und legte sie aufs Bett. Dann beugte er sich über sie, sein pulsierender Penis drückte sich in ihr weiches, erhitztes Fleisch und verlangte Einlass.

Sie hob ihre Hüften, als ob sie ihn allein durch bloßes Verlangen und ihre Begierde in sich hineinziehen könnte.

»Nicht so schnell«, sagte er, drückte sich hoch und begegnete ihrem Blick. »Ich will nicht, dass das hier vorbei ist, bevor wir überhaupt richtig angefangen haben.« Denn schon die geringste Berührung ihres warmen Fleischs, wenn sie seinen Schwanz umschloss, würde reichen, dass genau das passierte.

»Das ist Folter, dich auf meiner Haut zu spüren, aber nicht in mir, wo ich dich jetzt bräuchte«, sagte sie, und ihre Offenheit und Ehrlichkeit überraschten ihn.

»Dann lass mich mal sehen, was ich dagegen tun kann.« Er schob sich zwischen ihre Beine, indem er ihre Schenkel mit den Händen auseinanderdrückte. Dann ließ er den Anblick ihrer süßen Öffnung auf sich wirken, senkte den Kopf und unterdrückte ein Stöhnen angesichts des berauschenden Dufts ihrer Lust.

Mit den Fingern teilte er ihre Schamlippen, senkte den Kopf noch weiter und begann, sich an ihrem feuchten Geschlecht gütlich zu tun. Sie stöhnte, ihre Hände wühlten sich in seine Haare, zogen an den langen Strähnen, während er sie reizte und an ihrem geschwollenen Fleisch saugte. Seine Hände umspannten ihre Schenkel, und er brachte sie dem Höhepunkt immer näher, indem er ihren Kitzler leckte.

Sie zerrte heftiger an seinem Haar und presste sich ihm entgegen. Er ließ nicht von ihr ab, glitt stattdessen nun mit seiner Zunge in sie, während er mit den Fingern spielerisch ihre Klitoris reizte. Er wollte, dass sie kam, und zwar heftig, bevor er sie richtig nehmen würde.

Seine Zunge schoss in sie hinein, seine Finger spielten an ihr herum, und plötzlich versteifte sie sich, schrie auf und rief laut seinen Namen, als sie kam. Die Geräusche, die sie dabei von sich gab, waren himmlisch und machten ihn völlig verrückt.

Erst als er sicher war, dass sie restlos befriedigt war, schob er sich an ihrem Körper nach oben, glitt dabei mit seinem Penis an ihrem Schenkel hoch, senkte sich zwischen ihre zitternden Beine, damit er sie küssen und sie sich selbst auf seiner Zunge schmecken konnte.

Wie von selbst hoben sich seine Hüften, und er wusste, dass es nun an der Zeit war. »Kondom«, murmelte er. »Warte.« Sanft löste er sich von ihr und ging zu seiner Jeans. Nein, er hatte das nicht vorher geplant, aber ein Gummi hatte er trotzdem in seinem Portemonnaie. Er war zwar alt, aber auch nicht uralt, und würde seinen Zweck erfüllen.

Er riss die Verpackung auf und rollte das Kondom über sein schon schmerzendes Glied. Er schaute zu ihr hinüber und sah, dass sie ihm mit schläfrigen Augen dabei zusah, noch immer ganz benommen vor Lust. Mit hinter dem Kopf verschränkten Armen lag sie auf dem Bett, vollständig befriedigt, den Blick jedoch konzentriert auf seinen Schwanz gerichtet – auf eine Art und Weise, die ihn sogar noch härter werden ließ.

Mit einem Bein kniete er sich aufs Bett und beugte sich über sie, sein Schwanz war einsatzbereit. Er hielt ihn in einer Hand und rieb ihn über ihren prallen Kitzler.

Sie stöhnte und sah ihm in die Augen. »Du hast es geschafft, dass ich schon wieder bereit bin«, flüsterte sie.

»Solltest du auch, weil ich dieses Mal nämlich in dir sein werde, meine Schöne.«

Süßerweise errötete sie.

Er nahm das als Zeichen, platzierte sich vor ihrem Eingang und stieß dann tief in sie.

»Kane!« Sie schlang ihre Beine um seine Taille und bog ihm ihre Hüften entgegen.

»Verdammt, du bist so feucht und so eng.«

Bei seinen Worten gruben sich ihre Fingernägel in seine Schultern. »Schneller«, presste sie zwischen zusammengepressten Zähnen hervor.

»Mit Vergnügen.«

Er zog sein Glied wieder heraus und stieß dann erneut in sie. Er begann sich zu bewegen, und sie passte sich seinem Rhythmus an, ihr Körper umschloss seinen. Sie fuhr ihm durch die Haare und hielt sich daran fest. Er stieß in sie, mit jedem erneuten, tiefen Eindringen härter. Sie rieben ihre Hüften aneinander, sein Schwanz stieß gegen ihr Schambein.

»O mein Gott«, murmelte sie und kratzte mit ihren Fingernägeln über seine Haut.

Er nahm den Schmerz hin, nutzte ihn, um seinem Höhepunkt näher zu kommen. Er war noch nicht tief genug, brauchte mehr von ihr.

Mehr.

Alles.

Er zog sich aus ihr zurück.

»Was ist?«, fragte sie überrascht.

»Warte.« Er drehte sie um. »Knie dich hin«, wies er sie an.

Krabbelnd ging sie auf alle viere und er drang von hinten in sie ein. Sie schrie auf, als er bis zum Anschlag in ihr versank.

Vollkommene verdammte Glückseligkeit.

Er schlang einen Arm um ihre Taille und begann zu stoßen und sich dabei zu reiben. Er bedeckte sie mit seinem Körper und nahm mit der Kraft seines Verlangens und Begehrens von ihr Besitz. Sie stöhnte und wölbte ihren Rücken, und ihr herrlicher Hintern prallte bei jedem Stoß gegen seine Leisten.

Mit einer Hand umschloss er ihre Brust, zupfte und zog an ihrem Nippel, um sie noch weiter zu erregen. Ihr kehliges Stöhnen verriet ihm, dass es ihm gelang, sie zu den selben Höhen zu bringen, die auch sein Körper gerade erreichte. Es war rau, ursprünglich. Anders als alles, was er je zuvor erlebt hatte, und er bezweifelte, es noch einmal zu tun.

In dem Wissen, dass er kurz vor dem Höhepunkt stand, schob er seine Hand tiefer, massierte ihre Klitoris, während er sich gleichzeitig auf seinen eigenen Orgasmus einstellte. Seine Hoden zogen sich zusammen, während er sich zwang, sich zurückzuhalten, bis sie kam.

Als es so weit war, spannte sich ihr ganzer Körper an. »Kane, ich komme. O mein Gott, fester. Ich brauch's fester.«

Heftig stieß er in sie, und sie explodierte förmlich unter ihm, indem sie sich zunächst versteifte und in der anschließenden Erlösung am ganzen Körper bebte. Da überließ auch er sich seinem Höhepunkt, der alles überwältigte, seinen Körper, seinen Verstand und seine Seele. Er kam in dieser atemberaubenden Frau – immer wieder und wieder, verlor sich in ihr nebst allem, was von seinen Sinnen und seinem Körper noch übrig war.

Und als es vorbei war, sank sie erschöpft unter ihm zusammen, und er fiel auf sie. Während er um Atem rang, schien die Wirklichkeit weit weg zu sein, aber er wusste, dass er mit seinem Gewicht nicht noch länger auf ihr liegen bleiben konnte. So zog er sich aus ihr zurück und rollte von ihr herunter.

Als er sich von ihr löste und auf die Seite legte, überkam ihn ein Gefühl des Verlusts. Dann stand er auf, befreite sich von dem Kondom und kehrte wieder ins Bett zurück, wo er sie an sich zog, während er noch darum rang, wieder zu Sinnen zu kommen.

Er war sich nicht sicher, wie viel Zeit vergangen war, als ein leises Kichern neben ihm ertönte. »Halley?«

»Das war der helle Wahnsinn«, murmelte sie und drückte sich enger an ihn.

»Allerdings.« Er schlang seinen Arm fester um sie, weil sie keine Anstalten machte sich zurückzuziehen. Das verbuchte er als großen Erfolg.

Andererseits hatten sie sich zuvor ja auf tollen Sex geeinigt. Sie hatten es zwar nicht wortwörtlich so gesagt, aber die Dinge so zu nehmen, wie sie kamen, entsprach schon ziemlich seiner Definition von *locker*. Auch wenn nichts von dem, was er heute Abend bei ihr empfunden hatte, einfach nur *locker* gewesen wäre.

Er hatte einige Frauen und natürlich auch schon guten Sex gehabt, aber vor Halley noch niemals welchen, der ihn förmlich umgehauen hatte, einfach wahnsinnig gewesen war und durch nichts getoppt werden konnte. Und irgendetwas sagte ihm, dass er so etwas wie heute mit keiner anderen Frau mehr erleben würde, deshalb sollte er verdammt noch mal lieber einen Weg finden, um sie in seinem Bett zu behalten … und in seinem Leben.

KAPITEL 6

Halley wachte früher als Kane auf, aber die Tatsache, dass sie überhaupt geschlafen hatte, während er neben ihr im Bett lag, überraschte sie. Und dass sie überhaupt eingeschlafen und am Tag zuvor so lange unterwegs gewesen war, erstaunte sie sogar noch mehr. Erklärungen bezüglich ihrer Schlaflosigkeit waren also nicht erforderlich, dachte sie erleichtert.

Sie schob seinen Arm von ihrem Körper und schlüpfte aus dem Bett. Alles an ihr fühlte sich auf eine wunderbare Weise wund an. Ihr Körper war nicht an Sex gewöhnt, und ihr gefiel das Gefühl zu wissen, dass sie mit Kane zusammen gewesen war. Und es war unglaublich gewesen. Es war eine Sache, auf sexueller Ebene gut zusammenzupassen oder zumindest eine nette Zeit miteinander im Bett zu verbringen. Die fast außerkörperliche Erfahrung, die sie letzte Nacht gemacht hatte, aber eine ganz andere.

Jetzt war sie hellwach und hatte das überwältigende Verlangen, diese Erfahrung zum Ausdruck zu bringen. Also zog sie sich ein übergroßes T-Shirt an, das sie oft zum Arbeiten trug, weil es ihr bis zu den Knien reichte und genug von ihr bedeckte, um sie vor Farbspritzern zu schützen. Sie machte sich frisch und ging dann zu ihrer Staffelei, um zu malen, während am Morgenhimmel allmählich die Sonne aufging.

Sie war vollkommen in sich versunken und hatte jegliches Zeitgefühl verloren, als sie plötzlich eine Hand auf ihrer Schulter spürte.

»Hey«, sagte Kane mit einer rauen sexy Morgenstimme.

Sie kippte den Kopf nach hinten, um ihn anzusehen, und er gab ihr einen Kuss auf den Mund. Bei der Berührung seiner Lippen auf ihren war ihr ganzer Körper sofort wie elektrisiert.

»Das gefällt mir«, sagte er. Die Hände in den Hosentaschen seiner Jeans, betrachtete er das Bild. »Es ist anders als das, was du letzte Woche in die Galerie gebracht hast. Strahlender … fröhlicher.«

Sie nickte. Es überraschte sie, dass es ihm aufgefallen war, und ein warmes Gefühl durchströmte sie. »Ja. Mir ist im Lauf der letzten Woche auch eine Veränderung aufgefallen.« Sie zuckte mit den Achseln, weil sie nicht genau erklären konnte, warum das so war. Sie legte ihren Pinsel beiseite. »Hast du Hunger?« Oder hatte er es vielleicht eilig und musste gehen?

»Ich will dir keine Umstände machen. Ich kann mir auch auf dem Heimweg irgendwas besorgen. Zu Hause will ich dann duschen, was anderes anziehen und ein paar Sachen holen, bevor ich wieder herkomme und an der Veranda weiterarbeite.«

Sie stand auf. »Du bereitest mir überhaupt keine Umstände. Lass mich dir doch etwas zu essen machen.« Sie selbst war ebenfalls ziemlich hungrig und fühlte sich nach der letzten Nacht überraschenderweise wohl mit ihm. »Ich hätte Lust auf French Toast.«

»O Gott, du könntest einen Mann ja ganz schön verwöhnen.«

Sie lachte. »Es ist zwar eine Gefahr für meine Figur, aber ich kann nichts dagegen tun. Ich liebe kochen.«

Er drehte sie zu sich herum und zog sie in seine Arme. »Also wenn du mich fragst, ist deine Figur perfekt.«

»Danke«, murmelte sie.

Er neigte ihren Kopf nach hinten und küsste sie stürmisch. Seine Zunge fuhr zwischen ihre Lippen, seine rauen Hände glitten unter ihr T-Shirt und legten sich auf ihre Taille. Dann wanderten sie weiter nach oben, bis seine Finger an der Unterseite ihrer Brust ankamen und diese zu streicheln begannen.

»Hmm«, sagte sie und stellte sich auf die Zehenspitzen, um ihn noch ausgiebiger zu küssen.

»Bin mir nicht sicher, ob ich überhaupt etwas Süßes zum Frühstück brauche, wenn ich dich habe.« Er knabberte an ihrer Unterlippe.

Und ehe sie sich's versah, hatte er sie auch schon hochgehoben und trug sie zurück ins Bett. »Kane!«

»Was denn? Ist das nicht besser als frühstücken?« Er reizte sie mit einem weiteren Kuss und indem er seine Hüften gegen ihre drängte.

Doch bevor sie weitergehen konnten, klingelte es an der Haustür. Sie stöhnte auf.

»Erwartest du jemanden?«, fragte er.

Sie schüttelte den Kopf, während er von ihr herunterrollte.

Sie blickte auf ihre nackten Beine, hatte ihrer Meinung nach aber ansonsten noch genug an. Sie lief zur Haustür und spähte durch den Spion. Sie kannte die Frau nicht, die draußen stand, allerdings beschlich sie das Gefühl, sie schon einmal irgendwo gesehen zu haben. Als müsse sie sie kennen beziehungsweise sei ihr schon einmal begegnet und könne sie nur nicht mehr zuordnen.

Die Frau war älter als Halley, hatte hellbraunes, langes und glattes Haar, das formlos ihr Gesicht einrahmte. Sie war ungeschminkt, sah abgespannt und müde aus.

Erneut überkam Halley dieses mulmige Gefühl, das sie zwar registrierte, mit dem sie sich jedoch nicht auseinandersetzen wollte. Misstrauisch öffnete sie die Tür. »Ja?«

»Halley?«, fragte die Frau geradezu erwartungsvoll.

Halleys Griff an der Tür wurde fester. »Kenne ich Sie?« *Allerdings*, flüsterte eine Stimme in ihrem Kopf. *Du weißt, wer das ist*. Ihr Mund wurde ganz trocken.

»Ich bin's. Deine Mutter.«

Halleys knickten fast die Knie weg. Etwas nur zu vermuten und dann tatsächlich mit der Wahrheit konfrontiert zu werden waren zwei grundverschiedene Dinge. »Mom?« Ihre Stimme war nur noch ein Krächzen.

»Ich bin's, Liebling.«

Halley erstarrte. »Wie hast du mich gefunden?«

Ihre Mutter verdrehte ihre Hände ineinander, sie war unübersehbar genauso nervös wie ihre Tochter. »Ich hab nach dir gesucht.«

»Aber ich habe doch meinen Nachnamen geändert«, entgegnete Halley.

Ihre Mutter begegnete ihrem Blick. »Ich weiß. Als ich dich nicht unter dem Nachnamen deines Vaters – Gifford – finden konnte, dachte ich an Joy und wie wichtig ihr die Familie schon immer war. Als ich ihr von euch Mädchen erzählte, wollte sie euch sofort zu sich holen und in die Familie aufnehmen. Also dachte ich mir, es mal mit Ward zu versuchen.«

Sie stockte, rang erneut die Hände und sagte dann: »Ich geb's zu, in Wirklichkeit hab ich deine Nummer von Joy gemopst.« Beschämt blickte sie zu Boden. »Aber du bist schließlich meine Tochter, und ich wollte mit dir reden. Nur bin ich dann nervös geworden und hab wieder aufgelegt.«

»Also warst du das ...«, murmelte Halley und starrte die Frau vor sich an, die eine Fremde für sie war ... aber wiederum auch nicht.

Ihre Mutter nickte. »Möchtest du mich nicht hereinbitten?«

Hinter sich hörte Halley Kane näher kommen. Sie war sich nicht sicher, ob sie mit dieser Situation zurechtkäme. Sie überlegte, was wohl schlimmer wäre: das hier vor seinen Augen durchzuziehen oder alleine? Sie war sich nicht sicher.

»Halley? Alles okay bei dir?«, erkundigte er sich.

Sie drehte sich zu ihm um und nickte. »Es ist meine Mutter«, flüsterte sie.

Kane bekam große Augen. Über ihre Schulter hinweg warf er einen Blick auf die Frau, die immer noch auf der

Türschwelle stand und wartete. »Soll ich euch beide lieber alleine lassen?«

Halley schüttelte den Kopf und stellte fest, dass sie sich ihre Frage gerade selbst beantwortet hatte. Sie wollte das hier nicht alleine durchstehen.

Sie drehte sich wieder zu der Frau um. »Tut mir leid. Komm doch rein«, sagte sie und trat einen Schritt zurück.

Ihre Mutter trug alte Jeans und ein ausgeleiertes Sweatshirt. Sie sah müde aus und überhaupt nicht wie die Märchen-Version, die sich Halley als Kind während ihrer Zeit in den Pflegefamilien gern ausgemalt hatte.

Sie ging an Halley vorbei und blieb kurz stehen, als sie Kane sah. »Wer ist denn dieser gut aussehende Mann?«

Gott sei Dank hatte sich Kane inzwischen wieder T-Shirt und Jeans angezogen. Halley fühlte sich nicht besonders wohl dabei, wie ihre Mutter Kane angaffte, als könnte sie sich gar nicht an ihm sattsehen – ganz ungeachtet der Tatsache, dass er um einiges jünger war.

»Ich bin Halleys Freund«, erklärte Kane, trat einen Schritt vor und schlang besitzergreifend einen Arm um Halley. Seine Körperwärme strömte in sie, zusammen mit seiner Stärke, die sie gerade so bitter nötig hatte.

Sie mochten sich zwar darauf geeinigt haben, ihrer Verbindung keinerlei Bezeichnungen zu geben. Dennoch musste sie zugeben, dankbar für Kanes Auftauchen zu sein, durch das er ihre Mutter wissen ließ, dass es jemanden gab, der auf Halley aufpasste. Nur für den Fall, dass ihre Mom wirklich etwas im Schilde führte, so wie ihre Tante vermutete.

»Also …« Halley fragte sich, was ihre Mutter wohl von ihr wollte. Ob sie unverblümt um Geld bitten würde oder …

»Ich dachte, wir könnten vielleicht miteinander reden.«

Halley nickte. »Komm doch ins Wohnzimmer«, murmelte sie und wies in Richtung des Sofas im großen Zimmer, wo auch ihre Staffelei in der Ecke stand.

»Hey.« Kane zog sie an sich, bevor sie ihrer Mutter folgen konnte. »Bist du dir wirklich sicher, dass du nicht vielleicht doch lieber mit ihr alleine sein willst?«

Auch wenn sie sich einen warmen Moment gewünscht hätte, der sie einander näherbrachte, fühlte sich Halley dennoch unwohl in Gegenwart dieser Frau, die sie zur Welt gebracht hatte. »Wenn es dir nichts ausmacht zu bleiben? Ich will dich nicht in eine Situation bringen, die dir unangenehm ist. Also wenn du lieber gehen willst …«

»Wenn du mich hierhaben willst, dann bleibe ich.« Er drückte ihre Hand und wartete, bis sie bereit war, ins Wohnzimmer zu gehen, in dem ihre Mutter schon auf sie wartete.

Halley holte tief Luft und ging hinein, Kane folgte ihr.

Sie nahmen auf dem Sofa Platz, ihre Mutter hatte sich auf einen Stuhl gesetzt.

»Schau mal einer an, du bist erwachsen geworden«, murmelte ihre Mutter.

Halley errötete und wusste nicht, was sie darauf erwidern sollte.

»Und dieses Haus ist wunderschön.« Ihre Mutter stand auf und ging zu der Glasschiebetür, durch die man auf den Strand hinaussehen konnte. »Was für ein Ausblick.« Eine

Weile sah sie aufs Meer, bevor sie sich umdrehte und wieder hinsetzte. »Erzähl mir etwas über dich«, bat sie ihre Tochter.

»Na ja, ich male.« Halley zeigte auf die Staffelei, auf der ihre aktuelle Arbeit zu sehen war.

»Oh! Das würde ich gerne mal sehen!« Ihre Mutter sprang auf und ging hinüber zu Halleys kleiner Malecke. »Oh, wie schön! Ich liebe die Farben.«

Halley lächelte. »Danke. Meine Bilder werden in der hiesigen Galerie ausgestellt.«

Ihre Mutter faltete ihre Hände. »Das ist ja wundervoll!«

»Und wie ist es dir in der Zwischenzeit ergangen?«, fragte Halley.

Die Frage ernüchterte ihre Mutter, deren Gesichtsausdruck nun weniger erfreut war als zuvor. »Es ist schwierig gewesen«, antwortete sie. »Sich an das normale Leben zu gewöhnen und Arbeit zu finden.«

»Kann ich mir vorstellen«, sagte Kane.

»Aber du kommst klar?«, fragte Halley besorgt.

»Na ja ...« Ihre Mutter war schon im Begriff, etwas zu antworten, schien ihre Meinung dann aber zu ändern und schüttelte den Kopf. »Mir geht's so weit ganz gut. Ich wünschte nur, deine Schwester würde mich auch sehen wollen, aber sie scheint da dieselbe Meinung zu haben wie Joy. Dass ich mich nicht geändert habe. Dass ich nur an mich denke und wieder in alte Gewohnheiten zurückfallen werde.« Sie schien sich nicht sonderlich wohlzufühlen und rutschte unruhig auf ihrem Stuhl herum.

»Und wirst du das?«, wollte Halley wissen.

Ihre Mutter schluckte. »Ich würde gerne Nein denken.

Und ich weiß es auch sehr zu schätzen, dass du bereit bist, mich zu sehen. Mir eine Chance gibst.«

Halley war sich nicht ganz sicher, was das hier war – vielleicht ein Neuanfang? Bis jetzt hatte ihre Mom jedenfalls keinerlei Andeutungen gemacht, etwas von ihr haben zu wollen, weshalb Halley die Hoffnung hegte, dass sie eine Beziehung aufbauen könnten.

»Ich sollte dich jetzt lassen. Aber ich wollte … dich einfach mal sehen.« Ihre Mutter erhob sich.

Halley und Kane ebenfalls. Während des Besuchs hatte er fast nichts gesagt, seine stille Unterstützung bedeutete ihr jedoch unsagbar viel.

Sie brachte ihre Mutter zur Haustür. »Danke, dass du vorbeigekommen bist.«

»Wir bleiben in Kontakt«, erwiderte diese.

Halley schloss die Tür hinter ihr, drehte sich zu Kane um und ließ sich gegen die Wand sacken. »Na ja, das war ja nur halb so grässlich wie gedacht«, meinte sie sarkastisch.

Er warf ihr einen mitfühlenden Blick zu. »Irgendwo musst du ja anfangen.«

Sie nickte. »Ich frag mich nur, ob ich bald wohl noch mal was von ihr höre.«

»Das wirst du sehen. Sie hat dir nichts gegeben, um sie zu kontaktieren, also ist es an ihr.«

»Stimmt.« Halley richtete sich wieder auf und ging dann in die Küche. »Also … Lust auf Frühstück?«, fragte sie und zwang sich, dabei fröhlich zu klingen.

In Wirklichkeit hatte sie dieser kurze Besuch jedoch erschöpft, und sie brauchte jetzt erst einmal Zeit, um zu verarbeiten, dass sie nach einer gefühlten Ewigkeit ihre Mutter wiedergesehen hatte.

»Hör mal, ich glaube, ich muss jetzt mal los«, sagte er und strich ihr mit den Fingerknöcheln über die Wange. »Ich komm dann später zum Arbeiten wieder, und in der Zwischenzeit kannst du ja darüber nachdenken, was das alles für dich bedeutet.«

Ihr Körper reagierte auf seine Liebkosung, ihre Nippel wurden hart, und sie neigte sich ihm entgegen. Aber er hatte ja recht. Wie gewöhnlich spürte er, was sie brauchte, und dafür war sie ihm dankbar.

»Bevor ich gehe, hätte ich noch eine Frage. Hast du Lust, nächstes Wochenende mit mir zum Stadtfest zu gehen?«

Halley kannte die einmal im Jahr stattfindende Veranstaltung, die eine bunte Mischung war: Rosewoods Läden – wie der Blumenhändler, die Bäckerei, die Klamottenboutiquen und andere Geschäfte – würden ihre Waren auf der Straße an eigenen Ständen verkaufen. Außerdem gab es, ähnlich wie beim Karneval, allerlei Leckereien. Das Fest war ein kollektiver Treffpunkt, der Einheimische wie Touristen gleichermaßen anlockte.

Wegen der vielen Menschen nahm Halley in der Regel eigentlich nicht daran teil, diesmal jedoch hoffte sie, Faith ihre neueste Arbeit bringen zu können, um sie dort auszustellen. Bislang war ihr Ausstellungsprojekt immer wieder zurückgestellt worden, da Halley gewusst hatte, dass irgendetwas fehlte. Erst vor Kurzem – seitdem sie mit fröhlicheren Farben arbeitete – war ihr klar geworden, wie man es anstellte, dass das Bild den Betrachter in seinen Bann zog. Eine knappe Woche hatte gereicht, und sie hatte endlich ein Projekt beendet, an dem sie sechs Monate gesessen hatte.

Glaziers hatte einen Katalog mit ihren bisherigen Bildern, und Faith hatte versprochen, auch alles Neue darin aufzunehmen, das Halley hatte. In ein paar Tagen, sobald die Farbe getrocknet war, könnte sie ihr das neue Bild vorbeibringen.

»Halley?«

»Eigentlich hatte ich nicht vor hinzugehen, aber …«

»Aber du machst mal eine Ausnahme, weil du mich begleiten wirst«, beendete er den Satz für sie.

Sie musterte sein attraktives Gesicht. Sie wollte ihn nicht enttäuschen und freute sich, dass er sie gefragt hatte. Für einen Tag könnte sie ihre Unsicherheiten wohl mal beiseiteschieben. »Okay.«

Er strahlte übers ganze Gesicht. »Okay, wir reden später noch genauer darüber, jetzt muss ich aber wirklich nach Hause, duschen, und dann komm ich später wieder vorbei, um weiterzuarbeiten.«

Sie wollte ihn schon hinausbegleiten, als er einen Arm um ihre Taille schlang und sie an sich zog.

»Nein-nein. Ohne anständige Verabschiedung wirst du mich nicht los.« In seinen Augen loderte Lust auf, und ihr Körper reagierte sofort darauf.

Er hatte einfach diese Wirkung auf sie. Es reichte schon, dass er ihr *diesen Blick* zuwarf, und sie schmolz förmlich dahin. »Woran hattest du denn gedacht?«, fragte sie. Ihre Stimme glich einem Schnurren.

Er drückte seine Lippen auf ihre, und in Sekundenschnelle nahm der Kuss Fahrt auf. Sie öffnete ihre Lippen, und er glitt mit seiner Zunge in ihren Mund. Es war nichts Zahmes an der Art und Weise, wie er ihren Mund eroberte. Er verschlang sie regelrecht und ließ sie damit unmissverständlich wissen, dass er Anspruch auf sie erhob. Und als er schließlich seinen Kopf hob und nach Luft schnappte, keuchte sie. Nicht nur, weil auch sie völlig außer Atem war, sondern aus schierem Verlangen.

Er wischte sich mit dem Daumen über den feuchten Mund. »*Das* war ein angemessener Abschied.« Er zwinkerte ihr zu und ließ sie los. Dann ging er und ließ sie mit zitternden Beinen und voller Lust, die durch ihre Adern pulsierte, zurück.

***

Halley goss ihre Pflanzen vor der Haustür. Die Nelken standen in voller Blüte, und herrliche Rottöne explodierten förmlich auf der Veranda. Sie war sich nicht sicher, ob die Blumen überhaupt gegossen werden mussten, weil sie das gestern schon getan hatte, sie brauchte jedoch Ablenkung von den Myriaden an Gedanken, die ihr durch den Kopf schossen.

Kurz zuvor hatte Phoebe angerufen und wollte mit ihr reden, was bedeutete, dass Halley ihr erzählen musste, dass sie ihre Mutter getroffen hatte. Mit ihrer Tante wollte Halley ebenfalls darüber sprechen. Weil die Frau, mit der sie sich unterhalten hatte, nicht den Eindruck erweckt hatte, etwas anderes zu wollen als eine Chance, um ihre Tochter besser kennenzulernen.

Was genau das war, was Halley sich immer gewünscht hatte. Weshalb war ihr dann jetzt so mulmig zumute? Sie konnte dieses Unbehagen nicht recht erklären, aber es blieb, als sie über ihre unberechenbare Mutter nachdachte.

Sie konzentrierte sich wieder auf die Blumen und war gerade mit dem Gießen fertig geworden, als auf der Straße vor ihrem Haus ein weißer Wagen hielt. Kanes Schwester stieg aus, mit etwas in der Hand, das in Folie eingewickelt war.

Als Andrea näher kam, stellte Halley die Gießkanne ab. »Hi.«

»Hi.« Andrea trat neben Halley auf die Eingangsveranda. Sie war genauso leger gekleidet wie Halley – Jeans und ein weites Oberteil.

»Womit habe ich diesen Besuch verdient?«

Andrea lächelte. »Zum einen bringe ich dir deine Schüssel zurück, und außerdem wollte ich mich bei dir entschuldigen. Bei unseren Abendessen kann's zwar schon mal laut werden, aber gestern haben wir Privatangelegenheiten erörtert. Das war unhöflich und bestimmt auch ziemlich unangenehm für dich.« Sie hielt Halley die Schüssel hin. »Wir haben gestern noch deine Kekse aufgegessen. Nicky hat sie regelrecht verschlungen. Aber ich hab ein paar Zuckerplätzchen gebacken, um dir damit zu sagen, dass es mir leidtut.«

Halley nahm ihr die Schüssel ab. »Danke, Andrea.«

»Nenn mich doch bitte Andi.«

Halley lächelte. »Sehr aufmerksam von dir, Andi. Aber ich versichere dir, dass es schon okay ist. Keiner hat für so etwas mehr Verständnis als ich.« Besonders nach dem Besuch ihrer Mutter.

Andi sah sie aufmerksam an. »Das weiß ich echt zu schätzen. Und wenn ich das jetzt mal so offen sagen darf – ich kann verstehen, warum Kane sich für dich interessiert. Glaub mir, Kane lässt sich nicht gerade oft auf jemanden ein.«

Interessierte er sich tatsächlich für sie? Und wollte Halley das überhaupt? Sie ließen es langsam angehen – keine Erwartungen, keine Etikettierungen. Er war ja sogar derjenige gewesen, der behauptet hatte, das sei völlig in Ordnung so.

Bevor sie etwas entgegnen konnte, sprach Andi weiter. »Du bist so nett und feinfühlig. Also, das war's auch schon. Ich wollte die Sache für Kane wieder ins Lot bringen, für den Fall, dass du verstimmt sein solltest.«

»Nicht im Geringsten. Ähm … Möchtest du vielleicht reinkommen? Und was Kaltes trinken?«

»Gerne!«

Erwartungsvoll folgte ihr Andi ins Haus. Und die folgende Stunde hatte Halley ihre erste »Mädelszeit« mit jemand anderem als mit ihrer Schwester. Sie unterhielten sich über alles Mögliche, zum Beispiel wer ihnen die Haare schnitt und die Strähnchen machte und über ihre Lieblingsfernsehserien fürs Komaglotzen. Halley war kein besonders großer Fan von so etwas, aber Andi überredete sie, sich einmal ein paar ihrer Lieblingsserien anzuschauen. Dann redeten sie darüber, Rezepte auszutauschen, und Andi erzählte ihr witzige Geschichten über das Großziehen eines kleinen Jungen. Demnach war ihr Sohn offenbar ganz besessen von seinem Penis.

Als Andi wieder heimfuhr, blieb Halley mit dem ungewohnten Gefühl zurück, eine Freundin gefunden zu haben. Sie war ein bisschen benommen von Andis Freundlichkeit und Quirligkeit, ja geradezu überwältigt, da sie gewöhnlich keine Frauenfreundschaften einging. Klar, sie hatte ihre Schwester, aber eine richtige Freundin hatte sie noch nie gehabt. Dass sie sich so gut mit Andi verstand, war irgendwie ungewöhnlich, da sie aufgrund ihrer Behandlung durch Mädchen in der Vergangenheit – sowohl in den Pflegefamilien als auch in der Highschool – ansonsten sehr misstrauisch geworden war. Aber Andi war anders, genau wie ihr Bruder. Sie war aufrichtig.

Halley würde sich ein wenig daran gewöhnen müssen, eine richtige Freundin zu haben.

***

Den Rest der Woche verfiel Kane in Routine. Er absolvierte seine übliche Arbeitszeit in der Werkstatt, und an den Tagen, an denen es nicht regnete, tauchte er anschließend noch für ein paar Stunden bei Halley auf, um an der Veranda weiterzuarbeiten. Erwartungsgemäß ging es nur schleppend voran, da er alles alleine machte.

An den meisten Abenden, an denen er bei ihr arbeitete, kochte sie ihm etwas, was ihm Gelegenheit gab, Zeit mit ihr zu verbringen und sie besser kennenzulernen. Sie liebte Kochsendungen, was ihm natürlich zugutekam. Aber davon einmal abgesehen sah sie nicht besonders viel fern, sondern malte stattdessen lieber und las gerne Liebesromane. Er hatte ihre Schale geknackt, jedenfalls schaffte er es mittlerweile, sie leicht und oft zum Lachen zu bringen, was ihm stets den Tag versüßte.

Sex gehörte nicht zum Programm. Nicht, weil er nicht gewollt hätte – das verdammte Gegenteil war der Fall –, aber er wollte nicht den Eindruck erwecken auszunutzen, dass er wegen der Arbeiten an ihrem Haus jetzt leichter an sie herankam. Und weil er ihr Zeit geben wollte, in Ruhe über ihn nachzudenken, ihn zu wollen und zu vermissen, was sie bei diesem einen Mal, als sie intim geworden waren, miteinander gehabt hatten.

Seine Gedanken kreisten förmlich ständig um Sex mit Halley, weil sie damals so offen und begierig gewesen war, was ihn angesichts ihres Zögerns, sich auf eine ernste Beziehung einzulassen, ziemlich überrascht hatte. Er vermutete, dass sie sich gesagt hatte, die Sache zwischen ihnen sei ganz unverbindlich. Doch als sie dann Sex gehabt hatten, war da alles andere als Unverbindlichkeit gewesen. Im Bett passten sie auf eine Weise zusammen, die keine Selbstverständlichkeit bei Paaren war, und er fragte sich, ob sie wohl ebenfalls gemerkt hatte, dass zwischen ihnen etwas ganz Besonderes war.

In diesen letzten Wochen hatten sie immer nur oberflächliche Gespräche geführt und sich weder mit Halleys Vergangenheit in den Pflegefamilien noch mit irgendetwas anderem eingehender befasst. Und er fragte sich immer noch, welches Geheimnis wohl hinter diesen Mauern steckte, die sie so schützte. Nur eines wusste er mit Sicherheit: dass er noch nicht damit fertig war, schlau aus ihr zu werden.

An dem Sonntag, an dem das Stadtfest stattfand, holte er sie um zehn Uhr morgens ab. Sie begrüßte ihn an der Tür und haute ihn mit ihrem Outfit völlig um. Statt für eines ihrer üblichen reizvollen Kleider hatte sie sich für einen sexy Jeansrock mit angesetztem Volant entschieden, der kurz genug war, um ihre langen Beine zur Geltung zu bringen; in diesen hineingesteckt war ein knalllila Trägerhemd, das ihm einen verführerischen Blick auf ihre vollen Brüste gewährte, aber dennoch etwas Elegantes hatte. Und an den Füßen trug sie ein Paar weiße Chucks.

Auf ihrem Haar, das zu einem Pferdeschwanz zusammengebunden war, thronte ihre Sonnenbrille. Sie wirkte jung, aufregend und glücklich, ein Anblick, der recht neu war. Als er ihr damals neben ihrem liegen gebliebenen Wagen begegnet war, war sie deutlich zurückhaltender und vorsichtiger gewesen.

Eine so freudige Aufgeregtheit wie jetzt hatte er in ihren Augen noch nie zuvor gesehen, und diese Veränderung gefiel ihm. »Freust du dich auf heute?«, fragte er.

»Ich hätte es selbst nicht für möglich gehalten, aber du hast so viel Werbung dafür gemacht, dass ich mich tatsächlich freue.«

»Gut! Wir werden viel Spaß haben. Bist du so weit?« Er hielt ihr die Hand hin.

»Ja.« Langsam streckte sie ihre Hand aus und ergriff seine. Weich und zart schlossen sich ihre Finger um seine Handfläche.

Seine Haut brannte, und sein Penis in seiner Jeans machte einen Satz. Nicht der richtige Zeitpunkt, sagte er sich, zählte von zehn herunter und konzentrierte sich dabei auf die Zahlen und nicht auf Halleys Sexappeal.

Sie fuhren die kurze Strecke, und er stellte den Wagen am Stadtrand ab. In behaglichem Schweigen spazierten sie in Richtung Festplatz.

Sie protestierte nicht, als er wieder ihre Hand nahm, und er war stolz, sich mit ihr in der Öffentlichkeit zu zeigen. Es war schon Jahre her, seit er sich mit einer Frau am Arm in der Stadt hatte sehen lassen, und eben die hatte ihn auf beispiellose Weise gedemütigt. Er hatte zufällig ein Gespräch von ihr mit einer Freundin mitbekommen, in dem sie sich abfällig über ihn geäußert hatte. Ihre Bemerkungen hatten seinen Stolz verletzt, und damals hatte er das Gefühl gehabt, sie hätte ihm das Herz gebrochen.

Erst mit einigem Abstand war ihm klar geworden, dass er von Liza geblendet und lediglich vernarrt in sie gewesen war. Trotzdem hatte er sich danach zurückgezogen und war von nun an äußerst vorsichtig, wen er mit in sein Bett nahm. Frauen von hier, die nicht viel von ihm erwarteten, hatten zu seinem beschäftigten Leben und seinem Terminkalender gut gepasst. Bis Halley kam.

»Also, wie sieht der Plan aus?«, fragte sie, als die großen weißen Zelte in Sicht kamen.

»Wir schauen uns die Stände an und essen jede Menge Süßkram. Ich komm schon hierher, seitdem ich ein kleiner Junge war. Für die gebackenen Kringel und die Zuckerwatte kann ich mich verbürgen!«

Sie grinste. »Da bin ich dabei.«

Sie gingen an vielen Verkäufern vorbei, hielten an, wenn er einen Bekannten sah, was ziemlich oft passierte. Andi arbeitete am Imbissstand vom Blue Wall, Nicky stand neben ihr.

»Hey Leute! Heute früh kann ich euch French Toast Sticks anbieten, und wenn ihr nach dem Lunch noch mal vorbeikommt, gibt's kleine Burger«, erklärte Andi breit grinsend.

»Die sind spitze!«, sagte Nicky und hüpfte aufgeregt auf und ab. »Mom hat versprochen, dass ich mir später die Welpen anschauen darf, wenn ich ihr beim Essenausgeben helfe.«

»Welpen?«, fragte Halley interessiert.

Andi schob ihnen zwei Teller French Toast Sticks zu. »Nicky, gib Onkel Kane und Halley bitte eine Serviette.«

»Hier, Onkel Kane.« Er warf die Servietten auf den Tisch.

Halley schaute den kleinen Jungen an. »Danke. Du bist eine ganz tolle Hilfe.«

»Kleine Hunde würden jedes Kind bei Laune halten«, meinte Kane zu Halley.

Sie drehte sich um und blickte mit großen Augen zu ihm hoch. »Kleine Hunde«, flüsterte sie begeistert.

Er schlang die Arme um ihre Taille und zog sie an sich, vergrub sein Gesicht in ihrem Haar und atmete ihren Geruch ein. Sie roch nach Erdbeer-Shampoo, und seine Leistengegend zog sich augenblicklich zusammen. »Versteh ich das so, dass du gerne zum Stand des Tierheims würdest?«

Ihr Grinsen war die einzige Antwort, die er brauchte. Er rief seiner Schwester zu, bis später noch etwas von dem Essen aufzuheben, nahm Halleys Hand, und sie machten sich auf den Weg, um sich die Welpen anzusehen.

***

Halley hatte einen Mordsspaß. Bis jetzt war der Tag weit von dem Albtraum entfernt gewesen, den sie sich zuvor ausgemalt und der von wahren Besuchermassen bevölkert gewesen war. Mit Menschenmengen kam sie schon irgendwie klar, sie mochte es nur nicht, wenn Leute ihr so nah kamen, dass sie sie streiften oder sie in irgendeiner anderen Form berührten, was sie als eine Übertretung empfand. So weit so gut. Außerdem hatte sie Kane an ihrer Seite, was jegliches eventuelles Unbehagen wiedergutmachen würde.

Sie näherten sich dem Stand des örtlichen Tierheims, und ihr Herz raste erwartungsvoll.

»Bist du nur begeistert, die Hunde zu sehen, oder ernsthaft interessiert, dir einen zuzulegen?«, fragte er.

Tatsächlich war es ein spontaner Entschluss gewesen. Denn in dem Moment, als Andi erwähnt hatte, dass es hier herrenlose Welpen aus dem örtlichen Tierheim geben würde, die ein Zuhause brauchten, hatte das Halleys Herz sofort berührt.

»Bis jetzt hatte ich das ehrlich gesagt noch nie in Erwägung gezogen, aber ich liebe Hunde. In einer meiner Pflegefamilien gab es einen schwarzen Labrador, der so sanftmütig und freundlich war. Er hat immer neben mir im Bett geschlafen. Und ich hab ihn schrecklich vermisst, als ich die Familie verließ.« Weil das unmittelbar vor der letzten Familie gewesen war, wo sich diese schreckliche Nacht ereignet hatte. Davor hatte sie immer gut geschlafen, besonders mit Blackie an ihrer Seite.

Kane zog an ihrer Hand, und sie blieben stehen. »Warum hast du die Familie denn damals verlassen?«, erkundigte er sich.

Sie schluckte. »Eines der Mädchen dort hat mich beschuldigt, Geld gestohlen zu haben, das sie in Wirklichkeit selbst eingesteckt hatte. Sie log. Ich würde nie etwas nehmen, das mir nicht gehört. Aber sie hat so lange weitergemacht, bis Mrs. B ihr schließlich glaubte.« Halley wusste noch, wie am Boden zerstört sie damals gewesen war, weil das eine der guten Pflegefamilien gewesen war. Danach war sie dann in einer gelandet, in der der Ehemann ein Perverser war, und es war ein Albtraum gewesen.

Kane drückte ihr beruhigend die Hand. »Ich weiß, dass du niemals stehlen würdest. Und es tut mir leid, dass du so etwas durchmachen musstest.«

»Ach, das war ein Klacks im Vergleich zu dem, was später passierte.« Sie riss die Augen auf, als ihr klar wurde, was sie gerade gesagt hatte.

»Halley? Was …«

Bevor er seine Frage noch beenden konnte, rempelte sie jemand an und stieß sie dabei zur Seite, sodass sie gegen Kane fiel.

Er griff nach ihren Armen und brachte sie wieder ins Gleichgewicht. Was man von ihrem rasant schlagenden Herzen allerdings nicht sagen konnte. Dieser Ausflug in die Vergangenheit, die unauslöschlichen Erinnerungen an *ihn,* und dass sie jetzt auch noch jemand anstieß, schnürten ihr die Kehle zu, und sie war den Tränen nahe.

»Hey. Alles okay mit dir?«, fragte Kane sanft und ganz deutlich besorgt.

Sie brachte ein Nicken zustande. »Können wir uns jetzt einfach nur die Hunde ansehen?« Ihr Gesicht in weichem Fell zu vergraben war genau das, was sie jetzt brauchte.

Er musterte sie lange. »Okay. Auf zu den Welpen!« Er sah zwar immer noch besorgt aus, konzentrierte sich aber eindeutig vorrangig darauf, sie zu beruhigen.

Sie näherten sich dem Stand, und Enttäuschung überkam sie. »Hier sind so viele Leute …« Sie wunderte sich, dass sie es überhaupt geschafft hatten, so nah an den Stand zu kommen, weil es in dem Bereich mit den Hunden von Kindern nur so wimmelte.

»Ich bin mir ziemlich sicher, dass die nicht alle einen Hund nehmen wollen. Du aber schon. Wir kriegen dich schon noch ganz nach vorne«, versicherte er ihr.

Und wie versprochen brachte er sie dann auch tatsächlich an die Seite des Standes und zu einem Tisch, wo er eine der Helferinnen herbeiwinkte. »Wir würden uns gerne mal die Hunde anschauen«, sagte er zu der jungen Frau, die eine lila Strähne im Haar hatte. »Wir sind daran interessiert, einen Hund aufzunehmen.« Er warf einen Blick zu Halley. »Na ja, also genau genommen sie.«

»Na klar! Können Sie mir sagen, ob Sie an einer bestimmten Art Hund interessiert sind? Groß? Klein?«

Halley fuhr sich mit der Zunge über ihre trockenen Lippen. »Ich will einen unkomplizierten Hund, der leicht zu haben ist. Einen, der so etwas wie eine … emotionale Unterstützung sein könnte«, erwiderte sie und zwang die Worte dabei regelrecht durch ihre zugeschnürte Kehle.

Die Idee war ihr gekommen, als sie von Blackie erzählt hatte. Vielleicht wäre es nicht nur Spaß, einen Hund zu haben, aber es würde ihr helfen, nachts besser zu schlafen, weil sie dann nicht mehr alleine wäre.

»Bin gleich wieder da!«, sagte die junge Frau und verschwand.

Halley schaute zu Kane hoch. »Also, es ist nicht so, dass ich die Unterstützung wirklich bräuchte, aber ich …«

»Vor mir musst du dich nicht rechtfertigen, meine Schöne. Du brauchst einen Hund in deinem Leben. Punkt. Ich glaube, das wäre toll für dich.«

Sie lächelte. »Ja, das glaube ich auch. Ich werde mit ihm Spaziergänge am Strand machen und im Wasser rumtollen.«

»Er oder sie kann bei dir im Bett schlafen und dir Gesellschaft leisten.« Er beugte sich vor und gab ihr einen Kuss auf die Nasenspitze. »Außer wenn ich da bin. Dann muss er oder sie Platz machen.«

Sie lachte, fast schon erleichtert, da er in der vergangenen Woche keinerlei Annäherungsversuche unternommen hatte. Ja, er war bei ihr gewesen und hatte auch Interesse an ihr gezeigt. Und es hatte viele Umarmungen, Berührungen und kurze Küsse gegeben. Aber sie hatte sich ernsthaft Gedanken gemacht, warum er sie nicht einfach in die Arme nahm und mit ihr ins Bett ging. Stattdessen hatte er sie jeden Abend sexuell frustriert zurückgelassen, nachdem er ihr eine gute Nacht gewünscht, sie auf den Mund geküsst und dann allein unter die Bettdecke hatte schlüpfen lassen.

»So, da bin ich wieder. Und das hier ist Monty.« Die Tierheimmitarbeiterin hielt ihnen einen flauschigen Hund mit großen, traurig dreinblickenden Augen entgegen. Er hatte glänzendes schwarzes Fell und ein supersüßes Gesicht.

Halley streckte ihre Hände aus und nahm ihn in die Arme. »Hey, Monty. Was ist deine Geschichte, du süßer Junge?«

»Er wurde im Park ausgesetzt, und der Finder brachte ihn zu uns ins Tierheim. Es war Winter, Monty war kalt, er war ganz verfilzt und verdreckt und total verängstigt«, erzählte die Frau, auf deren Namensschild *Lyndie* stand. »Dann nahm ihn Gail – das ist die Tierheimleiterin – mit zu sich nach Hause, um ihn dort gesund zu pflegen.«

Bei dem Wort *Pflege* hatte Halley sofort das Gefühl, dass sie und den Hund etwas verband. Er war verlassen und allein gelassen worden – genau wie sie. Und er war in einem anderen Zuhause aufgenommen worden, in dem sich jemand Fremdes um ihn gekümmert hatte. Zu ihren Pflegefamilien hatte Halley zwar keine echte Liebe entwickelt, aber in manchen hatte sie sich zumindest sicher gefühlt … bis auch das irgendwann nicht mehr der Fall gewesen war. Dieser Hund würde ihr bedingungslose Liebe und Anhänglichkeit schenken, und im Gegenzug wollte sie ihm einen sicheren Zufluchtsort geben. Für den Rest seines Lebens.

»Er hat einen weiten Weg hinter sich«, fuhr Lyndie fort. »Und Gail hat ihn als psychotherapeutischen Assistenzhund registrieren lassen. Sie hat bislang nur auf das richtige Zuhause für ihn gewartet.«

Kane streckte die Hand aus und streichelte Montys weiches Köpfchen.

Lyndie schaute in die Richtung, aus der gerade ihr Name gerufen wurde. »Hören Sie mal, da hinten gibt's eine Rasenfläche, wo es ein bisschen ruhiger ist. Gehen Sie doch mal mit ihm dorthin. Lernen Sie ihn besser kennen, und wenn Sie glauben, dass er der Richtige für Sie ist, dann kommen Sie morgen beim Tierheim vorbei. Dort können Sie dann die Papiere ausfüllen, Gail kennenlernen und hoffentlich seine neue Besitzerin werden.«

Halley sah Kane an. »Haben wir noch Zeit?«

Er nickte. »Wir haben alle Zeit der Welt.«

In der nächsten halben Stunde fand sie heraus, dass Monty Sitz, Platz und Pfötchen geben konnte. Er genoss es auch, liebkost zu werden, wozu er sie aufforderte, indem er mit seinem kleinen Kopf gegen ihren Bauch stupste.

»Ich liebe ihn jetzt schon«, flüsterte sie und schaute zu Kane hoch.

Er lachte. »Ich nehme an, bei dir steht also für morgen ein Trip ins Tierheim auf dem Plan?«

»Als Allererstes.« Ihr Magen schlug vor lauter Aufregung Purzelbäume.

Sie knuddelte Monty noch ein letztes Mal und gab ihm ein Küsschen auf sein flauschiges Köpfchen, bevor sie ihn Lyndie zurückbrachte und ihr versicherte, am nächsten Morgen vorbeizukommen.

»Also, das war ja mal ein voller Erfolg!«, stellte Kane fest und nahm ihre Hand. »Hast du schon Hunger?«

Sie nickte.

»French Toast oder gebackene Kringel?«, fragte er.

Nachdenklich zog sie die Nase kraus. »French Toast.«

Sie machten sich wieder auf den Weg zu Andis Bude, als plötzlich eine Frauenstimme Kanes Namen rief. Er drehte sich nicht sofort um, weshalb die Frau noch einmal rief.

»Kane!«

Er ließ Halleys Hand los und drehte sich genau in dem Moment um, als eine große, gertenschlanke Brünette auf himmelhohen Absätzen in eindeutig teuren Jeans und Luxus-Bluse auf ihn zukam und ihm die Arme um den Hals schlang.

»Wie schön, dich wiederzusehen!« Sie drückte sich eng gegen seinen, wobei sie sichtlich ihre Brüste an seinem Oberkörper rieb.

Eifersucht wallte in Halley auf – grün und hässlich. Hatte diese Frau denn nicht gesehen, dass er gerade mit Halley Händchen gehalten hatte, bevor sie sich wie ein Blutegel an ihn gehängt hatte? Wobei es wohl wahrscheinlicher war, dass es ihr einfach scheißegal war. Was für eine Bedeutung hatte diese Frau für Kane?, fragte sich Halley und verspürte das starke Bedürfnis, der anderen die langen Haare mitsamt den Wurzeln auszureißen.

Kane griff nach den Armen der Frau und riss sich von ihr los. »Liza, was zur Hölle machst du da?«

»Dich begrüßen, Süßer. Ich hab dich vermisst und wollte dich besuchen.«

Er blickte finster – ein Gesichtsausdruck, den Halley noch nie zuvor bei ihm gesehen hatte und der seine normalerweise so unbekümmerte Miene versteinern ließ. »Unwahrscheinlich, da der Sommer schon so gut wie vorbei ist«, murmelte er. »Wenn du auf ein weiteres Techtelmechtel mit dem Mechaniker aus bist, dann muss ich dich leider enttäuschen.«

»Er ist schon vergeben«, schaltete sich Halley jetzt ein, trat einen Schritt vor und hakte sich bei Kane unter.

Er grinste. »Du hast sie gehört.«

Liza klappte die Kinnlade runter, als könnte sie nicht glauben, dass er ihr gerade eine Abfuhr erteilte. »Mensch, Kane. Du weißt doch, dass du nie was Besseres hattest als mich.«

Er brach in schallendes Gelächter aus. »Red dir das ruhig weiter ein, *Süße*«, sagte er in zuckersüßem Ton, der deutlich besagte, dass er sich über sie lustig machte.

Mit diesen Worten drehte er sich um und zog Halley mit sich davon.

»Was war das denn gerade?«, erkundigte sie sich, während sie in die entgegengesetzte Richtung gingen.

Kane stöhnte leise auf. »Kann das so lange warten, bis wir allein sind?«

Sie nickte. Sie war zwar neugierig, respektierte seinen Wunsch jedoch. Schließlich tat er das ja auch immer bei ihr.

Den Arm um ihre Taille führte er sie zurück zu seiner Schwester. »Hey Andi!«

»Hallo, ihr beiden. Wart ihr erfolgreich bei der Hundesuche?«, fragte sie.

»Vielleicht«, erwiderte Halley. »Na ja, ich hoffe es zumindest. Die Tierheimleiterin muss noch ihr Okay geben, deshalb werde ich erst morgen mehr wissen.« Sie hielt zwei gekreuzte Finger hoch.

Andi grinste. »Vielleicht reicht es Nicky ja für eine Weile, wenn ich ihn in Zukunft hin und wieder zu dir rüberbringe, damit er deinen Hund sehen kann. Er bettelt nämlich schon die ganze Zeit, dass er einen Welpen haben will, aber ich arbeite so viel und will mich, was das angeht, nicht auf Dads Hilfe verlassen müssen.«

»Wo steckt Nicky eigentlich?«, fragte Halley.

»Er ist mit einem Freund unterwegs, dessen Mom so lange auf die beiden Jungs aufpasst.«

»Und Dad, wie geht's ihm?«, fragte Kane. »Ich meine, ich weiß natürlich, wie er bei der Arbeit ist – mürrisch und unausstehlich. Was mich zu der Annahme führt, dass er immer noch spielt, online oder anderweitig. Und dass er verliert.« Bestätigung suchend sah er seine Schwester an.

Halley hörte den beiden schweigend zu. Sie wollte sich in keine Unterhaltung einmischen, die so persönlich und kompliziert war.

»Ihm geht's nicht gut. Er bleibt ständig lange weg oder verkriecht sich im Büro vorm Computer. Ich glaube, er hat von einem seiner Freunde gelernt, wie man den Browserverlauf löscht, weil ich ihn auf dem Weg noch nicht erwischt habe«, berichtete sie und guckte grimmig.

»Woher hat er denn das Geld?«, wollte Kane wissen.

»War das nicht schon immer die große Frage? Wir haben schon seit Langem damit aufgehört, ihm Geld zu leihen, und er hat aufgehört, danach zu fragen. Er hatte diesen unerwarteten Geldsegen beim Pokern, aber ich hab keine Ahnung, um wie viel es dabei ging. Er hat seinen Lohn, den du ihm für seine Arbeit zahlst … Und ich habe die Hypothek und alle Unkosten bezahlt.«

»O mein Gott, Andi …«

Sie hob eine Hand, bevor Kane weiterreden konnte. »Denkst du, ich weiß nicht selbst, wie bescheuert das ist? Aber es ist kraftraubend, ihn ins Budget einzuplanen oder ihm sein Geld am Zahltag abzunehmen. Für mich ist es leichter, einfach nur mein Leben zu leben. Verstehst du das?«

Bei dem Haus handelte es sich um Kanes Elternhaus, das hatte er Halley schon einmal beim Abendessen erzählt. Sie wusste ebenfalls, dass Joe noch eine zweite Hypothek darauf aufgenommen hatte.

»Hab's schon kapiert«, murmelte er. »Und es tut mir wirklich leid, dass du zwischenmenschlich damit fertigwerden musst.«

»Schon gut. Ich komm schon damit klar. Mit meinem Job im Blue Wall und der Arbeit tagsüber im Blumenladen komm ich über die Runden und hab am Ende sogar auch noch ein bisschen was übrig.«

»Okay, aber falls du mal etwas brauchen solltest …«

»Ich weiß. Dann bist du da. Danke.« Sie lehnte sich über den Tisch und gab ihm einen Kuss auf die Wange. »Kann ich euch beiden jetzt endlich was zu essen servieren?«

Halleys Magen wählte genau diesen Augenblick, um zu knurren. Zwar nicht so laut, dass jemand anderes es hätte hören können, aber sie spürte es ganz deutlich. »Ich bin am Verhungern«, gab sie zu.

Vergnügt tischte Andi ihnen daraufhin wieder etwas auf. »War das eben eigentlich Liza, die da über dich hergefallen ist?«, fragte Andi, während Halley an dem süßesten und leckersten French Toast knabberte, den sie je gegessen hatte. Er war leicht knusprig und einfach nur köstlich.

Sie blickte zu Kane hinüber, dessen Gesicht wieder den gleichen mürrischen Ausdruck angenommen hatte wie vorhin. »Diese Frau ist total irre. Sie verhielt sich so, als würde sie ernsthaft glauben, dass wir da weitermachen könnten, wo wir vor drei Jahren aufgehört haben. Die hat komplett den Verstand verloren.«

Andi lachte. »Na ja, jedenfalls sah es so aus, als hättest du ihr den Kopf zurechtgerückt. Nachdem du weg warst, stöckelte sie nämlich auf ihren High Heels mit hocherhobener Nase davon. Die wären wir los.«

Halleys Neugierde regte sich wieder. Sie hasste die Vorstellung von dieser Frau mit Kane im Bett. Ihr drehte sich dabei förmlich der Magen um. Aber die beiden hatten eine Vergangenheit, und sie konnte ihm nicht vorhalten, dass er einmal etwas mit ihr gehabt hatte. Offensichtlich war die Geschichte ja nicht gut ausgegangen, weil er jedes Mal, wenn ihr Name fiel, so aussah, als hätte er etwas Schlechtes gegessen.

Sie hatten ihre Beziehung vielleicht nicht genau definiert, doch es tat trotzdem weh, sich ihn mit einer anderen Frau vorzustellen.

KAPITEL 7

Der Anblick von Halley mit diesem Hund hatte Kane ziemlich getroffen. Offenbar hatte es ihr das arme, herrenlose Tier ziemlich angetan, weil sie dessen Situation irgendwie nachempfinden konnte. Kane hatte ihre Augen gesehen, als Lyndie erzählt hatte, dass dem Hund kalt und er verängstigt gewesen sei, wie man ihn dann in Obhut genommen und sich zeitweilig um ihn gekümmert hatte. Das hatte sie berührt, und ihm schmerzte sein Herz wegen allem, was sie hatte durchmachen müssen.

Es mochte ja sein, dass er Probleme mit seinem Dad hatte, aber immerhin hatte er immer einen Vater und ein sicheres Dach über dem Kopf gehabt. In einer von Halleys Pflegefamilien war anscheinend irgendetwas Schlimmes passiert. Sie hatte gesagt, dass es in der Familie, in der sie des Diebstahls bezichtigt und aus der sie daraufhin rausgeworfen worden war, verglichen mit einer der anderen ein Zuckerschlecken gewesen sei. Was verschwieg sie? Und wie könnte er sie dazu bringen, darüber zu reden und ihm ihr Herz auszuschütten?

Er sah zu ihr rüber, während sie in angenehmem Schweigen mit geöffneten Wagenfenstern nach Hause fuhren. Der

Duft des Meeres wehte ins Auto, ein salziger, warmer Geruch, den er mit zu Hause in Verbindung brachte. Und dank der Stunden, die er an Halleys Veranda arbeitete, assoziierte er den Geruch des Meeres nun auch mit ihr.

Er parkte vor ihrem Haus, dann gingen sie die Einfahrt und den Weg hinauf. Sie öffnete die Haustür und schaute sich drinnen um.

»Ich muss das hier hundesicher machen«, murmelte sie. »Und sicherstellen, dass keine Pflanzen auf dem Boden oder in Reichweite rumstehen. Und alles auf kleine Gegenstände absuchen, die gefährlich für Monty werden könnten.«

»Stimmt, aber es hat sich so angehört, als wäre er gut erzogen. Insofern hast du wohl echt Glück.«

Halley ging in die Küche und warf ihre Schlüssel auf den Küchentresen. »Ich bin aufgeregt.«

Er grinste. »Daraus kann man dir wohl keinen Vorwurf machen.«

Aus ihrer Tasche ertönte das Klingeln ihres Telefons. Sie schob sich den Riemen von der Schulter und kramte in der Tasche herum, bis sie schließlich ihr Handy fand und es herausholte. Sie warf einen Blick auf den Anrufernamen und drückte den Anrufer dann weg.

»Nichts Wichtiges?«, fragte er.

Sie begegnete seinem Blick. »Meine Mom.«

Überrascht zog er die Augenbrauen hoch. In den letzten Wochen hatte sie nicht erwähnt, etwas von ihrer Mutter gehört zu haben. »Ist es das erste Mal, dass sie sich meldet, seit sie damals bei dir vorbeigekommen ist?«

Halley schüttelte den Kopf. »Sie ruft alle paar Tage an. Wir haben geredet und Versäumtes nachgeholt.« Sie errötete.

»Du kannst mir das ruhig erzählen, weißt du. Ich verurteile dich nicht, weil du dir eine Beziehung zu deiner Mutter wünschst.«

»Auch wenn sie drogenabhängig war und mich im Stich gelassen hat, als ich fast noch ein Baby war?« Mit großen blauen Augen schaute sie ihn bekümmert an.

Er ergriff ihre Hände. »Sie ist immerhin deine Mutter. Wenn du das Gefühl hast, ihr eine Chance geben zu müssen, dann tu das. Ich kann es jedenfalls verstehen.«

Halley schluckte schwer und lächelte, ihre Schultern entspannten sich bei seinen Worten.

Er hatte fast ein wenig Angst davor, die nächste Frage zu stellen, beschloss dann aber, es zu riskieren. »Hast du eigentlich deiner Tante und deiner Schwester erzählt, dass du deine Mom gesehen und mit ihr geredet hast?«

Halley schüttelte den Kopf. »Will ich noch. Ich hatte es mir sogar ganz fest vorgenommen, hab dann aber doch gekniffen. Das Ganze macht mich ganz schön nervös.« Sie biss sich auf die Unterlippe. »Ich weiß, dass Phoebe es als Verrat ansehen wird, und Tante Joy wird sich Riesensorgen machen und sich total in was reinsteigern.«

»Verstehe. Aber du bist erwachsen. Du kannst tun, was du willst, was du brauchst oder was dich glücklich macht.«

»Du erstaunst mich«, murmelte sie.

»Warum?«

»Weil du mich auf eine Art verstehst wie sonst niemand. Nicht mal meine Familie, und das sind immerhin die Menschen, die mir am nächsten stehen.«

Es freute ihn, dass sie merkte, wie gut sie zusammenpassten, und zwar nicht nur im Bett. »Ich wäre gern derjenige, der deine Dämonen vertreibt. Du kannst dich darauf verlassen, dass ich für dich da sein werde, wenn du mich brauchst. Und auch sonst.« Er legte ihr seine Hand an die Wange und streichelte mit dem Daumen über ihre zarte Haut.

»Ich will dir glauben«, flüsterte sie und schmiegte ihren Kopf in seine Hand.

»Dann tu es einfach.« Langsam senkte er den Kopf, bis sein Mund ihren berührte.

Einmal, zweimal, dreimal glitt er mit den Lippen über ihre, bewusst sanft und liebevoll, bis sie ihren Mund für ihn öffnete. Seine Zunge schob sich zwischen ihre Lippen, und dann verschlangen sich ihre Zungen ineinander. Ein leises Stöhnen entwich ihrer Kehle, und seine Hand wanderte von ihrem Kinn zu ihrem Hinterkopf, rückte diesen sanft so zurecht, dass er einen besseren, tieferen Zugang bekam. Sie schmeckte süß, und er liebkoste mit seiner Zunge ihre und das Innere ihres Mundes.

»Bett«, flüsterte sie, wölbte ihren Körper und drückte ihre Brüste gegen seinen Oberkörper.

Er hob sie hoch, trug sie ins Schlafzimmer und legte sie behutsam aufs Bett. Sie verschwendete keine Zeit, sondern schob sich ihren Rock zuerst über die Hüften und dann die langen Beine hinunter, wobei sie den Slip gleich mitnahm. Dann kickte sie beides beiseite.

Während sein Blick auf ihrer Scham landete, wölbte sie ihren Rücken, zog ihr Oberteil aus und warf es ebenfalls auf den Boden. Mit einer schnellen Bewegung aus dem Handgelenk folgte als Nächstes ihr BH. Ihre Schuhe hatte sie bereits an der Tür von sich gekickt, und jetzt lag sie mit gespreizten Beinen vollkommen entblößt vor ihm auf dem Bett wie eine Göttin.

Ihre umwerfenden Brüste lockten ihn, die dunklen Nippel waren wie gemacht für seinen Mund, und ihre feuchte Muschi rief förmlich nach ihm. Er holte kurz Luft, sein Körper begierig darauf, sich mit ihr zu vereinigen.

Er schleuderte seine Schuhe von den Füßen, dann holte er schnell das Kondom hervor, das er sich vorher in die Hosentasche gesteckt hatte, im Wissen, dass seine Geduld langsam zu Ende ging. Er zog Jeans und T-Shirt aus und stand dann vor ihr, sein Penis schon steif und bereit.

»Siehst du, was du mit mir machst?«, fragte er sie, griff nach seinem Schwanz und machte zwei schnelle pumpende Handbewegungen. Sein Blut kochte vor Verlangen.

Halleys Augen weiteten sich, und ihre Pupillen wurden riesig, als sich ihr Blick auf sein erigiertes Glied richtete.

Mit den Zähnen riss er die Verpackung des Kondoms auf und zog es sich über seinen Schaft, bevor er sich zu ihr aufs Bett legte und mit seinem erigierten Penis über ihre nackte Scham glitt, während er sich auf ihren Körper niedersenkte.

Bei diesem vertraulichen Körperkontakt stöhnte sie auf, hob ihre Hüften und rieb sich an seinem Schwanz. Er biss die Zähne zusammen und unterdrückte ein Stöhnen.

Er beugte sich zu ihr hinunter, saugte an einer ihrer Brustwarzen, reizte sie, spielte an ihr herum und zupfte mit den Zähnen daran. Als sie nach Luft schnappte und stöhnte, beruhigte er die geschwollene Knospe mit seiner Zunge, leckte über die Stelle, wo er sie zuvor leicht gebissen hatte, und um die weiche Haut herum.

Ihre Finger griffen nach seinem Haar und zogen fest daran. »Jetzt, Kane. Ich brauche dich jetzt.«

Da er nicht mehr imstande war, noch länger zu warten, und da er wusste, dass auch sie es weder wollte noch brauchte, stützte er sich mit den Händen auf der Matratze ab. Er richtete sich auf, griff mit einer Hand nach seinem erigierten Glied und reizte ihren Kitzler damit. Mit der Eichel glitt er über das pralle Nervenbündel, bis sie sich vor Lust unter ihm wand.

»Kane, bitte«, flehte sie ihn erneut an, und es würde ihm ein Vergnügen sein, ihr zu geben, was sie von ihm wollte. Er platzierte sich vor ihrem Eingang. »Bereit, meine Schöne?«

Sie nickte mit vor Lust verschleiertem Blick. Dann drang er in sie ein, grub sich tief in ihre warme, feuchte Hitze. Er biss die Zähne zusammen, versuchte nicht sofort zu kommen. Stattdessen konzentrierte er sich nur noch auf ihre Lust, glitt langsam aus ihr heraus und stieß dann wieder tief in sie hinein.

Sie stöhnte, hob ihre Beine und Hüften und zog ihn so tief wie möglich in sich hinein, Fleisch krampfte sich um sein Glied. Sein Körper bebte, auf Stirn und Rücken brach ihm Schweiß aus, und die sengende Hitze brachte ihn seinem Höhepunkt immer näher.

Diese Frau bedeutete ihm mehr, als er zum Ausdruck bringen konnte oder wollte, und je besser er sie kennenlernte, desto mehr verfiel er ihrem Zauber. Alles ging so rasend schnell, aber noch nie zuvor hatte er so viel für eine Frau *empfunden*.

Er musste es einfach sehen, wie sie ihn anschaute, musste den Blick auf ihrem Gesicht sehen, wenn er sie ihrem Höhepunkt näher brachte. »Schau mich an«, sagte er. Sie zwang sich dazu, ihre schweren Augenlider zu öffnen. Ihre blauen Augen richteten sich auf seine.

Er drang tief in sie ein und begann dann in einem gleichmäßigen Rhythmus zu stoßen, rein und wieder raus. Dabei beobachtete er den verzückten Ausdruck auf ihrem Gesicht, als sie sich ihrem Höhepunkt näherte. Seine Hände wanderten ihren Körper hinauf, er griff nach ihren Händen und hielt sie an den Handgelenken fest.

Plötzlich versteifte sie sich und schrie auf. Ihr Orgasmus entfesselte seinen eigenen wie einen unbeschreiblichen Gleitflug, als er sich komplett in ihr verlor.

Nachdem sie wieder zu Atem gekommen waren und er sich sauber gemacht hatte, lehnte er sich ans Bettende mit Halleys Kopf auf seiner Brust, ihre Körper eng aneinandergeschmiegt. Ihr gleichmäßiger Atem ließ ihn zur Ruhe kommen, während seine Finger in ihr Haar fuhren und mit den langen Strähnen spielten.

»Erzählst du mir jetzt von Liza?«, fragte sie, während sie mit den Fingern Muster auf seinem Oberkörper zeichnete. Ihre sanfte Berührung fühlte sich gut an und ließ seinen Schwanz wieder munter werden.

Liza war kein Thema, über das er reden wollte, wenn er gerade mit Halley im Bett lag … aber er würde es trotzdem tun, weil sie ihn darum gebeten hatte.

»Vor ein paar Jahren hatten wir im Sommer ein Verhältnis. Sie hatte auf der anderen Seite der Bucht ein Haus gemietet, das so ähnlich aussah wie deins. Sie kam mit ihrem Wagen in meine Werkstatt und schmiss sich sofort an mich ran.« Er stieß geräuschvoll die Luft aus.

Wenn er heute daran zurückdachte, begriff er, wie sie ihn von der ersten Minute an manipuliert hatte. Aber beschämenderweise war er damals völlig blind dafür gewesen. Sie sah gut aus, auf eine Art, die er heute als künstlich empfand. Er hatte sich zu ihr hingezogen gefühlt, aber sie hatte ihn nur ausgenutzt.

»Sie hat mir weisgemacht, sie wäre an etwas Langfristigem interessiert. Heute weiß ich, dass das ihre Taktik war, um mich für den Sommer in ihrem Bett zu behalten. Ich bin nicht besonders stolz darauf, dass ich auf sie reingefallen bin.«

»Was ist dann passiert?«, fragte Halley.

»Zufällig kriegte ich ein Gespräch zwischen Liza und ihrer Freundin mit – genau an dem Tag, als ich mit ihr darüber reden wollte, wie es mit uns nach dem Sommer weitergehen sollte. Jedenfalls sagte sie zu ihrer Freundin, sie könnte es gar nicht erwarten, Ende der Woche wieder nach Hause zu fahren. Dass ich zwar super im Bett wäre, aber es wäre langweilig, mit einem Mechaniker zusammen zu sein. Sie wäre jetzt bereit, in Bars rumzuhängen, wo sie einen Wallstreet-Typen oder einen Investmentbanker zum Heiraten kennenlernen könnte. Einen Mann, der sie an schöne Orte bringen könnte, denn im Vergleich zu Manhattan hätte Rosewood ja nicht gerade besonders viel zu bieten.«

»Autsch.« Halley drückte sich hoch und setzte sich dann auf ihn. Sie blickte ihm in die Augen. »Ihr Pech«, murmelte sie und gab ihm einen Kuss auf den Mund. »Und mein Glück.«

Er schob seine Hand in ihren Nacken und hielt sie fest, küsste sie heftig und leidenschaftlich.

Als er damit aufhörte, ließ sie ihre Hüften auf ihm kreisen. »Bereit für die nächste Runde?«, fragte sie. Sie setzte sich auf ihm zurecht und richtete sich auf, verharrte über ihm, sodass sie seinen Penis in sich aufnehmen konnte.

»Kondom«, sagte er, auch wenn er dieses Wort hasste, während es ihm über die Lippen kam. Er wollte sie richtig spüren, ohne etwas zwischen ihnen.

»Ich nehme die Pille. Bei mir ist das letzte Mal schon ziemlich lange her, und ich lass mich auch jährlich untersuchen. Für mich wäre es ohne Gummi okay, wenn bei dir auch alles in Ordnung ist.« Sie bot ihm etwas an, das seine wildesten Träume wahr werden lassen würde.

»Bei mir auch. Jährliche Untersuchungen, und das war auch erst vor Kurzem«, versicherte er ihr.

Daraufhin griff sie nach seinem Penis, rutschte weiter nach unten und setzte sich dann richtig auf ihn. Er stöhnte, als sich ihr Körper streckte, um ihn in sich aufzunehmen, und schloss selig die Augen.

»Schau mich an«, sagte sie, und als er sie wieder öffnete, grinste sie ihn an.

Sein eigenes Lachen erstarb, als sie begann, sich zu bewegen, ihn ritt, auf- und abglitt, und dabei seinen Penis fest umschloss.

Er griff nach ihren Brüsten, knetete und massierte sie. Ein heiseres Stöhnen entwich ihrer Kehle, und sein Penis pulsierte bei diesem erotischen Geräusch. Seine Eier zogen sich zusammen, sein Orgasmus war nicht mehr fern.

Er zwickte in ihre Brustwarzen, rieb die festen Knospen zwischen Daumen und Zeigefinger, und löste sich fast in seine Bestandteile auf, als sie sich daraufhin noch fester um seinen Penis krampfte. Bei jedem Gleiten nach unten bewegten sich ihre Hüften nach vorn, und sie schnappte nach Luft, ließ ihn damit wissen, dass sie ebenfalls kurz vor dem Höhepunkt stand.

Am liebsten hätte er sie jetzt umgedreht, um in sie zu stoßen, aber er würde auch kommen, wenn er ihr bei ihrem Orgasmus zusah.

Hoch, runter, vorwärts, reiben. Hoch, runter, vorwärts, reiben. Sie wiederholte die Bewegungen, bis ihr Kopf nach hinten kippte und sie langsam stöhnend zum Höhepunkt kam. »O Gott, Kane! Ist das gut! Ist das gut!«, rief sie, als sie sich fallen ließ. Der herrliche Ausdruck auf ihrem Gesicht war etwas, das er nie wieder vergessen würde.

Irgendwie schaffte er es, so lange zu warten, bis sie vollständig gekommen war, bis jede letzte Kontraktion ihren Körper erschüttert hatte. Dann begann er, in sie zu stoßen. Er hielt sich an ihren Hüften fest und riss sie auf sich.

Ohne Vorwarnung begann ihr Körper erneut zu zittern, und als er heftig kam – sein gesamtes Wesen wurde von diesem explosiven Ritt erfasst –, schrie sie auf und kam ein weiteres Mal.

***

Kane musste weggedämmert sein, weil er aus dem Schlaf aufschreckte, als Halley wild um sich schlug und ihn dabei mit dem Arm traf. Leicht benommen versuchte er sich zu orientieren. Es war immer noch helllichter Tag, und ein rascher Blick sagte ihm, dass es fünf Uhr nachmittags war. Sie mussten von dem Stadtfest so erschöpft gewesen sein, dass sie eingeschlafen waren.

Als Halley ihn erneut mit ihrem Arm traf, rollte er zu ihr hinüber. Sie schlief, schlug im Bett jedoch wild um sich. »Nein.« Sie haute in die Luft.

»Halley«, flüsterte er, aber sie wachte nicht auf. Sanft stupste er sie am Arm und rief wieder ihren Namen, dieses Mal etwas lauter.

»Was?« Mit einem Ruck wachte sie auf und richtete ihren verschlafenen, nur langsam klarer werdenden Blick auf ihn.

»Alles okay bei dir?«, fragte er sie mit sanfter Stimme, weil sie verängstigt aussah und immer noch zitterte. Er wusste nicht, ob sie wollte, dass er sie in die Arme nahm, deshalb wartete er erst einmal ab.

Sie fuhr sich mit der Zunge über die Lippen, nickte ihm kurz zu. »Ja, alles gut.«

Doch dann rollte sie sich in Embryohaltung zusammen, und er wusste, dass das Unfug war. Überhaupt nichts war gut. »Du kannst mit mir reden, weißt du. Ich hab's dir schon mal gesagt, dass ich nie über dich urteilen werde.«

Heftig schüttelte sie den Kopf. »Ich kann nicht.«

Er kniff die Augen zusammen. »Warum nicht? Lass es einfach raus, dann wird es dir besser gehen.« Das hoffte er zumindest. Ganz offensichtlich hatte sie sich in etwas hineingesteigert und behielt etwas Schlimmes für sich.

Sie rollte sich noch mehr zusammen. »Ich kann nicht darüber reden, Kane. Nicht mit dir und auch mit keinem anderen. Ich schaff's ja nicht mal, die Worte laut auszusprechen«, sagte sie mit brüchiger Stimme.

Jetzt wartete er nicht mehr länger auf ihre Erlaubnis, sondern zog sie einfach in seine schützende Umarmung. Zuerst erstarrte sie, entspannte sich dann aber und ließ sich von ihm trösten. Sie löste ihre verkrampften Muskeln aus der Embryohaltung, in die sie sich eingekugelt hatte, und schmiegte sich an ihn.

»Was immer es auch ist, es hat Macht über dich und du musst es rauslassen.« Er hatte eine Vermutung und beschloss, sie zu drängen. »Hat es etwas mit der Pflegefamilie zu tun, die du erwähnt hast?«

Er spürte, wie sie an seiner Brust nickte.

Was konnte nur passiert sein, das sie so traumatisiert hatte, fragte er sich. Bei dem Gedanken, der ihm als Nächstes durch den Kopf schoss, erstarrte er vor Entsetzen. »Halley, wurdest du etwa vergewaltigt?« Er verschluckte sich fast an dem Wort, sein ganzer Körper protestierte gegen diese Vorstellung.

Sie musste die Panik in seiner Stimme gehört haben,

weil sie sich nun beeilte, ihn zu beruhigen. »Nein. Das nicht.«

Was dann, fragte er sich. »Lass es raus«, drängte er sie wieder.

Sie drehte sich auf die Seite, hörte nicht auf zu zittern, begann dann aber zu erzählen.

»Damals war ich dreizehn und lebte in der letzten Pflegefamilie, bevor mich meine Tante ausfindig gemacht hat. Es war die Familie nach der, in der man mich beschuldigt hat, Geld geklaut zu haben.«

Er begann ihren Rücken zu streicheln. Langsam, gleichmäßig, beruhigend.

»Es war ein Ehepaar – Elsa und Ray Cartman. Ich hab mich dort nie wohlgefühlt. Vom ersten Tag an hat es mir nicht gefallen, wie Ray mich ansah.«

Kane war nervös, und ihm war ein bisschen flau im Magen. Während sie weitersprach, schlang er seine Arme um sie.

»Eine Weile blieb's dabei. Dass ich mich dort nicht wohlfühlte. Aber ungefähr einen Monat, bevor ich diese Familie dann verließ, wachte ich eines Nachts auf, weil sich irgendwas nicht richtig anfühlte. Ich öffnete die Augen und sah Ray, der über mir stand.« Bei der Erinnerung durchlief ein Schauer ihren Körper. »Als er merkte, dass ich wach war, verschwand er wieder. Aber danach machte er es sich zur Gewohnheit, nachts vor meinem Bett zu stehen, deshalb hörte ich irgendwann auf zu schlafen. Außerdem ließ ich ab dem Zeitpunkt im Zimmer immer ein Licht brennen.«

Er stieß langsam die Luft aus. Er konnte nachvollziehen, wie traumatisierend so etwas für eine Dreizehnjährige gewesen sein musste, und dass es Albträume hervorrief, aber wenigstens …

»Es wird noch schlimmer«, fuhr sie fort und überraschte ihn damit. Er hatte gedacht oder zumindest gehofft, das sei alles gewesen.

»Sprich weiter«, flüsterte er mit rauer Stimme.

»Ich … Er … Eines Nachts wachte ich auf. Er hatte seine Hose geöffnet und runtergezogen. Er fasste sich an, hat masturbiert, während ich schlief. Und bevor ich schreien konnte, kam er auf mich, während ich da im Bett lag.« Sie zitterte bei der Erzählung am ganzen Körper und presste die Worte hastig heraus, als würden sie dadurch weniger schlimm klingen.

»Oh, Baby.« Er hielt sie ganz fest und wiegte sie, während Übelkeit in ihm aufstieg und er ein Würgen unterdrücken musste. Aber er musste jetzt stark sein, um ihretwillen. Schließlich war er es ja gewesen, der sie dazu gedrängt hatte, das Ganze noch einmal zu durchleben. »Was ist dann passiert?«, fragte er leise.

»Ich hab geschrien. Elsa kam angerannt, aber sie hat mir vorgeworfen, ich hätte ihn angemacht und dazu verleitet.«

Kane ballte die Hände zu Fäusten, löste sie aber wieder, bevor sie es bemerkte. Das Letzte, was sie jetzt gebrauchen konnte, war sein Zorn. »Kamst du danach in eine andere Familie?«

»Kaum zu glauben, aber die Sozialarbeiter kamen ausgerechnet am nächsten Tag, weil sie von meiner Tante auf ihrer Suche nach mir kontaktiert worden waren. Einen Tag zu spät. Oder ein ganzes Leben …«, murmelte sie und brach in Tränen aus.

Er konnte nichts weiter tun, als sie weiter festzuhalten, während sie weinte. Endlich begriff er, warum sie diese Mauern um sich herum errichtet hatte, warum sie Menschen nicht mochte und warum sie lieber alleine war – was die Tatsache, dass sie ihn so nah an sich herangelassen hatte, zu einem wahren Wunder machte. Eines, das für ihn keine Selbstverständlichkeit war.

***

Den ganzen restlichen Abend konnte sie nicht aufhören zu zittern. Kane hatte bei ihr bleiben wollen, sogar darauf bestanden, aber sie hatte ihn gedrängt zu gehen. Sonntags hatte er schließlich immer sein Familien-Dinner, und sie wollte nicht, dass er es wegen ihr versäumte. Obwohl er behauptete, nach dem langen Tag auf dem Stadtfest würden sie ohnehin nur Pizza bestellen, war sie hart geblieben. Er musste gehen, weil sie sich beweisen musste, dass sie stark genug war, um sich ihren Dämonen auch allein zu stellen und mit ihnen fertigzuwerden.

Kane war ein guter Mensch und in vielerlei Hinsicht für sie da gewesen, das änderte jedoch nichts an ihrem Wunsch, sich auch weiterhin vor allem auf sich selbst zu verlassen. Und niemandem zu sehr zu vertrauen, weil sie bislang immer auf sich allein gestellt gewesen war.

Mit einer Taschenlampe in der Hand lief sie allein im Dunkeln am Strand entlang und tauchte die Zehen ins Wasser. Sie lauschte dem Rauschen der Wellen und ließ es zu, zur Ruhe zu kommen.

Sie sagte sich, dass die Vergangenheit hinter ihr lag. Heute führte sie ein gutes Leben, hatte ihre Schwester und ihre Tante. Ihre Mutter schien wirklich reumütig zu sein und wollte eine Beziehung zu ihr aufbauen, worüber sie sich sehr freute. Wenn der richtige Zeitpunkt gekommen war, könnte sie ihre Mom auch danach fragen, was eigentlich mit ihrer jüngeren Schwester Juliette passiert war. Wäre es vielleicht sogar möglich, sie ausfindig zu machen? Bei dem Gedanken keimte Hoffnung in ihr auf.

Im Moment ging es jedenfalls bergauf. Morgen würde sie hoffentlich einen Hund bekommen, und es gab einen Mann in ihrem Leben, der sie verstand. Im Augenblick war das genug.

Das musste es einfach. Ganz gleich wie viel sie noch für Kane empfinden würde, so war Vertrauen doch etwas, von dem sie nicht glaubte, dazu fähig zu sein. Nicht auf Dauer, und er hatte so viel mehr verdient, als sie ihm geben konnte.

***

Am frühen Montagmorgen hatte Halley die Auswirkungen des gestrigen Ausflugs in ihre Vergangenheit abgeschüttelt. Sie hatte zwar nicht gut geschlafen, aber immerhin keine Albträume gehabt.

Vielleicht hatte Kane ja recht. Es rauszulassen hatte ihr tatsächlich geholfen. Über diese schreckliche Nacht hatte sie nicht mehr gesprochen seit den Sitzungen bei dem Therapeuten, zu dem ihre Tante sie damals geschickt hatte. Dort hatte sie gelernt, besser mit ihrer Vergangenheit zurechtzukommen, und auch wenn es ihr nicht hundertprozentig gelungen war, wurde es doch mit jedem Tag besser.

Sie kam beim Tierheim an, schon gespannt darauf, Gail kennenzulernen und hoffentlich einen Hund zu adoptieren. Im Moment brauchte sie Monty mehr denn je, was ihr letzte Nacht klar geworden war, als sie sich in ihrem Bett hin- und hergewälzt hatte. Sie hoffte inständig, dass Gail der Meinung war, sie könnte Monty ein gutes Zuhause geben.

Sie betrat das Gebäude und traf dort auf Lyndie, die an einem Schreibtisch hockte. Es roch nach Desinfektionsmittel, was bedeutete, dass es dort auf jeden Fall sauber war, und an den beigen Wänden hingen Hunde-Bilder.

»Hallo!«, sagte Halley.

»Hi!« Lyndie sprang von ihrem Stuhl auf. »Toll, dass du schon so früh da bist. Heute werden hier nämlich noch jede Menge Leute auftauchen, die sich gestern die Hunde angeschaut haben. Jetzt ist es noch leer, deshalb wird Gail auch Zeit für dich haben.«

»Es geht doch nichts über das richtige Timing«, erwiderte Halley.

Lyndie grinste. »Warum füllst du nicht einfach schon mal den Papierkram aus, dann wäre das erledigt. Ich bringe Gail dann die Unterlagen, und anschließend wird sie sich mit dir unterhalten.« Sie schnappte sich ein Klemmbrett mit angehefteten Formularen und reichte es Halley.

Halley setzte sich auf einen Stuhl und begann den ausführlichen Fragebogen auszufüllen. Neben den grundlegenden Angaben wie Name, Adresse und so weiter, wurde auch danach gefragt, ob sie schon mal einen Hund besessen hatte, ob sie tagsüber daheim war oder außer Haus arbeitete, wie lange der Hund alleine sein würde und anderes. Es wurde auch nach Referenzen gefragt, deshalb gab sie den Namen von Kane und den ihrer Schwester an, die sie anschließend in einer SMS vorwarnte, dass sie vielleicht einen Anruf bekommen würden.

Ehrlich beantwortete sie alle Fragen und hoffte, die Tatsache, dass sie noch nie zuvor ein Haustier besessen hatte, wäre nicht von Nachteil für sie.

Dann gab sie Lyndie das Klemmbrett zurück und fragte, ob sie Monty sehen dürfte.

Lyndie lächelte. »Na klar! Ich hol ihn und Gail nachher auch. Bin sofort wieder da.« Sie verließ den Raum und kam kurz darauf mit dem kleinen schwarzen Hund auf dem Arm wieder zurück. »Bitte schön«, sagte sie und reichte ihn Halley.

Halley schmiegte sich an ihn und atmete seinen Tierheimgeruch ein, woraufhin sie die Nase rümpfte. »Du brauchst dringend ein Bad«, flüsterte sie ihm zu und wusste, dass das als Allererstes auf ihrer To-do-Liste stünde, wenn sie so viel Glück hätte und ihn mit nach Hause nehmen dürfte.

Ungefähr zehn Minuten verstrichen, dann betrat eine große rothaarige Frau den Raum, und Lyndie zog sich ins Hinterzimmer zurück.

»Hi, du musst Halley sein. Ich bin Gail Spencer.«

»Schön, dich kennenzulernen«, erwiderte Halley.

»Ich sehe, ihr zwei freundet euch schon miteinander an?«

Halley nickte. »Er ist ja so ein süßes Kerlchen!«

»Das ist er wirklich. Er hat es weit gebracht. Du bekommst ein richtiges Prachtstück. Er ist stubenrein und darauf trainiert, eine Zeit lang problemlos in der Hundebox zu bleiben, aber er ist auch sehr anhänglich. Will immer dort sein, wo seine Leute gerade sind. Ich habe mir vorhin kurz dein Formular angeschaut und gesehen, dass du zu Hause arbeitest.«

Halley nickte. »Ich male. Aber natürlich werde ich darauf achten, dass alle Malutensilien außer Reichweite sind«, beeilte sie sich zu versichern.

»Das ist gut zu wissen und ein Pluspunkt bei einem Hund wie Monty. Er ist uns sehr ans Herz gewachsen, aber ich habe einen Deutschen Schäferhund, der lange Spaziergänge braucht, und manchmal musste ich die beiden voneinander trennen. Meine Schäferhündin ist ein bisschen territorial veranlagt.«

»Ich verstehe.«

Sie unterhielten sich noch ein Weilchen, und die ganze Zeit hielt Halley Monty auf ihrem Schoß. Der kleine Hund kuschelte sich an ihren Bauch, was sie mit einem Gefühl von Wärme und Zuneigung erfüllte.

Nach einer Weile kam Lyndie wieder zurück und gab Gail ein Daumen-hoch-Zeichen.

»Deine Referenzen wurden gerade überprüft, und du bist mir sympathisch«, sagte Gail. »Du bist also jetzt stolze Hundebesitzerin!«

Halley stieß die Luft aus, und unvermittelt traten ihr Tränen in die Augen. »Er gehört wirklich mir?«

»Noch ein bisschen Papierkram, ein Entgelt, dann bekommst du noch eine Liste von Dingen, die du besorgen kannst. Komm einfach zurück, um ihn zu holen, wenn du bereit bist.« Gails Lächeln steckte Halley an, weil sie wusste, dass die Tierheimleiterin Monty in das richtige Zuhause geben wollte und mit ihr als neuer Besitzerin einverstanden war.

Halley küsste Monty auf sein müffelndes Köpfchen. »Ich werde dir das beste Zuhause überhaupt geben, mein süßer Junge. Wir werden zusammen ein schönes Leben haben.«

»Da bin ich mir sicher«, murmelte Gail.

Die nächsten Stunden verbrachte Halley damit, Tierbedarf zu kaufen, brachte alles nach Hause und richtete es dort dann tiergerecht ein. Eine Hundebox stellte sie ins Schlafzimmer und eine weitere ins Wohnzimmer, wo auch ihre Staffelei stand. Nur für den Fall, dass sie ihn einmal sicher wegsperren musste. Dann verteilte sie noch Hundenäpfe, Futter, Spielzeug ... so viel Spielzeug, und ergänzte sie mit noch anderen Dingen auf der Liste vom Tierheim.

Am späten Nachmittag kehrte sie zum Tierheim zurück und holte ihren Hund nach Hause.

***

Kane hatte Halley noch nie so zufrieden erlebt wie in der letzten Woche. Sich Monty anzuschaffen hatte irgendetwas in ihr ausgelöst, das ihrer Seele guttat. Sie hatte den Hund genauso gebraucht wie er sie, vor allem nachdem Kane sie dazu gedrängt hatte, diese schreckliche Nacht aus ihrer Vergangenheit noch einmal Revue passieren zu lassen. Er hätte sich deshalb schuldig fühlen müssen, war aber immer noch der Meinung, dass sie die Geister dieser Erinnerungen dadurch austreiben könnte, indem sie darüber sprach. Und er hoffte, dass sie eines Tages keine Albträume mehr haben würde.

Jetzt war früher Morgen, und er hatte noch Papierkram zu erledigen, bevor er sich an seine Arbeit in der Werkstatt machen würde. Er sollte sich deshalb mehr auf diese Papiere konzentrieren und nicht auf sein Privatleben. Hoch konzentriert arbeitete er noch eine halbe Stunde, als er plötzlich gestört wurde.

»Kane?« Seine Schwester kam ins Büro der Werkstatt.

»Hey Andi. Was gibt's denn?« Er hatte keine Ahnung, warum sie hier war und nicht bei ihrer Arbeit im Blumenladen.

Sie setzte sich auf den Stuhl auf der anderen Seite des Metalltischs. »Dad ist los. Oder sollte ich vielleicht lieber sagen, dass er es nicht ist? Er schläft, statt aufzustehen, um zur Arbeit zu gehen.«

»Scheiße! Ich hab noch gar nicht auf die Uhr geschaut, ich ruf ihn gleich mal an.«

»Spar dir die Mühe. Ich hab ihn geweckt, aber er meinte, ich solle verschwinden. Das ist allerdings noch mein geringstes Problem.«

Kane kniff die Augen zusammen. »Was gibt's denn sonst noch?«

Sie lehnte sich vor und stützte einen Arm auf den Tisch. »Heute Morgen habe ich mein Portemonnaie geholt, um Nicky Geld für einen Klassenausflug zu geben. Mir fehlten hundert Dollar! Ich war gestern erst bei der Bank, deshalb weiß ich auch so genau, wie viel drin war.«

Die hässliche Wirklichkeit legte sich wie eine Last auf seine Schulterm. »Du verarschst mich«, sagte er, obwohl er wusste, dass es nicht so war. Er fuhr sich mit einer Hand durchs Haar und überlegte, was sie als Nächstes tun sollten.

»Ich weiß nicht, ob ich das noch länger aushalte«, sagte sie. »Mir ist schon klar, dass ich in seinem Haus wohne, allerdings bezahle ich alles, was mir im Prinzip egal ist. Aber ich will nicht mehr das Gefühl haben, zwei Kinder zu haben, um die ich mir Sorgen machen muss. Ich denke, Nicky und ich sollten ausziehen.«

Ihre Worte waren ein Schock, aber er konnte sie auch verstehen. »Was hältst du davon, wenn wir uns mit ihm zusammensetzen und ihn vor die Wahl stellen. Entweder zieht er in eine andere Wohnung und zahlt in Zukunft alles selbst oder du und Nicky sucht euch etwas anderes.« So oder so müsste sie sich dann wenigstens nicht mehr mit den Alltagsproblemen eines Süchtigen auseinandersetzen.

Sie zwirbelte eine Haarsträhne zwischen ihren Fingern. »Das könnte funktionieren«, murmelte sie, sah dabei aber so überdrüssig aus, wie er sich fühlte, wenn er an die bevorstehende Konfrontation mit ihrem Vater dachte.

Er nahm ihre Hand. »Alles wird gut. So oder so. Und wenn du ausziehen musst, dann helfe ich dir bei der Wohnungssuche und auch sonst. Es gibt bestimmt ein paar Mietshäuser, die du dir leisten kannst. Ich fände es nur schlimm, mitansehen zu müssen, dass du in eine kleinere Wohnung ziehen musst, nachdem du vorher ein Haus mit Garten hattest.«

Sein Neffe liebte es, in der Einfahrt Basketball zu spielen und Fahrrad zu fahren, und Kane wollte ihm das nicht nehmen, nur weil sein Großvater verantwortungslos war und ein Suchtproblem hatte.

»Danke, Kane. Ich hasse es, das zu deinem Problem zu machen.«

»Hey. Er ist *unser* Vater. Ich denke, das macht es zu *unserem* Problem. Du solltest nicht die ganze Verantwortung alleine tragen müssen.«

»Okay.« Bei seinen bestärkenden Worten wich die Anspannung aus ihren Schultern. »Also, was läuft da zwischen dir und Halley?«, fragte sie. »Alles in Ordnung bei euch?«

»Ich denke schon.« Das hoffte er zumindest. Er hatte sie unter Druck gesetzt, und später hatte sie darauf bestanden, dass er ging. Allerdings hatte er nicht das Gefühl, dass sie sauer auf ihn war.

Denn als er diese Woche an ihrem Haus gearbeitet hatte, war zwischen ihnen alles ganz normal gewesen. Abends hatte sie gekocht, sie hatten Zeit miteinander verbracht, gelegentlich auch Sex gehabt, wenn er nicht gerade zu erschöpft von der Arbeit und sie guter Laune gewesen war. Er wurde nur einfach das Gefühl nicht los, dass sie nicht genauso viel für ihn empfand wie er für sie. Und das machte ihm etwas aus. Aber vermutlich schützte sie sich nur und wollte nicht zulassen, hart zu fallen, wegen dieser verdammten Mauern, die sie um sich herum hochgezogen hatte. Er wusste nicht, was er sonst noch tun könnte, damit sie über ihre schlimme Vergangenheit hinwegkam und anderen Menschen vertrauen konnte.

»Ich mag sie«, sagte Andi und unterbrach damit seine Gedanken. »Als ich neulich bei ihr vorbeischaute, um mich für Dads Verhalten beim Abendessen zu entschuldigen … na ja, dass wir vor ihr gestritten haben, da hat sie echt super reagiert. Wir haben uns eine Weile unterhalten. Ich glaube, sie tut dir gut. Sie ist so verständnisvoll und lieb. Ganz anders als eine nicht erwähnenswerte Frau aus deiner Vergangenheit.«

Er runzelte die Stirn, weil sie Liza erwähnt hatte, doch es freute ihn, dass sie Halley mochte. Es bedeutete ihm viel, dass sich die beiden wichtigsten Frauen in seinem Leben wirklich verstanden, anstatt einfach nur irgendwie miteinander klarzukommen.

»Ich vergebe dir, dass du dieses Miststück erwähnt hast«, murmelte er. Er nahm einen Stift und rollte ihn zwischen seinen Händen, was ihn immer irgendwie beruhigte. »Aber ja. Halley ist toll, aber sie hat Probleme, weshalb sie mich manchmal auf Abstand hält.« Näher würde er nicht darauf eingehen. Das ging schließlich niemanden außer Halley etwas an.

»Ich weiß, dass es im Laufe der Jahre viele Gerüchte über sie und ihre Familie gegeben hat, aber sie scheint ja ganz vernünftig zu sein – unabhängig davon, was in ihrer Vergangenheit passiert ist.« Andi zog die Nase kraus. »Vielleicht irre ich mich ja, aber ich glaube, dass wenn jemand zu ihr durchdringen kann, dann bist du es.«

Er lachte. »Danke für den Vertrauensbeweis.«

»Gern geschehen.« Sie nahm ihre Tasche und stand auf. »Okay, wie es aussieht, bin ich spät dran. Ich muss zur Arbeit.«

Er brachte sie noch zur Tür. »Lass uns noch eine Zeit ausmachen, wann wir mit Dad reden wollen.«

»Ja«, erwiderte sie seufzend. »Vielleicht Sonntagabend?«

Er nickte. »Ja, das passt.« Es würde nie den richtigen Zeitpunkt für dieses Gespräch geben, deshalb konnten sie auch sofort in den sauren Apfel beißen und es hinter sich bringen.

KAPITEL 8

In der Stadt wartete Halley wie vereinbart in einem Café auf ihre Mutter. Sie saß draußen, hatte sich einen Eiscappuccino und eine Zimtschnecke bestellt, die Sonne schien und der angeleinte Monty lag neben ihren Füßen. Zurzeit lief alles gut, wäre da nur nicht dieses Misstrauen ihrer Mutter gegenüber gewesen.

Nicht, dass diese etwas getan hätte, das bei Halley sämtliche Alarmglocken schrillen ließ, aber genau das war das Problem. Trotz der düsteren Warnungen ihrer Tante, hatte sich ihre Mom bislang aufrichtig verhalten. Meldete sich alle paar Tage bei ihrer Tochter, erkundigte sich nach ihrem Leben, war präsent und für sie da. Verwirrend war es, weil Halley so sehr glauben wollte, die Zeit im Gefängnis habe ihre Mutter verändert.

Sie blickte auf, als ihre Mutter näher kam. Sie war besser gekleidet als bei ihrem letzten Treffen und trug eine weiße Caprihose und ein rotes Top. Lächelnd setzte sie sich. »Tut mir leid, der Bus hatte Verspätung.«

Halley lächelte. »Schon okay. Es ist ein herrlicher Tag, und Monty liebt es unterwegs zu sein.« Sie beugte sich hinunter und kraulte den Hund am Kopf.

»Oh, schau ihn dir an«, sagte ihre Mutter und hob den Hund hoch, um ihn sich genauer anzusehen.

Monty war jetzt sauber, hatte flauschiges Fell und war total süß.

»Er ist hinreißend. Wie alt ist er?«

»Der Tierarzt glaubt, dass er ungefähr drei ist«, murmelte Halley. Genauso alt wie sie damals, als sie in eine Pflegefamilie kam. Das Ganze hatte gleichermaßen etwas Ironisches wie Bedeutsames, dachte sie, bevor sie sich wieder ihrer Mutter zuwandte. »Wie geht's dir denn so?«, fragte sie, weil sie sich nicht länger mit der Vergangenheit aufhalten wollte, während sie der Frau gegenübersaß, deren Handeln für all das verantwortlich gewesen war.

Ihre Mutter setzte Monty wieder auf den Boden und begegnete dann Halleys Blick. »Nicht schlecht. Ich habe einen Job in einem Mini-Markt gefunden, der sich in Gehweite von meiner Wohnung befindet.« Sie lehnte sich zurück.

»Das ist ja wunderbar.« Ein erster Schritt, dachte Halley. Und ein großer dazu. Wenn ihre Mom ihren Lebensunterhalt selbst bestreiten konnte, wäre das auch ein großer Pluspunkt bei ihrer Tante Joy und Phoebe, denen Halley immer noch nicht erzählt hatte, dass sie und ihre Mom Kontakt hatten.

Ihre Mutter runzelte die Stirn. »Es bezahlt die Rechnungen – mehr schlecht als recht. Und die Arbeitszeiten sind lang und immer abends. Aber ich komm schon irgendwie klar.«

»Gut. Es wird bestimmt nicht einfach, aber es wird besser.« Halley machte eine Pause, dann fragte sie: »Würdest du gerne was trinken?«

Ihre Mom nickte und gab der Kellnerin ein Zeichen. Sie bestellte einen großen Kaffee mit wenig Zucker und fragte Halley dann: »Und wie läuft's mit dem Malen?«

»Eigentlich richtig gut. Irgendwie scheine ich eine Blockade überwunden zu haben und liebe meine neueste Arbeit. Faith, die Galeriebesitzerin, hat heute Morgen angerufen, als ich gerade mit Monty Gassi ging. Bisher haben wir irgendwie immer nur den Anrufbeantworter der anderen erwischt, aber ich hoffe auf gute Neuigkeiten bezüglich eines Verkaufs. Zumindest hat Faith in ihrer früheren Nachricht so was angedeutet.«

Ihre Mutter legte ihre Hand auf die ihrer Tochter. »Ich bin ja so stolz auf dich.«

Bei der mütterlichen Geste traten Halley die Tränen in die Augen.

»Ich schätze, ich sollte jetzt dann mal loswerden, was ich schon bei meinem Besuch bei dir hätte sagen sollen.« Unbehaglich rutschte ihre Mutter auf ihrem Stuhl herum.

»Und zwar?«

Ihre Mom lehnte sich vor und sagte: »Es tut mir so leid. Es tut mir leid, dass ich nicht die Mutter war, die du verdient hattest. Es tut mir leid, dass ich so weggetreten und fertig war, dass man dich mir wegnahm. Und es tut mir leid, was du in den Pflegefamilien durchmachen musstest.«

Ihre Worte überraschten Halley, allerdings ging ihr immer noch ihr Gespräch mit Kane im Kopf herum. Das Thema war einfach noch zu frisch. »Das ist vorbei«, entgegnete

Halley ein bisschen zu scharf, was sie bereits im nächsten Moment bereute.

Genau in diesem Augenblick kam die Kellnerin mit dem Getränk für ihre Mutter, und die beiden warteten, bis sie wieder alleine waren.

Ihre Mom sprach als Erstes. »Ich hatte nie die Absicht, so tief im Drogensumpf zu versinken, dass ihr Mädchen darunter leidet. Das werde ich mir nie verzeihen. Ich hoffe nur, dass ihr das eines Tages könnt.«

Halley zwang sich zu einem Lächeln, auch wenn es ihr alles andere als leichtfiel. Dennoch, ihre Mom machte immerhin einen Schritt auf sie zu und schien es auch ehrlich zu meinen. »Ich versuche es«, erwiderte Halley und meinte es auch so.

Jeder konnte falsche Entscheidungen treffen, dachte sie. Diejenigen ihrer Mutter hatten zu ihrer Sucht geführt, woraufhin alles außer Kontrolle geraten war. Aber sie hatte dafür bezahlt und hatte es heute nicht leicht. Eigentlich hatte Halley sogar Mitleid mit ihr, da sie wusste, dass ihre Mom sich wirklich Mühe gab.

Mit der Rechnung in der Hand kehrte die Kellnerin zu ihnen zurück und legte sie auf den Tisch.

»Danke«, sagte Halley, aber noch bevor sie danach greifen konnte, kam ihre Mutter ihr zuvor.

»Ich lade dich ein«, sagte sie.

»Oh. Na dann, danke schön!« Die Rechnung war nicht besonders hoch, deshalb nahm Halley das Angebot an.

Ihre Mom griff nach ihrer Tasche, kramte darin herum und fuhr dann zusammen.

»Was ist denn los?«

Ihre Mutter lief rot an. »Ich hab mein Portemonnaie nicht dabei, nur das Geld für den Bus«, antwortete sie, ohne ihrer Tochter dabei in die Augen zu sehen.

»Ist schon gut, dann übernehme ich das«, sagte Halley schnell, da sie spürte, dass die Kosten ein größeres Problem für ihre Mutter zu sein schienen, als sie zugeben wollte. »Ist mir auch schon passiert«, schwindelte Halley, um ihrer Mutter die Verlegenheit zu nehmen.

Die lächelte. »Dann zahle ich das nächste Mal.«

Halley nickte.

Sie standen auf. Ihre Mom kam zu ihr und umarmte ihre Tochter zum ersten. Anfangs ließ Halley noch unsicher ihre Arme herunterhängen, doch dann erwiderte sie die Umarmung, wenn auch mit einiger Mühe.

»Halley?«

Sie erstarrte, als sie plötzlich die Stimme ihrer Schwester hörte, machte einen Schritt zurück und blickte in Phoebes Gesicht. »Hmm, hi«, flüsterte sie.

Phoebe trug ihre Arbeitsuniform, einen cremefarbenen Hosenanzug, und ihr Blick schoss von Halley zu ihrer Mutter. Als Halley diese zum ersten Mal gesehen hatte, hatte sie ein Déjà-vu-Gefühl gehabt und sofort gewusst, wer diese Frau war, auch wenn es eine gewisse Zeit gedauert hatte, bis ihr Gehirn das Ganze richtig verarbeitet hatte. Nun war es ihre Schwester, die ihre Mutter mit offenem Mund anstarrte, und Halley beobachtete sie dabei, wie Phoebe auf gleiche Weise mit der Erkenntnis rang.

»Wie konntest du nur?«, fragte Phoebe schließlich. »Hast

du denn vergessen, dass sie uns damals im Stich gelassen hat? Uns der staatlichen Obhut überlassen hat? Hast du komplett ausgeblendet, was du wegen ihr alles durchmachen musstest?« Ihre Stimme wurde dabei immer lauter.

»Phoebe, hör auf.« Halley griff nach der Hand ihrer Schwester.

Ihre Mutter stand währenddessen einfach nur da und schaute ihre älteste Tochter an. »Phoebe? Es tut mir ja so leid«, sagte sie und trat einen Schritt vor. »Ich will mich doch nur entschuldigen.«

»Genau. Weil dann ja auch alles wieder in Ordnung ist. Weil es das ganze Unheil ungeschehen macht, das du angerichtet hast! Ach! Hat sie dich eigentlich schon um Geld angeschnorrt, Halley? Weil das nämlich nur eine Frage der Zeit ist.«

»Phoebe, sie hat sich geändert und arbeitet daran. Sie hat jetzt einen Job und gibt sich wirklich Mühe«, verteidigte Halley ihre Mutter, was sie selbst überraschte.

Phoebe klappte die Kinnlade herunter. Als sie sich wieder gefasst hatte, funkelte sie ihre Schwester wütend an. »Und jetzt verteidigst du sie auch noch! Denk an meine Worte, Halley. Sie will etwas von dir. Und sie schmiert dir nur Honig ums Maul, damit sie es bekommt.«

Halley drückte ihre Schultern durch. »Du irrst dich«, sagte sie, weil sie es selbst unbedingt glauben wollte.

Schweigend und mit glühenden Wangen stand ihre Mutter neben ihren beiden Töchtern. Die anderen Leute schauten bereits zu ihnen herüber und spitzten die Ohren. Das hier würde tollen Tratsch in Rosewood abgeben: Die Ward-Schwestern hatten mit ihrer ehemals drogenabhängigen Mutter eine Show abgezogen!

»Ich sollte jetzt lieber gehen, ich melde mich bei dir«, sagte ihre Mutter zu Halley, bevor sie Phoebe noch einen letzten zögernden Blick zuwarf. Dann ging sie.

Zornig starrte Phoebe Halley an.

»Ach, komm schon«, sagte diese. »Ich darf doch wohl noch die Hoffnung haben, dass sie sich geändert hat.«

Phoebes Gesichtsausdruck wurde sanfter. »Ich mach mir doch nur Sorgen, dass du verletzt wirst, wenn sie irgendwann ihr wahres Gesicht zeigt. Und du bist schon genug verletzt worden.«

Halley seufzte. »Und ich liebe dich dafür, dass du dich um mich sorgst. Aber vielleicht ist das hier etwas, das ich selbst lernen muss. Oder vielleicht muss ich es ja auch gar nicht, weil sie sich wirklich geändert hat.«

»Und Schweine können fliegen …«, brummte ihre Schwester.

»Können wir uns darauf einigen, dass wir, was dieses Thema angeht, unterschiedlicher Meinung sind?«, fragte Halley.

»Ja, okay.« Phoebe verschränkte ihre Arme vor der Brust und schaute Halley ernst an. »Aber hör zu, falls sie es versaut …«

»Falls …«

Phoebe schüttelte den Kopf. »Wenn sie das tut, dann werde ich für dich da sein, ohne dir vorzuhalten, ich hätt's dir ja gesagt. Okay?«

Halley ließ die Schultern sinken und seufzte. »Okay.«
Phoebe zog sie an sich und umarmte sie lange.

***

In der Werkstatt lag Kane gerade unter einem Fahrzeug, als Jackson nach ihm rief. »Harmon! Telefon!«

Kane rutschte unter dem Wagen hervor und wischte sich die Hände ab. Er drückte sich hoch und ging ins Büro, um den Anruf entgegenzunehmen. Es stellte sich heraus, dass es sich um einen Kunden handelte, der wissen wollte, ob es sich lohnte, noch Geld in sein altes Auto zu stecken. Nachdem sie die Vor- und Nachteile diskutiert hatten, legte Kane auf und wollte gerade wieder zu seiner Arbeit zurück, als plötzlich das Handy in seiner Tasche zu vibrieren begann.

Er zog es heraus und warf einen Blick aufs Display. Es war eine SMS von Halley. *Hab ein Bild an einen Galeristen in New York City verkauft!*

Der Umstand, dass sie sich die Mühe machte, ihm eine Nachricht über ihre guten Neuigkeiten zu schicken, stellte einen gewaltigen Fortschritt dar, und er grinste. *Das muss gefeiert werden*, schrieb er zurück.

Ein paar Stunden später stieg Kane die Vordertreppe ihres Hauses hinauf, statt wie sonst, wenn er zum Arbeiten herkam, den Weg hinten ums Haus herum zu nehmen. Er hatte in dem Blumenladen, in dem Andi arbeitete, einen Zwischenstopp eingelegt und einen Blumenstrauß gekauft. Er klingelte an ihrer Haustür, in der Absicht, sie zu überraschen. Er hoffte, sie zum Essen auszuführen, statt dass sie für sie beide kochte.

Auch wenn er ihr Essen liebte und es ihr nichts auszumachen schien, ihn zu bekochen, wollte er heute doch lieber mit ihr ausgehen. Damit sie mehr unter Leute kam und nicht die Möglichkeit hatte, am Telefon oder per SMS Nein zu sagen.

Es dauerte eine Weile, bis sie auf sein Klingeln hin die Tür öffnete. Sie wirkte überrascht, ihn zu sehen.

In ihren Armen hielt sie Monty. »Kane! Warum bist du denn nicht einfach zur hinteren Veranda gekommen?«

Daraufhin zog er hinter seinem Rücken die Blumen hervor und hielt sie ihr hin.

Ihr Gesichtsausdruck wurde sanfter, als sie den Blumenstrauß sah. »Die sind ja wunderschön! Danke«, sagte sie und nahm ihm die Wildblumen ab.

Er hatte sich für etwas Ungezwungeneres als Rosen entschieden, weil ihn diese Blumen an ihr Wesen erinnerten.

»Wie geht's dem Kleinen?«, fragte er und streichelte Montys Kopf.

»Großartig. Also, was verschafft mir das Vergnügen deines Besuchs?«

»Na ja, ich hatte gehofft, dich überreden zu können, mit mir essen zu gehen?«

Sie machte einen Schritt zurück und musterte ihn von Kopf bis Fuß. »Das erklärt die schicke Jeans und das Button-down-Hemd. Sie sehen gut aus, Mr. Harmon. Sehr gut.«

Ihr Gesichtsausdruck verriet ihm, dass ihr gefiel, was sie sah. Er grinste. »Also was meinst du? Lass mich dich ausführen, damit wir deinen Verkauf feiern können.«

Bei seinen Worten grinste sie. »Ich bin wirklich nicht angezogen, um auszugehen.« Sie wies auf das übergroße T-Shirt, das sie oft zum Malen trug.

Er zuckte mit den Achseln. Für sie? Könnte er ein ganzes Leben lang warten. Als ihm das klar wurde, hätte es ihn eigentlich erschrecken müssen. Tat es aber nicht. Seine Gefühle für sie waren echt und von der ersten Minute an immer stärker geworden. Sich das einzugestehen fühlte sich richtig an.

Er folgte ihr nach drinnen, wo sie eine Vase mit Wasser füllte und die Blumen darin arrangierte. Anschließend ging sie ins Wohnzimmer und stellte die Vase mit dem Blumenstrauß auf ein Regal in die Nähe der Staffelei. Monty folgte ihr wie ein Schatten, seine kleinen Pfoten tapsten über die Fliesen.

»Okay, na schön. Ich geh schnell duschen. Bin in paar Minuten wieder da. Ich muss die Farbe von den Händen kriegen.« Sie wedelte damit in der Luft herum. »Du kannst so lange auf Monty aufpassen.«

Als der junge Hund seinen Namen hörte, bellte er kurz auf.

Kane spielte Apportieren mit Monty und einem seiner Spielzeuge, bis Halley wieder zurückkehrte. Sie war frisch geduscht, trug ein rückenfreies Kleid mit Nackenträger in Pastellblau, das ihr Dekolleté gut zur Geltung brachte. Ihr Haar fiel ihr weich über die Schultern und ließ sie feminin, sexy, wie immer wunderschön aussehen.

Verdammt. Er stieß einen leisen Pfiff aus. Sie drehte sich und lächelte. »Gefällt's dir?«

»Ich liebe es.« Es gefiel ihm genauso gut wie seinem Schwanz, der bereits steif war.

»Ich sperre Monty noch in die Hundebox, dann können wir los«, sagte sie, ohne etwas von seinen körperlichen Beschwerden zu ahnen.

Sie zog sich noch ein Paar goldene Sandalen an, schnappte sich ihre Handtasche und war bereit aufzubrechen.

Nach einer kurzen Fahrt in seinem Camaro erreichten sie das Blue Wall, wo auch heute seine Schwester arbeitete. Als sie sich dem Hostessenstand näherten, war das Restaurant bereits voll mit Leuten.

»Hallo, ihr zwei!«, begrüßte sie Andi.

»Hey Schwesterherz.«

»Hi Andi. Schön, dich zu sehen«, sagte Halley.

Andi lächelte. »Kane hat reserviert, euer Tisch ist schon bereit.« Sie schnappte sich zwei Speisekarten. »Folgt mir.« Dann führte sie die beiden zu einem Tisch im hinteren Restaurantbereich – nicht ganz abgeschieden, weil es hier so etwas nicht gab, aber zumindest hatten sie ein bisschen Privatsphäre.

Während sie zu der Nische gingen, lächelte Kane den Leuten zu, die er kannte. Bei ihrem Tisch angekommen wartete er, bis Halley Platz genommen hatte, und setzte sich ihr dann gegenüber. Die schwache Beleuchtung hüllte sie in einen weichen Schimmer.

Augenblicklich kam der Kellner herbei und nahm ihre Getränkebestellung auf. Kane orderte eine Flasche Champagner, weil er ihre guten Neuigkeiten gebührend feiern wollte.

Er begegnete ihrem Blick und lächelte. »Erzähl mir mehr über diesen Verkauf.«

Bei dem Thema leuchteten ihre Augen auf. »Der Inhaber einer großen Galerie in Manhattan hat Faith ein Bild von mir abgekauft und ihr gesagt, er würde Kontakt mit mir wegen weiterer Bilder aufnehmen, wenn es sich gut verkauft.«

»Ich freu mich wahnsinnig für dich. Ich weiß, dass das ein großer Traum von dir gewesen ist.« Sie verbrachte so viel Zeit allein, dass ihr Anerkennung von außen sicher guttat.

»Stimmt. Und danke.«

Genau in diesem Moment kehrte der Kellner mit dem Champagner zurück. Er öffnete die Flasche, schenkte ihnen ein und stellte die Flasche anschließend in einen Eiskühler neben den Tisch.

»Auf deinen Erfolg!«, sagte Kane, hob sein Glas und stieß mit ihr an.

Sie schmunzelte. »Darauf stoße ich an!«

Dann sprachen sie über seine Woche und über die Vielzahl an Kunden, die zu ihm in die Werkstatt gekommen waren, bevor der Kellner wiederkam, um ihre Essensbestellung aufzunehmen.

»Wie geht's deinem Dad?«, erkundigte sie sich, als sie wieder allein waren.

Bei der Frage stöhnte er. Er hasste es, sie mit seinen Familienproblemen zu behelligen. »Andi hat die Nase gestrichen voll und will ausziehen. Sonntagabend werden wir es ihm beim Dinner sagen.« Er hörte die Niedergeschlagenheit in seiner Stimme, konnte aber nichts dagegen tun.

Verständnisvoll schaute sie ihn an. »Du kannst ihn nicht ändern. Das weißt du auch, oder? Es ist schließlich nicht deine Schuld, dass er seine Spielsucht nicht im Griff hat.«

»Das zu wissen und es wirklich zu glauben ist zweierlei. Ich weiß, dass er seine eigenen Entscheidungen trifft, aber ich kann nichts daran ändern, dass ich das Gefühl habe, ihn und meine Schwester irgendwie im Stich zu lassen.«

Sie schüttelte den Kopf, streckte ihre Hand über den Tisch, legte sie auf seine und vergrub ihre Finger in seiner Handfläche. »Du bist immer für alle anderen stark, aber du kannst nicht mehr tun, als du ohnehin schon tust.«

Es bedeutete ihm alles, dass sie hier war und ihm zuhörte. »Ich weiß deine Unterstützung wirklich zu schätzen. Aber was ist eigentlich mit dir? Du hast erwähnt, du hättest dich heute mit deiner Mom getroffen. Wie war's?« Er hatte schon den ganzen Tag darüber nachgedacht und war neugierig, ob ihre Mutter auch weiterhin zerknirscht war und sie um Verzeihung bat, ohne sie um Geld anzuschnorren.

»Super, außer dass wir zufällig Phoebe begegnet sind und die alles andere als erfreut war. Sie hat mir gehörig die Leviten gelesen und erklärt, unsere Mutter hätte sich überhaupt nicht geändert und dass es mir noch leidtun würde, dass ich mich auf sie eingelassen habe. Und ich habe mich über mich selbst gewundert, weil ich meine Mutter daraufhin in Schutz genommen habe.« Sie fuhr zusammen und kniff sich in den Nasenrücken, als bekäme sie gerade Kopfschmerzen.

»Alles okay?«

»Ja. Ich … Ich hasse es nur, zwischen den Fronten zu stehen, und will nicht, dass Phoebe sauer auf mich ist. Sie hat zwar gesagt, sie wäre es nicht, worüber ich wirklich froh bin, aber ich weiß einfach, dass sie sich irrt. Meine Mom hat sich entschuldigt. Ich meine, sie hat sich ganz aufrichtig dafür entschuldigt, was mit uns passiert ist, als wir Kinder waren. Sie hat dafür die Verantwortung übernommen.«

»Das freut mich. Das ist es doch, was zählt, oder? Du tust das, von dem du denkst, dass es das Richtige für dich ist, und deine Schwester wird das Gleiche für sich tun. Letztendlich seid ihr schließlich zwei Individuen.«

Sie lachte. »Aus deinem Mund klingt das alles so einfach.«

»Einfacher, als dass ich mir die Schuld am Verhalten meines Vaters gebe?«

Sie schüttelte den Kopf. »Touché. Sehr guter Punkt«, meinte sie grinsend.

»Ich hab meine guten Momente«, erwiderte er augenzwinkernd.

Daraufhin errötete sie, und es gefiel ihm, dass er eine Wirkung auf sie hatte.

Sie nahm ihr Glas, und sein Blick blieb an dem ovalen Opal an ihrem Finger hängen. »Das ist ein schöner Ring«, murmelte er. In der schummrigen Beleuchtung glitzerten die Blau- und Rosatöne des Steins.

»Danke. Den habe ich von meiner Tante bekommen. Er gehörte früher mal ihrer Großmutter. Phoebe hat eine ihrer Ketten bekommen. Offensichtlich standen sich meine Urgroßmutter und Tante Joy nah, und meine Urgroßmutter war kein bisschen wie ihre Tochter – die zu Lebzeiten viel zu voreingenommen war.«

Sie hielt ihre Hand hoch und betrachtete den Ring. »Ich habe die Farben in dem Stein immer geliebt, und da mein Geburtstag im Oktober ist, ist das mein Geburtsstein. Genau wie der meiner Mutter und Urgroßmutter, das hat jedenfalls meine Tante erzählt.«

Es freute ihn, dass sie etwas hatte, das einmal einem guten Menschen aus ihrer Familie gehört hatte.

»Ich trage ihn nur zu besonderen Anlässen.« Sie sah ihn an. »Und dank dir ist der heutige Abend so einer.«

Ja, dachte er. Definitiv.

Sie lächelte und schaute in die Speisekarte.

Dann bestellten sie. Er wählte Steak, und sie entschied sich für Hummer. Sie verbrachten einen entspannten Abend, aßen und genossen die Gesellschaft des jeweils anderen. Er beobachtete sie die ganze Zeit über, überrascht über die Veränderung, die er an ihr festgestellt hatte seit dem Tag, als er sie damals bei ihrem liegen gebliebenen Wagen am Straßenrand aufgesammelt hatte.

Während ihres Gesprächs war sie offen und lachte mehr als sonst, was ihr hübsches Gesicht strahlen ließ. Er hoffte, dass er etwas mit dieser Veränderung zu tun hatte, war aber gleichzeitig nicht so eingebildet zu glauben, er wäre allein dafür verantwortlich. Ach, zum Teufel. War er sehr wohl.

»Kann ich Ihnen noch etwas bringen?«, fragte der Kellner.

Kane sah Halley an, die den Kopf schüttelte. »Nein, danke.«

»Nur die Rechnung, bitte«, sagte Kane.

Halley legte ihre Serviette auf den Tisch. »Bevor wir nach Hause fahren, gehe ich noch auf die Toilette, wenn du mich also kurz entschuldigen würdest. Ich bin gleich wieder zurück.«

»Ich warte hier auf dich.« Er sah ihr nach, diese langen, schlanken Beine waren wirklich ein unvergesslicher Anblick.

Sich vorzustellen, wie sie sich um seine Taille schlangen, während er sie vögelte, rief ein unübersehbares Problem hervor. Er würde sich schleunigst auf etwas anderes konzentrieren müssen, sofern er das Restaurant verlassen wollte, ohne dass jedem seine pralle Erektion auffiel.

Diese Frau und die Dinge, die sie mit ihm anstellte ... Was mit einem liegen gebliebenen Wagen angefangen hatte, hatte sich zu etwas Ernstem entwickelt. Zumindest für ihn, und wenn er ihr in die Augen blickte, sah er in ihnen mehr als nur Freundschaft. Mehr als nur sexuelle Anziehungskraft, wovon es allerdings jede Menge zwischen ihnen gab. Es war dieses *mehr*, weshalb er sie mit nach Hause nehmen und mit ihr ins Bett gehen wollte.

Er wollte ihr zeigen, was er für sie empfand, weil er nicht glaubte, dass sie für die Worte schon bereit war. Worte, die er als Erwachsener noch nie zu einer Frau gesagt hatte. Er behielt sie für sich, sparte sie auf, bis der richtige Zeitpunkt gekommen war. Denn was mit einer Abmachung begonnen hatte – immer nur einen Tag nach dem anderen anzugehen –, hatte dazu geführt, dass er richtig mit ihr zusammen sein wollte. Und das wollte er sie wissen lassen.

***

Auf der Toilette machte sich Halley frisch. Wusch sich die Hände und trug noch einmal Lipgloss auf. Dabei stellte sie fest, dass dies das erste Mal war, dass sie vorbehaltlos und aus freien Stücken ausging. Kane hatte sie gefragt, und sie hatte Ja gesagt. Einfach so.

Sie war dabei, sich zu verändern, ließ ihre Mutter in ihr Leben ... und Kane. Anderen Menschen Vertrauen entgegenzubringen machte sie zwar immer noch nervös, aber sie musste zugeben, dass sie sich leichter und freier fühlte ohne diesen ständigen Schatten des Kummers, der auf ihren Schultern lastete. Phoebe hatte gesagt, sie solle ihren Horizont erweitern, und irgendwie hatte sie – völlig ungeplant – genau das getan. Vielleicht fand ihre Schwester nicht alles gut, was sie tat, aber Kane hatte recht. Halley musste ihr Leben selbst in die Hand nehmen.

Und genau jetzt gab es einen sexy Mann, der darauf wartete, sie nach Hause zu bringen und mit ihr ins Bett zu gehen. Das Leben war gut. Wann war ihr eigentlich das letzte Mal ein so positiver Gedanke durch den Kopf geschossen?

Sie ließ den Lipgloss in ihre Tasche fallen und hastete dann hinaus zurück zu Kane. Als sie aus der Toilette trat, blieb sie aber wie angewurzelt stehen, weil sie sah, dass Kane nicht allein war.

Liza hatte sich zu ihm in die Nische gedrängt, ihr üppiges und wahrscheinlich unechtes Dekolleté quoll aus dem V-Ausschnitt ihres engen Kleids. Halley schluckte ihre Eifersucht hinunter und rief sich ins Gedächtnis, dass Kane, der sich von Liza weglehnte, nicht mit dieser Frau zusammen sein wollte, auch wenn sie sein Nein ganz offenbar nicht akzeptierte.

Seit ihrer Zeit in den Pflegefamilien war Halley nicht mehr mit gemeinen Mädchen konfrontiert worden. Auch in der Highschool hatte sie den Spott, sie sei ungewollt und ungeliebt, ignoriert, und sich in ihr Schneckenhaus zurückgezogen, statt sich zu streiten oder zur Wehr zu setzen.

Aber das hier war Kane, und er gehörte ihr. Und je länger Halley zusah, desto wütender wurde sie. Also ging sie zum Tisch und funkelte Liza wütend an.

»Hast du das zweite Champagnerglas nicht gesehen? Oder ist es dir einfach scheißegal, dass er nicht an dir interessiert ist?«, fragte sie Liza rundheraus.

Sie fand es sinnlos, um den heißen Brei herumzureden, wenn diese Frau der Typ war, der absichtlich alle Signale ignorierte.

»Oh, tut mir leid. Warst du etwa diejenige, bei der er es kaum abwarten konnte, sie endlich loszuwerden?«, fragte Liza gehässig.

»Ach, um Himmels willen. Hau einfach ab, Liza! Er gehört mir!«

Liza schnaubte und schob sich verärgert aus der Nische. »Ich komm wieder, wenn sie nicht da ist«, murmelte sie Kane zu und stolzierte dann hinternwackelnd davon.

Halley verdrehte die Augen. »Ist die unterbelichtet, oder was?«

»Ich gehöre dir?«, fragte Kane, schob sich ebenfalls aus der Nische und stellte sich neben Halley.

Diese lief knallrot an, jedenfalls war sie davon überzeugt, weil sich ihr Gesicht anfühlte, als würde es in Flammen stehen. »Können wir jetzt los?«

Sie wandte sich zum Gehen, aber er hielt ihre Hand fest und drehte sie zu sich um. »Nicht, bevor du es auch zu mir gesagt hast.«

»Kane …«

Er nahm ihr Gesicht in seine Hände. »Wenn es wahr ist, dann sollte es doch nicht so schwer sein, es auszusprechen.«

Er beugte den Kopf zu ihr herunter, bis sein Gesicht nur noch wenige Zentimeter von ihrem entfernt war. Der Duft seines Aftershaves machte sie ganz schwach. Sie fragte sich, ob sie wohl von den anderen Restaurantbesuchern beobachtet wurden, schaffte es aber nicht, ihren Blick von seinem attraktiven Gesicht loszureißen oder sich darum zu scheren, ob sie gerade auffielen. »Du gehörst mir«, flüsterte sie.

Er strahlte vor Freude.

»Können wir jetzt heimfahren?«

Mit glänzenden Augen ergriff er ihre Hand und führte sie aus dem Restaurant und zu seinem Wagen. Danach fuhren sie nach Hause. Dort angekommen, dauerte es natürlich noch mit dem Schlafzimmer, da Monty in seiner Hundebox winselte. Wie sich herausstellte, hatte er hineingepinkelt.

Kane stöhnte auf.

»Ich mach's eben sauber. Würde es dir etwas ausmachen, so lange mit ihm rauszugehen?«, fragte sie.

»Kein Problem. Ich kann aber auch die unschöne Arbeit erledigen.«

Sie schüttelte den Kopf. »Nein, ich mach das schon. Wirklich.«

Er guckte mürrisch, tat dann aber das, worum sie ihn gebeten hatte, leinte Monty an und ging mit ihm nach draußen.

Sie entfernte die Wanne aus dem Boden der Hundebox und ging damit in die Küche, nahm ihre Armbanduhr ab und legte sie auf die Fensterbank, wo sie immer ihren Schmuck ablegte, wenn sie mal welchen trug. Dann zog sie den Ring von ihrem Finger und legte ihn in die Mitte des geschlossenen Uhrenarmbandes aus Metall. Sie spülte die Wanne mit Seife und Wasser aus, trocknete sie ab und schob sie dann wieder zurück in die Hundebox, genau in dem Moment als Kane mit Monty zurückkehrte.

»Komm schon, Kleiner. Rein hier«, sagte Kane zu dem Hund.

Ein Blick auf diesen großen, starken Mann, der mit dem kleinen Hund Gassi ging, genügte, und ihr Herz überschlug sich. Sein Haar fiel ihm in die Stirn, und es kribbelte ihr in den Fingern, es ihm aus dem Gesicht zu streichen, mit ihrer Zunge über seinen kräftigen Kiefer zu fahren und diese vollen Lippen zu küssen. Er war gut gebaut, muskulös und atemberaubend sexy, und trotzdem ging er mit dem kleinen Hund so behutsam um.

»Komm schon, Monty. Hundebox«, lockte sie ihn mit einem Leckerli.

Kane leinte Monty ab, woraufhin er in seine Höhle rannte. Er konnte es kaum erwarten, seine Belohnung zu bekommen. Halley sperrte ihn in die Box, in der eine weiche

Decke und sein Lieblingsspielzeug lagen, dann richtete sie sich auf und sah Kane an.

Er streckte die Hand aus, sie ging zu ihm und legte ihre Hand auf seine. Er nahm sie auf und drückte seine Lippen darauf. Ihre Haut kribbelte, wo sein Mund ihr Fleisch berührt hatte, und ihre Nippel wurden hart.

»Ich will Liebe mit dir machen«, sagte er mit rauer Stimme.

Seine Worte umschlangen sie, verführerisch und beängstigend zugleich. Liebe war ein fremdes Gefühl für sie. Sie hatte noch nie welche erfahren – als Kind nicht und als Teenagerin war sie viel zu traumatisiert gewesen, um sie zuzulassen.

Sie zweifelte nicht daran, dass er seine Worte ganz bewusst gewählt hatte, aber *Ich will dich vögeln* hätte sich für sie einfacher angehört.

***

Sobald sie aus ihren Klamotten waren, begann Kane damit, Halley zu zeigen, was er für sie empfand. Sie lag auf dem Rücken, und im schummrigen Licht der Nachttischlampe huldigte er ihrem Körper. Er küsste ihre Lippen, wanderte dann mit dem Mund ihren Hals hinunter, an ihrem Schlüsselbein vorbei und über ihre Brust. Mit kleinen Bissen und leckend arbeitete er sich voran, nahm sich Zeit dabei, und erregte sie mit jeder einzelnen Berührung seines Mundes und seiner Zähne.

Sie wand sich unter seiner liebevollen Fürsorge, wölbte ihren Rücken und schob ihm ihre Brüste und Nippel verlockend entgegen. Er beugte den Kopf noch tiefer und nahm eine der Warzen in den Mund, spielte mit der Zunge an der festen Knospe, leckte daran und nahm sie dann zwischen seine Zähne.

»Oh, Kane.« Wie immer ließ sie ihre Finger in sein Haar gleiten und zog an den langen Strähnen, bei jeder Berührung seiner Zunge und jedem Zwicken heftiger.

Das Gefühl dabei schoss ihm geradewegs in seinen Penis, der vor Verlangen pulsierte und es gar nicht mehr erwarten konnte, endlich in ihre feuchte Muschi eindringen zu dürfen. Aber Kane verfolgte ein Ziel. Er wollte sowohl ihre Sinne als auch ihr Herz erobern, also fuhr er damit fort, ihr seine Gefühle ohne Worte zu demonstrieren.

Worte, von denen er sicher war, dass sie noch nicht bereit war, sie zu hören. Er hatte ihr Gesicht gesehen, als er zu ihr gesagt hatte, er wolle *Liebe mit ihr machen*. Das kurze Aufblitzen von Panik, bevor sie wieder einen verschlossenen Gesichtsausdruck aufgesetzt hatte und ihm dann bereitwillig ins Schlafzimmer gefolgt war. Sie mit einer Empfindung zu überwältigen, die sie dazu brächte, etwas zu *fühlen*, war seine einzige Hoffnung, ihre letzten Mauern einzureißen.

Er wendete sich der anderen Brust zu, schenkte ihr die gleiche sorgfältige, sinnliche Behandlung, bevor er mit der Zunge über ihren Bauch fuhr und sich dann seinen Weg hinunter über ihren kurvigen Körper bahnte. Mit der Zunge glitt er von ihrem Bauchnabel weiter abwärts zu ihrer seidenweichen, feuchten Muschi, die schon darauf brannte, als Nächstes verführerisch gefoltert zu werden. Er konnte ihre

Erregung riechen, was seinen bereits gequälten Körper nur noch härter machte.

Mit den Fingern schob er ihre Schamlippen auseinander, sodass er mit der Zunge nach oben lecken konnte und schließlich auf ihrem Kitzler landete. Sie wand sich unter ihm. Er hielt ihre Schenkel mit beiden Händen fest, behielt den Druck bei, während er an ihr leckte, als wäre sie eine köstliche Süßigkeit. Sie krümmte sich, rieb sich an seinem Mund, und er bearbeitete sie heftig und trieb sie immer weiter, bis ihre Beine anfingen zu zittern und zu beben. Schließlich erreichte sie ihren Höhepunkt und kam unter ihm zum Orgasmus. Da er sich währenddessen an der Matratze rieb, kam er einem vorzeitigen Samenerguss so verdammt nahe, als wäre er ein notgeiler Teenager.

Er wischte seinen Mund an ihrem Schenkel ab, rutschte an ihr hoch und genoss ihren gesättigten Gesichtsausdruck. Ihre Augenlider waren schwer, ihre weichen Lippen ein wenig geöffnet, um Luft zu holen, und ein befriedigtes Lächeln umspielte ihre Mundwinkel.

Während er sie ansah, strich er ihr sanft eine Haarsträhne aus dem Gesicht. Ihr Blick richtete sich konzentriert auf seinen, als er sich mit einer Hand neben ihrem Kopf abstützte, seinen Schwanz in die andere nahm und sich zwischen ihre Schenkel schob.

»Bist du bereit, meine Schöne?«

Sie nickte, und er glitt in ihre auf ihn wartende Hitze.

Ein Stöhnen entwich ihrer Kehle. Sie griff nach seinem Hintern und hielt sich an ihm fest, als er begann, sich zu bewegen. Ihre Hände rutschten ab, wenn er seinen Schwanz aus ihr herauszog, um ihn erneut tief in sie zu stoßen. Jetzt umklammerte sie seine Schultern, in der Erwartung, dass er sie hart und schnell nehmen würde. Doch sie sollte sich wundern. Er hielt sich zurück und kämpfte mit zusammengebissenen Zähnen gegen das Verlangen an, sich so schnell wie möglich ebenfalls Erleichterung zu verschaffen. Stattdessen glitt er quälend langsam aus ihr heraus und stieß dann ein weiteres Mal heftig in sie, rieb sich dabei an ihrem Kitzler, bevor er sich dann noch einmal vorsichtig aus ihr herausbewegte.

Sie stöhnte, ihr Körper erbebte, sie schlang ihre Beine um seine Taille und umklammerte ihn noch fester. Ihre Körper rieben aneinander. Er fühlte wie sie zitterte, als ihr weiches Fleisch seinen Schwanz hart machte, ihn heiß und feucht umschloss. Er hatte gewollt, dass sich durch diese Vereinigung Gefühle entluden, und seine taten dies nun mit aller Kraft.

Liebe mit ihr zu machen bedeutete ihm alles – es erfasste seinen Körper, sein Herz und seine Seele. Er konnte nur hoffen, dass sie gerade die gleichen tiefen und köstlichen Gefühle hatte, die genau in diesem Augenblick durch seinen Körper jagten.

***

Halley wusste, dass sie in Schwierigkeiten steckte. Und zwar in erheblichen, als Kane tat, was er ihr zuvor versprochen hatte: *Liebe mit ihr machen*. Seine wiegenden Bewegungen waren so sanft, als er sie ihrem Höhepunkt entgegenbrachte. Und sie machte mit, völlig verloren in der Gründlichkeit, mit der er es tat. Jedes Mal, wenn er aus ihr glitt, stieß er danach sofort wieder in sie und rieb sich an ihr. Wellen der Erregung wuschen über sie hinweg, zusammen mit einer wahren Woge an Emotionen, denen gegenüber sie völlig hilflos war.

Sie packte seine Schultern, als die erste Flutwelle sie traf, und grub ihre Fingernägel in seine Haut. »Kane!« Sie schrie seinen Namen, hielt die bedenklicheren, folgenreicheren Worte zurück, die aus ihr herauszubrechen drohten. Die Liebe, die sie für diesen unglaublichen Mann empfand, blieb ihr buchstäblich in der Kehle stecken, als sie kam.

Während ihres Orgasmus hielt er sie fest, stieß immer wieder und wieder in sie, entlockte ihrem Körper jede letzte Kontraktion, bevor er sich dann seiner eigenen Erlösung zuwandte. Danach sackte er nach Luft ringend auf ihr zusammen, und sie atmete seinen moschusartigen, männlichen Geruch ein. Die Sinnlichkeit des Moments und die Gefühle, die in ihrem Inneren gefangen waren, bewirkten, dass sich ein Kloß in ihrer Kehle bildete.

Was sollte sie nur mit diesen überwältigenden Gefühlen anstellen? Gefühle, die allein zu benennen sie solche Angst hatte, ganz zu schweigen davon, sie laut auszusprechen. Wie sollte sie sich nur selbst trauen, ihn zu lieben und daran zu glauben, dass er sie nie verletzen würde?

Sie wusste es nicht. Aber ihr war klar, dass sie eine Lösung finden musste, wenn sie mit Kane eine Zukunft haben wollte. Sie wusste nur nicht, ob sie furchtlos genug war, um diesen Kraftakt zu bewältigen.

KAPITEL 9

Kane verbrachte das Wochenende damit, an Halleys Veranda weiterzuarbeiten. Sie wiederum verbrachte ihre Zeit damit, ihm aus dem Weg zu gehen, als hätte sie Angst, jeglicher vertraute Kontakt könne zu einem ernsten Gespräch führen. Von langen Spaziergängen mit Monty und Kopfschmerzen, die sie nicht loswerden konnte, bis hin zum Samstagabend, den sie allein mit Arbeit zubrachte, hatte sie es geschafft, mehr Zeit allein zu sein als in seiner Gesellschaft. Und das, obwohl er bei ihr zu Hause gewesen war. Er hatte gewusst, dass ihr seine Strategie – diese bewusst langsame Verführung – Angst einjagen könnte, und so kämpfte er gegen seinen Frust an und gab ihr die Zeit, die sie brauchte, um mit ihren Gefühlen klarzukommen. Gefühle für ihn, von denen er verdammt genau wusste, dass sie da waren. Er hatte es an ihren Augen abgelesen, als er Liebe mit ihr gemacht hatte und sie lange und heftig vor ihm gekommen war.

Heute Abend würden er und seine Schwester ihren Vater mit Andis Auszugsplänen konfrontieren. So viel zu einem netten, entspannten Wochenende, dachte er. Er war zwar enttäuscht, würde Halley jedoch nicht aufgeben. Nie im Leben.

Als er am Abend bei Andi ankam, warf Nicky wie immer draußen Körbe. Kane gesellte sich auf ein kurzes Spiel zu ihm, bevor er reinging, um zu sehen, was ihn dort erwartete.

In der Küche traf er auf Andi, die gerade ein Brathähnchen aus dem Ofen nahm. Auf der Küchentheke stand eine Schüssel Wildreis sowie Spargel mit Parmesan.

»Riecht lecker, Schwesterherz. Brauchst du noch bei irgendwas Hilfe?«

Sie lächelte. »Danke und nein. Bin so gut wie fertig. Alles, was ich brauche, ist deine Unterstützung bei dem Gespräch mit Dad.« Sie legte das Hähnchen aufs Schneidebrett und begann es zu zerteilen.

»Wo ist Dad überhaupt?«, fragte er.

»Sich frisch machen. Weißt du, ich hab mir online schon ein paar Mietwohnungen angeschaut. Ich denke, das ist der Weg, den ich einschlagen will. Nicky und ich brauchen unsere eigene Bleibe. Es ist an der Zeit.« Sie wischte sich die Hände an einem Geschirrtuch ab.

»Dann ist das die Richtung, die wir nehmen werden. Mach dir keine Gedanken. Dad ist erwachsen, und es wird Zeit, dass er sich auch so verhält. Wir haben es ihm beide viel zu leicht gemacht, rückfällig zu werden. Du, indem du alle Rechnungen bezahlst, und ich, weil ich ihn in der Werkstatt behalte, auch wenn er sich dort mitunter gar nicht blicken lässt.« Kane schüttelte den Kopf. »Ihm mag ja das Grundstück gehören, aber der Betrieb läuft auf meinen Namen.«

Sie nickte und warf ihrem Bruder einen dankbaren Blick zu. »Okay. Nicky weiß von den Umzugsplänen. Ich habe ihm gesagt, dass er an derselben Schule bleiben wird, deshalb hat er es ganz gut aufgenommen, aber er macht sich Sorgen, seinen Grandpa alleinzulassen. Lass uns das Thema also nicht ansprechen, bevor er nicht wieder zum Spielen rausgegangen ist.«

Beruhigend legte ihr Kane eine Hand auf die Schulter. »Klingt nach einer guten Idee. Soll ich jetzt das Essen auf den Tisch stellen?«

»Klar, danke.«

Genau in dem Moment kam ihr Vater in die Küche, viel zu aufgekratzt, was Kane auf die Nerven ging.

»Riecht lecker, Andrea. Soll ich Nicky reinholen?«, fragte Joe.

»Ja. Danke, Dad.«

Nicky wusch sich die Hände, und kurz darauf saßen alle am Tisch. Das Abendessen verlief ohne Dramen. Nicky sprach darüber, seinen besten Freund am Wochenende zu treffen, und Joe erzählte Witze.

Schließlich schickte Andi ihren Sohn nach draußen zum Spielen, und Kane wusste, dass er nun an der Reihe war, das Thema anzusprechen.

»Hey Dad, warum bist du eigentlich so gut gelaunt?«

Joe schüttelte den Kopf und sah Kane dabei nicht in die Augen. »Nichts, was du hören willst, mein Sohn.«

Aha. Also weiteres Glücksspiel. »Ich nehme an, dass du gestern Abend mit Walter unterwegs warst?«

Joe nickte. »Andi hat jetzt einen Babysitter, deshalb braucht sie mich nicht mehr.« Er klang deswegen nicht verbittert, vermutlich weil er dadurch freie Abende zum Ausgehen hatte.

Ein weiterer Grund auszuziehen, dachte Kane. »Also Dad, wir müssen mit dir reden.«

Joe hob schnell den Kopf. »Ich will nichts über meine Spielprobleme hören. Ich kann jederzeit aufhören, wenn ich will.«

Er wollte es ja noch nicht mal versuchen, dachte Kane.

»Hier geht's nicht darum, ob du ein Problem hast oder nicht, Dad«, schaltete sich nun auch Andi ein. »Es geht um mich. Und um Nicky und darum, was *ich* brauche.«

Bei diesen Worten schaute Joe auf, offensichtlich erleichtert, dass es diesmal nicht um ihn ging. Beziehungsweise dachte er das. »Was ist denn los?«, fragte er besorgt. Denn ließ man das Spielen einmal außer Acht, war Joe Harmon durchaus ein fürsorglicher Vater.

Kane stützte seine Arme auf den Tisch. »Dad, Andi hat beschlossen …«

»Dass es an der Zeit ist auszuziehen«, beendete sie seinen Satz und übernahm nun die Gesprächsführung. »Ich will eine eigene Wohnung für mich und Nicky.«

Joe schaute fassungslos … Er öffnete den Mund, schloss ihn dann wieder, eindeutig unter Schock. »Aber es läuft doch alles prima hier.«

»Für *dich* läuft es gut«, entgegnete Kane.

Joe stand auf. »Was soll das denn jetzt heißen?«

»Nur dass Andi sämtliche Rechnungen alleine bezahlt und du das ganze Geld, das du verdienst, dazu benutzt …«

»Oder mir welches wegnimmst …«, ergänzte Andi.

»… um zu spielen. Und das muss endlich ein Ende haben«, sagte Kane ruhig, aber bestimmt. »Es ist zu viel für

Andi, sich ständig wegen dir Sorgen machen zu müssen, weil sie einfach zu viel direkt mitbekommt. Oder der Stress, den es ihr macht, zu wissen, dass du ihr Geld aus dem Portemonnaie stiehlst. Das ist nicht fair.«

Joe ließ die Schultern hängen und sank wieder auf den Stuhl. »Ich hab mir doch nur ein paar Dollar geliehen«, murmelte er.

»Dad«, sagte Andi genervt. »Mal ganz abgesehen davon brauche ich einfach eine eigene Wohnung. Ich habe gerne mit dir zusammengewohnt, aber jetzt ist es an der Zeit für was Eigenes.«

Joe ließ den Kopf hängen. Kane vermutete, dass er sich einerseits schämte, andererseits aber auch Verständnis für seine Tochter hatte.

Kane stand auf, ging zu seinem Vater und legte ihm eine Hand auf die Schulter. »Wir denken, dass du Hilfe brauchst, aber das muss von dir selbst kommen. Wir sind damit durch, uns ständig damit abzuquälen, etwas ändern zu wollen, das wir nicht ändern können. Aber wir lieben dich, Dad. Und wir sind für dich da, wenn du uns brauchst.«

Joe blieb still.

»Dad?«, fragte Andi zaghaft. »Du wirst damit anfangen müssen, die Rechnungen für dieses Haus selbst zu bezahlen, und das bedeutet Haushaltsplanung. Ich kann dir, was das Spielen angeht, keine Vorschriften machen, aber es wird dir mit Sicherheit nicht weiterhelfen, das Nötige hier zu tun, wenn ich weg bin.«

Joe murmelte etwas vor sich hin. »Ich krieg das schon irgendwie hin«, meinte er schließlich.

Kane wusste nicht wie, und war davon überzeugt, dass noch viele Herausforderungen vor ihnen lagen. Doch wenn seine Schwester erst einmal von dieser Bürde hier befreit war, würde er sich um den Rest kümmern, wenn es so weit war.

***

Halley wurde bewusst, dass sie ein Feigling war, weil sie sich ihren Gefühlen für Kane nicht stellte. Oder besser, weil sie Angst davor hatte. Sie hatte ihnen ins Auge gesehen, als sie Freitagnacht miteinander Liebe gemacht hatten, und es hatte sie zu Tode erschreckt. Bisher war er geduldig gewesen, sie wusste aber nicht, wie lange dieses Verständnis noch anhalten würde.

Im Moment hatte sie allerdings keine Zeit, sich darüber Gedanken zu machen, weil ihre Mutter ihr in der Küche gegenübersaß. Sie tranken Kaffee, Monty lag zu ihren Füßen und kaute an einem Knochen herum, der größer war als er selbst.

»Also, der Mann hat dann versucht, einfach aus dem Laden zu spazieren, den Kaffee und das Brot hatte er sich unter die Jacke gesteckt.« Ihre Mutter lachte kopfschüttelnd. »Der Ladenbesitzer hat ihn dabei erwischt und die Polizei verständigt. Es war ein absoluter Albtraum mit den ganzen Polizisten, die dann kamen und so.«

Halley schmunzelte, sie freute sich über diese unbeschwertere Seite ihrer Mom.

»Na ja, ich nehme mal an, dass er bekommen hat, was er verdient hat.«

»Letzten Endes tun wir das alle«, murmelte Halleys Mutter.

»Mom, hör auf, dich wegen der Vergangenheit so zu quälen. Was passiert ist, ist passiert, und du warst dafür im Gefängnis.«

Ihre Mutter seufzte. »Ich weiß. Es ist nur so hart. Wenn man nur den Mindestlohn bekommt, ist es schwer, über die Runden zu kommen. Ich schaff's schon, aber …«

Halley hatte schon seit ein paar Tagen darüber nachgedacht. Sie wusste, dass ihre Mutter es nicht leicht hatte, und dies war das erste Mal, dass sie ihre schwierige Lage überhaupt erwähnte oder sich darüber beklagte. Im Gegensatz zu dem, was ihre Tante gedacht hatte – und wohl auch immer noch dachte –, war ihre Mutter wirklich hier, um eine Beziehung zu ihrer Tochter aufzubauen. Halley spürte das instinktiv.

Deshalb fühlte es sich auch richtig an, ihr dieses Angebot zu machen. »Mom, ich würde dir gern einen Scheck ausstellen. Nur um dir ein bisschen über die Runden zu helfen.«

Entsetzt schaute ihre Mutter sie an. »Nein! Ich kann doch kein Geld von meinem eigenen Kind annehmen!« Sie errötete. »Danke, Schatz, aber das kann ich wirklich nicht.«

Halley schüttelte den Kopf. »Ich bestehe aber darauf.« Sie stand auf und ging ins Schlafzimmer, um ihr Portemonnaie zu holen. »Bin sofort wieder zurück.«

Als sie zurückkam, wusch sich ihre Mutter gerade die Hände über dem Spülbecken. »Ich hab etwas Kaffee verschüttet«, erklärte sie nervös. »Ich fühl mich nicht wohl dabei, Geld von dir anzunehmen.«

»Hör auf.« Halley faltete den Scheck, den sie gerade ausgestellt hatte, und reichte ihn ihrer Mom. »Sieh es als Leihgabe, wenn du dich dadurch besser fühlst.« Bei dem Gehalt ihrer Mutter ging Halley nicht davon aus, das Geld jemals wieder zurückzubekommen, aber das wollte sie auch gar nicht. Wenn ihre Mutter glaubte, es irgendwann wieder zurückzahlen zu können und dadurch ihren Stolz behielt, dann wollte Halley sie in dem Glauben lassen.

»Danke.« Ihre Mom schloss Halley in die Arme. »Ich weiß wirklich nicht, womit ich dich verdient habe.«

Nun wurde Halley noch wärmer ums Herz. »Gern geschehen.«

»Ich muss jetzt los, heute hab ich Spätschicht.«

Halley nickte. »Und bei mir ist heute Putztag angesagt.« Damit würde sie anfangen, sobald ihre Mutter weg war.

»Die Arbeit einer Frau ist nie erledigt.« Ihre Mom lachte, sammelte ihre Sachen zusammen und ging.

Den Rest des Tages verbrachte Halley damit, das Bad zu putzen, Staub zu wischen und zu waschen. Sie war optimistisch, was ihre Mutter anging. Und bei ihrem nächsten Treffen würde sie all ihren Mut zusammennehmen und sie nach ihrer Schwester Juliette fragen. Sie schluckte schwer und putzte dann weiter.

Im Schlafzimmer fiel ihr die offene Schmuckschatulle auf, was sie daran erinnerte, dass sie die Uhr und den Ring, die sie bei ihrer Verabredung mit Kane getragen hatte, auf dem Fenstersims in der Küche liegen gelassen hatte.

Sie strich sich eine Haarsträhne aus dem Gesicht, die sich aus dem Pferdeschwanz gelöst hatte, und klemmte sie hinters Ohr, während sie zurück in die Küche und dort zur Spüle ging. Die Uhr lag immer noch an ihrem Platz, aber der Ring war verschwunden.

Ihr Herz setzte einen Schlag aus. Hektisch suchte ihr Verstand nach einer anderen Erklärung als der, die ihr augenblicklich durch den Kopf schoss. Wenn sie den Ring zurück in die Schatulle gelegt und das vergessen hätte, dann hätte sie doch auch die Uhr weggelegt. Und es war ausgeschlossen, dass der Ring in die Spüle gefallen war, weil sie das aufgrund seiner Größe auf jeden Fall gehört hätte. Sie biss sich auf die Unterlippe und ging in der Küche auf und ab. Ihr Verstand wehrte sich gegen die zwangsläufige Schlussfolgerung.

Doch anstatt sofort in Panik zu geraten, schnappte sie sich das Telefon und wählte die Nummer ihrer Mutter. Keine Antwort. Der Anruf wurde direkt an den Anrufbeantworter weitergeleitet.

Nein. Ihre Mom hatte sich doch regelrecht dagegen gesträubt, den Scheck anzunehmen. Einen Scheck über fünftausend Dollar, dachte Halley mit wachsender Beunruhigung. Sie hatte ihrer Mutter ein bisschen Freiraum verschaffen wollen … Und diese hatte gewusst, dass Halley aus der Küche gegangen war, um einen Scheck auszustellen, deshalb hatte sie doch eigentlich gar keinen Grund, den Ring zu nehmen. Nur, dass er dort gelegen hatte, in der Mitte des Uhrenarmbands.

Warum die Uhr nicht auch mitnehmen? Weil ihr vermutlich klar gewesen war, dass sie nichts wert war. Sie war nur billiger Ramsch, der zwar ganz hübsch aussah, aber es war offensichtlich, dass die Uhr unecht war. Halley hatte sie in einem Souvenirladen in der Stadt gekauft, für den Fall, dass sie beim Malen mal wieder vergaß, sie abzunehmen. Deshalb trug sie lieber eine billige.

Aber der Ring? Der Ring war so etwas wie ein Familienerbstück. Wäre sie nicht verstoßen worden, dann hätte ihre Mutter ihn bekommen, weil sie ebenfalls im Oktober Geburtstag hatte. Der Opal-Geburtsstein brachte Unglück – das hatte zumindest in einem alten Buch aus dem 19. Jahrhundert gestanden. Aber sie und ihre Tante hatten darüber gelacht, wie viel Glück Halley doch hatte, dass sie nun im Besitz dieses wunderschönen und teuren Edelsteins war. Sie holte ihn nur zu ganz besonderen Anlässen heraus, wie beispielsweise für den festlichen Abend mit Kane. Und jetzt war der Ring weg.

Ihre Mutter konnte nicht gewusst haben, dass der Ring jetzt Halley gehörte, aber sie konnte durchaus den Plan gehabt haben, etwas Wertvolles mitgehen zu lassen. Sie konnte allerdings auch einfach nur Glück gehabt haben, hatte den Ring zufällig auf der Fensterbank liegen sehen und dann der Versuchung nicht widerstehen können. Aber spielte es überhaupt eine Rolle, was ihr Beweggrund gewesen war?

Sie hätte doch auch einfach die Finger von dem wertvollen Schmuckstück lassen können.

Sie hätte die Beziehung zu ihrer Tochter wertschätzen können, die ihr wichtiger als Geld hätte sein müssen. Vor allem, da Halley rausgegangen war, um ihr einen Scheck auszustellen. Der Ring war lediglich eine Zugabe gewesen. Ein geradezu unverhoffter Glücksfall, da er ein kleines Vermögen wert war.

War das die ganze Zeit ihr Plan gewesen? Sich bei Halley einzuschmeicheln, ihr Reue, Schuldgefühle und Kummer vorzugaukeln, sie weichzukochen, damit Halley ihr von sich aus Geld anbieten würde – was sie dann ja letztendlich auch getan hatte? Oder hatte sie nur auf eine günstige Gelegenheit gewartet, um etwas zu stehlen und dann abzuhauen? Vermutlich hatte sie heute Abend noch nicht mal Schicht. Aller Wahrscheinlichkeit nach musste sie sich wohl eher aus dem Staub machen, bevor Halley einen Blick auf den Fenstersims warf und merkte, dass der Ring verschwunden war.

Halleys Herz raste wie wild, der Verrat ihrer Mutter schmerzte und verhöhnte sie, weil sie so eine Idiotin gewesen war. Oh Gott, wann würde sie endlich einmal eine Pause zum Durchatmen bekommen? Durch die Vernachlässigung ihrer Mutter und deren Drogenmissbrauch war Halley damals in der Pflegeunterbringung gelandet. Die meisten Familien hatten sie auf die eine oder andere Weise traumatisiert, dann war ihre Mutter wieder aufgetaucht, und Halley war pathetisch genug gewesen, um ihr ihr Herz zu öffnen. Nur damit diese es dann gänzlich zertrampeln konnte.

Als ihr Handy klingelte, fuhr sie zusammen. Dann sprang sie auf und schnappte es sich vom Küchentisch.

»Hi Schwesterherz.«

»Phoebe …«, erwiderte Halley matt, noch nicht einmal imstande, einen normalen Tonfall vorzutäuschen. Übelkeit stieg ihr die Kehle hoch bei dem Gedanken, es ihrer Schwester erzählen zu müssen. Phoebe würde sie umbringen. Nicht wegen des Rings, sondern weil sie ihrer Mutter einen Scheck ausgestellt hatte. Weil sie ihr geglaubt hatte. Weil sie eine leichtgläubige, naive Idiotin gewesen war, die sich nicht mal auf ihre eigenen Instinkte verlassen konnte. Und das ausgerechnet bei ihrer Mutter, bei der sie es doch wirklich hätte besser wissen müssen.

»Was ist los?«, fragte ihre Schwester sofort.

»Ich … Ich … Es ist etwas passiert.« Halley ließ sich auf den nächsten Stuhl fallen. Vielleicht würde Phoebe ihr jetzt vorhalten, sie gewarnt zu haben. Aber andererseits hatte sie ihr doch auch versprochen, für sie da zu sein, und Halley schaffte es nicht, sie anzulügen.

»Bin gleich bei dir. Rühr dich nicht vom Fleck.«

Aber das tat Halley nicht. Sie konnte nicht einfach nur warten, weil ihre Übelkeit allmählich bedrohlich zunahm. Sie rannte ins Bad und erbrach das wenige, das sie im Magen hatte. Anschließend würgte sie weiter, körperlich und emotional völlig am Ende.

Das hier war der letzte Strohhalm gewesen, an den sie sich geklammert hatte. Über den Verrat ihrer Mutter war sie am Boden zerstört. Aus genau diesem Grund ließ sie andere nicht an sich heran – weil sie unweigerlich das wenige Vertrauen vernichteten, das ihr noch geblieben war. Sie war betroffen, müde und zutiefst betrübt.

Eine halbe Stunde später lag Halley weinend in den Armen ihrer Schwester. Sie hatte Montys Fell bereits mit ihren Tränen durchtränkt, und der kleine Hund hatte ihre Tränen abgeleckt.

Ein paarmal hatte sie versucht ihre Mutter an den Apparat zu bekommen, hatte aber immer nur den Anrufbeantworter erreicht. Man hatte ihr wirklich etwas vorgespielt.

»Ich wollte ihr so sehr glauben, dass ich nicht auf die beiden Menschen gehört habe, denen ich stattdessen hätte glauben sollen.« Halley wischte sich über die Augen. »Du und Tante Joy habt mich gewarnt. Ich dachte nur …«

Was denn? Dass sie ihre Vergangenheit einfach auslöschen könnte, indem sie ihre Mutter in ihr Leben ließ? Lächerlich. Das merkte sie jetzt auch selbst. Sie hatte sich von Hoffnungen und Verlangen blenden lassen, und war von einer Frau hereingelegt worden, die immer eine Schwindlerin und Täuscherin bleiben würde.

Phoebe schnappte sich ein Taschentuch aus der Box, die Halley auf den Küchentisch gestellt hatte, und reichte es ihr. Dann strich sie ihr das Haar aus dem Gesicht.

»Morgen früh kannst du gleich als Allerserstes den Scheck sperren lassen«, sagte Phoebe, und Halley nickte. Das würde sie auch tun. Es würde zwar rein gar nichts an ihren Gefühlen ändern, aber es war immerhin etwas.

»Weißt du, was ich am meisten an dir liebe?«, fragte Phoebe.

»Was denn?«

»Dein Herz.«

Halley riss die Augen auf. »Willst du mich auf den Arm nehmen? Ich hab mir doch immer alle Mühe gegeben, mir die Welt vom Leib zu halten. Welches Herz also?«

»Das verletzte da drin.« Phoebe tippte ihr gegen die Brust. »Du versteckst es, aber es ist da. Jedes Mal, wenn wir uns sehen, sagst du mir, dass du mich lieb hast. Du willst die verlorene Zeit wieder aufholen. Deshalb kann ich dich ja auch irgendwie verstehen, warum du das gemacht hast. So wütend ich auch auf dich bin, dass du ihr eine Chance gegeben hast, und noch schlimmer, dass du ihr einen Scheck ausgestellt hast.«

Halley schniefte und schnäuzte sich. »Sie hat mit meinem Herzen gespielt«, murmelte sie. Das genauso zerbrochen und beschädigt war wie der Rest von ihr. Ihre Mutter hatte zerstört, was davon noch übrig gewesen war, mitsamt jeglicher Chance, jemals Juliette wiederzufinden – was sie Phoebe gegenüber jetzt aber nicht erwähnen, sondern es für sich behalten würde. Ihre Schwester hatte ohnehin nie daran geglaubt, dass sie mit ihrer Mutter eine Chance hätten.

Phoebe warf Halley einen traurigen Blick zu. »Dieses furchtbare Gefühl geht wieder vorbei.«

»Unwahrscheinlich.« Halley schwor sich, es nie wieder zuzulassen, so einen Schmerz zu empfinden.

»Was ist mit Kane?«, fragte Phoebe.

Als Halley seinen Namen hörte, setzte ihr Herzschlag kurz aus. »Was soll mit ihm sein?«

Phoebe warf ihr einen wissenden Blick zu. »Stell dich doch nicht dumm, Halley. Du weißt ganz genau, was ich meine.«

Halley rieb sich ihre geröteten, wunden Augen. »Ich werde ihm erzählen, was passiert ist, und ihm dann erklären, warum es mit uns vorbei ist.«

»Nein! Du darfst nicht mit ihm Schluss machen!«, schrie Phoebe sie daraufhin fast schon an. »Er ist dir doch wichtig!«

Halley liebte ihn, aber das war nicht genug. Das Gefühl, gegen das sie das ganze Wochenende angekämpft hatte, überflutete sie jetzt in diesem Zustand völliger Hilflosigkeit. Nicht nur hilflos, sondern an ihrem absolute Tiefpunkt angelangt. Sie liebte Kane Harmon wirklich, aber sie beide konnten unter keinen Umständen zusammen sein, weil er eine Frau verdient hatte, die nicht so kaputt war wie sie und die ihre Gefühle zulassen konnte.

Er hatte eine Frau verdient, die nicht so eine Angst hatte wie Halley jetzt gerade. Angst davor zu leben, zu fühlen und sich hinzugeben.

»Ich kann mit ihm nicht so weitermachen wie bisher«, beharrte sie. Ganz gleich wie sehr der Gedanke wehtat, ohne ihn zu sein, konnte sie die Dinge nicht einfach so weiterlaufen lassen. Denn so sehr sie sich auch davor fürchtete, selbst verletzt zu werden, hatte sie sogar fast noch mehr Angst davor, Kane zu verletzen, wenn er merkte, dass sie nicht dazu in der Lage war, ihm restlos alles von ihr zu geben.

Er hatte ihr gesagt, dass er sie über alles liebte, und sie war nicht dazu imstande gewesen, dieses Gefühl zu erwidern. Stattdessen hatte sich Angst in ihr breitgemacht, und das war schon passiert, bevor ihre Mutter ihr das Herz herausgerissen hatte.

Traurig sah Phoebe sie an, aber Halley war durch nichts umzustimmen. »Kane braucht eine Frau, die ihm ihr ganzes Herz schenken kann, und diese Frau bin nicht ich.« Sie schüttelte den Kopf, denn sie wusste, dass es das Sicherste und Klügste wäre, wenn sie zu ihrem alten Leben zurückkehrte – zu dem, das sie vor Kane geführt hatte. Zurück in ihre sichere, kleine Seifenblase, in der sie nichts mit anderen Menschen zu tun hatte. Auf diese Weise konnte sie nicht verletzt werden.

In die Beziehung mit Kane war sie bereits als gebrochene Frau gekommen, und nichts von dem, was daraufhin passiert war, hatte etwas an der Tatsache ändern können, dass ihre Kindheit sie unfähig gemacht hatte, einem wundervollen Mann wie Kane all das zu geben, was er verdient hatte.

***

Kane hatte einen beschissenen Morgen hinter sich, der sich einem beschissenen Wochenende angeschlossen hatte. Der Montag brach an, und sein Vater benahm sich im Betrieb völlig daneben, verscheuchte alle mit seiner miesen Laune und seinem Rumgefluche. Schließlich verbannte Kane ihn in die Werkstatt zum Aufräumen, um ihn zumindest von den Kunden fernzuhalten. Und von menschlichen Wesen überhaupt.

Ganz offensichtlich kam Joe mit Andis Ankündigung auszuziehen nicht besonders gut klar. Ihm war bewusst geworden, welche Lücke diese neue Situation in seinen Geldbeutel fürs Glücksspiel reißen würde.

Noch dazu war Halley seit gestern Mittag praktisch untergetaucht, nachdem er ihr Haus verlassen hatte. Natürlich hätte er auch einfach bei ihr vorbeischauen, sie anrufen oder ihr schreiben können, aber er hatte das deutliche Gefühl, dass sie jetzt Zeit für sich brauchte. Sein Versuch, sie dazu zu bringen, sich ihren Gefühlen zu stellen, war gehörig nach hinten losgegangen.

Am gestrigen Abend hatte er sie in Ruhe gelassen, aber mehr Zeit würde er ihr nicht geben. Heute nach der Arbeit würden sie reden müssen. So oder so würde sie sich ihm stellen und sich mit ihren Gefühlen auseinandersetzen müssen. Zu dumm nur, dass er nicht wusste, an welchem Punkt ihrer »Beziehung« sie sich befinden würden, wenn es ums Ganze ging.

Er ging in die Werkstatt, wo er Liza vorfand, die auf ihn wartete. »Ach du große Scheiße«, murmelte er. Konnte dieser Tag eigentlich noch beschissener werden?

»Was kann ich für dich tun?«

»Die Reifendruckkontrollleuchte leuchtet die ganze Zeit«, antwortete sie und wies in Richtung ihres Porsches, der vor der Werkstatt stand.

»An einer Tankstelle könnte man das Problem in fünf Minuten beheben.« Er wischte seine Hände an dem Lappen ab, der aus seiner Hosentasche hing.

»Ach, komm schon, Kane«, schnurrte sie und schlang ihre Arme um seinen Hals. »Wir haben doch gut zusammengepasst. Ich weiß, worauf du im Bett stehst, und wir könnten noch einen ganzen Monat lang Spaß haben, bevor der Sommer vorbei ist.«

Der Geruch ihres Parfüms brachte ihn fast zum Würgen, und er packte ihre Hände und löste sie von seinem Hals.

Statt den Wink zu verstehen, drängte sie ihn in Richtung Wand und presste ihre Lippen auf seine. Sich aus ihrem Griff und von ihren Lippen zu befreien war nicht einfach, jedenfalls nicht, ohne ihr dabei wehzutun. Er konnte es nicht fassen, dass er sich ausgerechnet mit dieser Frau in so einer Situation befand.

»Oh mein Gott.« Halleys Stimme fuhr ihm durch Mark und Bein.

Er stieß Liza von sich, wodurch sie auf ihren High Heels ins Wanken geriet, stolperte und mit dem Fuß umknickte. »Aua!«, schrie sie.

»Scheiße!« Er streckte die Hand aus und griff nach ihrem Ellenbogen, damit sie nicht hinfiel.

Mit aufgerissenen Augen starrte Halley ihn an, einen fassungslosen Ausdruck des absoluten Verrats auf dem Gesicht. Egal, dass sie Lizas Spielchen im Restaurant neulich Abend ein Ende gesetzt hatte, das hier sah doch noch um einiges schlimmer aus.

Halley machte auf dem Absatz kehrt.

»Halley, warte!«

»Kane«, jammerte Liza, aber er ignorierte sie. In den letzten fünf Minuten hatte sie schon genug getan, um sein Leben zu versauen. Er würde keine einzige Sekunde mehr an sie verschwenden.

Ohne sich umzudrehen, lief Halley hinaus. Kane preschte an Liza vorbei und Halley hinterher. »Halley! Es war nicht das, wonach es ausgesehen hat!« Ihm war klar, wie wenig überzeugend das klang.

Halley drehte sich um. »Ist nicht so wichtig.«

»Doch, das ist es! *Wir* sind wichtig.«

Sie schüttelte den Kopf. »Genau deshalb wollte ich mit dir reden. Es ist aus.«

»Was?«

Traurig blickte sie ihn aus ihren blauen Augen an. »Ich kann das nicht mehr, und das hat nichts mit Liza zu tun.«

Dass sie gerade Zeugin einer Szene geworden war, in der es so aussah, als würde er eine andere Frau küssen, war natürlich nicht gerade hilfreich gewesen, das war ihm klar. Aber er spürte, dass da noch etwas anderes eindeutig nicht stimmte. »Rede mit mir«, verlangte er, während Liza die Werkstatt verließ und zu ihrem Wagen stolzierte.

Halley schüttelte den Kopf. »Es ist besser so, glaub's mir einfach.«

Sie drehte sich um und ging zu ihrem Auto. Da er spürte, dass es nichts brachte, sie jetzt zu drängen – jedenfalls nicht nach dem, was sie gerade gesehen hatte –, hielt er sich zurück.

Was aber keinesfalls bedeutete, dass er kampflos aufgeben würde.

***

In dieser Nacht ging Halley hinunter zum Strand und tauchte ihre Zehen in das plätschernde Wasser. Monty hatte sie im Haus gelassen, weil sie ihn im Dunkeln nicht aus den Augen verlieren oder sich, selbst wenn er angeleint war, Gedanken um ihn machen wollte. Sie schlang die Hände um die Knie und sah den Wellen zu, wie sie auf dem Sand ausliefen, fand bei dem Anblick jedoch nicht die Ruhe wie sonst.

Ihr Magen war aufgewühlter als die Wellen, die anbrandeten und sich wieder zurückzogen. Wie konnte es sein, dass ihr Leben innerhalb kürzester Zeit dermaßen aus dem Ruder geraten war? Zuerst die Sache mit ihrer Mutter, die nach wie vor nicht ans Telefon ging. Wäre es zwischen ihnen nicht bereits zur Normalität geworden, dass ihre Mom oft anrief oder sich schnell zurückmeldete, hätte Halley ihr einen Vertrauensvorschuss gewährt.

So aber kam es ihr vor, als hätte ihre Mutter den Kontakt zu ihr ohne Vorwarnung einfach abgebrochen. Sie hatte von Halley bekommen, was sie wollte, und jetzt war sie verschwunden. Bis zum nächsten Mal, wenn sie wieder etwas brauchte. Wer weiß, was sie dann tun würde. Das Einzige, das Halley mit Sicherheit wusste, war, dass sie es nie wieder zulassen würde, offen und gutgläubig zu sein.

Dann war da Kane. Sie war zu ihm gegangen, um mit ihm zu reden. Um ihm zu erklären, was mit ihrer Mutter passiert war, und um ihn dann gehen zu lassen, weil er eine Frau verdient hatte, die stärker, klüger und besser für ihn war als sie. Und dann hatte sie Liza gesehen, die sich wie ein Blutegel an ihm festgesaugt hatte.

Halley wischte sich die Augen und fragte sich, wie er in die Situation geraten war, Liza zu *küssen*. Bei der schmerzhaften Erinnerung krampfte sich ihr der Magen zusammen. Sie glaubte nicht, dass der Kuss von ihm ausgegangen war oder er es gewollt hatte. Tief in ihrem Inneren wusste sie, dass es eine Erklärung gab, die etwas mit diesem Miststück zu tun hatte, das sich Kane buchstäblich an den Hals warf. Aber wie sie ihm bereits gesagt hatte, änderte das nichts.

Halley wusste, dass es nicht leicht war, mit ihr zusammen zu sein. Eine Beziehung mit ihr war nicht einfach oder entspannt. Sie war schließlich nicht ohne Grund eine Einzelgängerin. Und sie hatte es so satt, sich selbst ständig die Argumente zu wiederholen, weshalb er jemanden verdient hatte, der keine Angst vor dem Leben hatte. Das war einfach so, und deshalb musste sie ihn gehen lassen.

KAPITEL 10

Scheiße, Scheiße, Scheiße! Wie zur Hölle hatte das mit Halley eigentlich so aus dem Ruder geraten können? Kane fuhr sich mit der Hand durchs Haar und stöhnte. In seinem Kopf drehte sich immer noch alles. Von Freitagnacht bis heute Abend war irgendwie alles schiefgelaufen.

Er hatte Halley angerufen und ihr SMS geschickt, aber sie hatte nicht darauf reagiert. Er hätte zwar auch einfach zu ihr fahren können, wollte ihr aber erst einmal Raum geben. Und Zeit. Damit ihr klar werden konnte, dass Liza *ihm* an die Wäsche gegangen war. Das schien ein kluger Schachzug zu sein. Am Ende rechtfertigte er sich dann aber doch bei ihr – in allen widerlichen Einzelheiten – per Text- und Sprachnachricht. Wenn sie mit ihm reden wollte, würde sie sich schon bei ihm melden.

Ihr Schweigen brachte ihn schier um.

Als die Tage verstrichen, wuchs in ihm zunehmend das Bedürfnis, Liza den Hals umzudrehen, weil dieser Kuss seinem Wunsch nach einer festen Beziehung zu Halley wohl alles andere als dienlich gewesen war. Wenn Halley gekommen war, um mit ihm Schluss zu machen, hätte er ohne Lizas Klammergriff vielleicht einen überzeugenden Appell an ihre Gefühle richten können. So aber hatte sie ihn einfach stehen lassen.

Vor allem aber verwirrte ihn der Umstand, dass sie gekommen war, um bedenkenlos einen Schlussstrich zu ziehen. Was war passiert, dass sie sich trennen wollte?

Weil er Antworten brauchte und einsah, dass er sie von ihr nicht bekommen würde, fuhr er zum Anwesen der Wards am Stadtrand, um mit ihrer Schwester zu reden.

Er fuhr zwischen zwei großen Säulen hindurch, an denen ein Schild mit dem eingravierten Familiennamen hing, am Haupthaus vorbei und weiter zum Gästehaus am anderen Ende des Anwesens. Von Halley wusste er, dass ihre Schwester immer noch dort wohnte. Da es schon spät war, hoffte er, sie dort anzutreffen.

Er klopfte, und kurz darauf öffnete Phoebe die Tür. »Kane!« Sie machte einen Schritt zur Seite, damit er eintreten konnte.

Das unterschiedliche Aussehen der beiden Schwestern erstaunte ihn jedes Mal aufs Neue. Phoebe hatte hellblonde Haare, Halley braune. Auch vom Wesen her unterschieden sie sich, dennoch bestand zwischen ihnen eine tiefe Verbundenheit, was auch der Grund für seinen Besuch bei Phoebe war.

»Ich wünschte, ich könnte sagen, dass mich dein Besuch überrascht, aber …« Phoebe runzelte die Stirn. »Es hat etwas mit meiner Schwester zu tun, oder?«

Er nickte und trat ein.

»Komm, wir können uns im Wohnzimmer unterhalten.«

Er folgte ihr durch den Eingangsbereich in einen Raum, in dem zwei Sofas mit Blumenmuster standen.

Er nahm gegenüber von ihr Platz.

»Dann werde ich mal das Eis brechen«, sagte sie. »Ich habe gehört, was gestern passiert ist.«

Er zuckte zusammen. »Tja. Also schön war das nicht gerade. Aber auch nicht das, wonach es aussah, egal, wie schlimm es gewirkt haben muss.« Ihm war bewusst, dass er sich gerade rechtfertigte, aber es entsprach schließlich der Wahrheit.

»Ich weiß. Und ich glaube, tief in ihrem Inneren weiß Halley das auch.«

Er fuhr sich durchs Haar. »Die Sache ist die, dass sie gekommen war, um sowieso Schluss zu machen … Und ich möchte gern wissen, warum. Nein, ich *muss* es einfach wissen. Weil ich nichts in Ordnung bringen kann, was ich nicht verstehe.«

Phoebe schlug ihre Beine übereinander und lehnte sich zurück. »Normalerweise würde ich jetzt sagen, dass es Halleys Aufgabe ist, es dir zu erklären, aber in diesem Fall wissen wir wohl beide, dass das nicht passieren wird. Und ich sehe es genauso wie du: Du musst Bescheid wissen.«

Sie verschränkte ihre Hände, während Kane wartete.

»Es hat etwas mit unserer Mutter zu tun.«

Als er das hörte, spannten sich seine Schultern an. »Du verarschst mich.«

Sie schüttelte den Kopf. »Meine naive Schwester hatte Mitleid mit ihr und hat ihr einen Scheck über fünftausend Dollar gegeben. Während sie im Zimmer nebenan war, um ihn auszustellen, hat unsere Mutter einen Familienring gestohlen, den Halley auf der Fensterbank über der Spüle liegen gelassen hatte.«

Erneut zuckte er zusammen und stöhnte auf. Dieser Ring hatte ihr so viel bedeutet. Kane war sich nicht sicher, was ihn weniger schockierte – die Tatsache, dass Halley in ihre Brieftasche gegriffen hatte, um die Frau zu unterstützen, zu der sie so verzweifelt eine Beziehung haben wollte, oder dass diese ihr in den Rücken gefallen war.

»Verdammt«, murmelte er.

»Und um das Ganze nicht nur total verletzend, sondern auch noch beleidigend zu machen, ist unsere Mom seitdem wie vom Erdboden verschluckt. Statt regelmäßiger Gespräche und Rückrufe ist *Mutter* dazu übergegangen, sich für Halley praktisch in Luft aufzulösen. Komplett.«

Er fuhr sich übers Gesicht und rieb sich mit beiden Handflächen die Augen. »Deshalb fühlt sie sich verraten.«

»So in etwa. Sie hat den Scheck sperren lassen, das ist ja schon mal etwas. Aber sie ist am Boden zerstört, und es ist die Schuld unserer Mutter, dass sie die Stärke, die Halley gerade erst begonnen hatte aufzubauen, praktisch wieder zunichtegemacht hat. Jetzt denkt sie, dass du jemanden verdient hast, der stärker ist als sie, der keine Angst vor dem Leben hat. Sie will wieder zu ihrem alten Ich zurück und sich in ihrem kleinen Schneckenhaus verkriechen – malen, essen und einfach nur irgendwie über die Runden kommen.«

Bei dem Gedanken zog es ihm den Magen zusammen. »So, wie sie war, als wir uns kennenlernten?«

Phoebe nickte. »Genau.«

»Ich muss es zuerst irgendwie schaffen, dass sie die Sache mit Liza verdaut.«

Phoebe schüttelte den Kopf. »Nein, musst du nicht. Halley ist vieles, aber dumm ist sie nicht. Sie kennt dich und hat mir erzählt, wie sich diese Liza im Blue Wall aufgeführt hat. Wie gesagt: Tief in ihrem Inneren gibt sie dir nicht die Schuld.«

Er hoffte inständig, dass sie recht hatte.

»Sie muss ihre Ängste überwinden und selbst daran glauben, dir all das geben zu können, von dem sie meint, dass du es verdient hast«, fuhr Phoebe fort. »Vergiss nicht, dass es nur zwei Menschen gab, für die sie aus ihrem Schneckenhaus gekrochen ist – unsere Mom … und du. Unsere Mutter ist ein hoffnungsloser Fall, aber in ihrem Herzen weiß Halley, dass du das nicht bist. Sie muss nur wieder an sich selbst glauben.«

»Ich werde alles tun, was ich kann, um sie da wieder rauszuholen«, schwor er.

Phoebe schüttelte den Kopf. »Ehrlich gesagt, sind das Halleys Probleme und nicht deine. Ich bin mir nicht sicher, ob es irgendetwas gibt, das einer von uns tun könnte, um ihr zu helfen. Es muss von ihr selbst kommen.«

Kane nickte. Schmerzlich wurde ihm bewusst, dass Phoebe recht hatte. Er könnte nichts an Halleys Ängsten und Unsicherheiten ändern. Nur sie allein konnte das angehen. Was im Klartext bedeutete, dass er nichts anderes tun konnte, als sich damit abzufinden und zu warten.

***

Halley schob einen Einkaufswagen durch den Gang des Lebensmittelgeschäfts und füllte ihn mit Dingen, die sie brauchte. In ihrem Kühlschrank herrschte gähnende Leere, und irgendetwas zu essen brauchte sie ja schließlich, um zu überleben. Zurzeit tat sie kaum etwas anderes, als einfach nur zu existieren, zu atmen, zu essen und zu malen.

Doch mit ihrer Malerei lief es momentan schlecht, sie bekam überhaupt nichts Gutes mehr hin. Die Farben waren fade und die Bilder ohne jeden Ausdruck. All die Errungenschaften dieses Sommers gab es nicht mehr.

Sollte der New Yorker Galeriebesitzer anrufen, weil er an weiteren Bildern interessiert war, dann hätte sie ihm nichts anzubieten, weil ihre Arbeiten ihrer Stimmung entsprachen. Ihrem Leben. Sicher, sie hatte welche auf Lager – aus der kurzen Zeit, in der sie mit einem Gefühl der Freiheit im Herzen gemalt hatte. Die könnte sie ihm natürlich geben, aber was sie derzeit malte, war anders. Uninteressant und schal, dachte sie und seufzte.

Sie bog mit ihrem Einkaufswagen in die Obst- und Gemüseabteilung und stieß dabei fast mit einem anderen Wagen zusammen. »Entschuldigung!«, sagte sie. Als sie aufschaute, blickte sie geradewegs in Joe Harmons Augen.

»Hallo, Mr. Harmon.«

»Halley! Schön, Sie zu sehen.«

»Gleichfalls.« Außer dass es ihrer Laune nicht gerade förderlich war, dass er Kane so unglaublich ähnlich sah – von den Gesichtszügen bis hin zur Farbe der Haare, auch wenn Joes bereits von Grau durchsetzt waren.

O Gott, wie sie Kane vermisste.

»Wie geht es Ihnen?«, fragte sie, als er keine Anstalten machte weiterzugehen.

»Beschissen«, murmelte er mürrisch, und sie versuchte über seine Wortwahl nicht zu kichern. »Andi zieht aus. Und sie meint, ich müsste damit anfangen, Dinge selbst zu erledigen, damit sie weiß, dass ich auch alleine klarkomme. Also bin ich jetzt hier und kaufe gesundes Essen«, knurrte er.

Halley biss sich auf die Innenseite ihrer Wange. Sie hatte gewusst, dass Kane und Andi dieses Gespräch mit ihm führen würden, aber keine Möglichkeit gehabt herauszufinden, wie es gelaufen war. Außerdem war sie zu sehr mit ihren eigenen Problemen mit ihrer Mutter beschäftigt gewesen, um über Kanes momentane Lage nachzudenken.

Der Gedanke erfüllte sie mit Verlegenheit und Scham. Wahrscheinlich hätte er jemanden zum Reden gebraucht, aber sie war nicht da gewesen. Ein weiterer Beweis dafür, dass er eine Frau brauchte, die weniger mit sich selbst beschäftigt war und mehr zu geben hatte als sie.

»Er ist todunglücklich, wissen Sie«, erzählte Joe plötzlich, womit er sie völlig überrumpelte. »Und wenn Sie glauben sollten, zwei unglückliche Harmon-Männer könnten für eine tolle Arbeitsatmosphäre sorgen, sind Sie auf dem Holzweg.«

Ihre Augen füllten sich mit Tränen. »Es tut mir ja so leid, Joe. Aber ich bin einfach nicht bereit für eine Beziehung.« Ihre größte Angst war, es nie zu sein. Dass sie niemals in der Lage sein würde, sich genügend auf ihre Instinkte verlassen zu können, um jemandem ihr Herz zu öffnen und ihn zu lieben. Und um Liebe annehmen zu können.

»Er hat mir von dieser Liza erzählt. Die ist ja gradezu über ihn hergefallen, wissen Sie. Hat ihn angegrabscht und abgeknutscht. Er hat sich schlicht nicht befreien können, ohne ihr dabei wehzutun. Und mein Sohn ist ein anständiger Mann.«

Halley schluckte schwer. »Ja, ich weiß«, flüsterte sie. Sie war, was diese Sache anging, so ziemlich zu derselben Schlussfolgerung gekommen. Es war nicht Kane, der sie zurückhielt. Sie war es selbst.

»Ich habe meine Frau geliebt«, sagte Joe plötzlich.

Zuerst verstand sie nicht, warum er plötzlich das Thema wechselte. »Ja, natürlich«, murmelte sie.

Er neigte den Kopf und musterte sie.

Ihr Griff am Einkaufswagen verstärkte sich.

»Ich habe schon gespielt, als sie noch lebte. Für die Kinder hat sie es leichter gemacht. Ich war nicht perfekt, aber ich habe sie geliebt und sie mich auch – trotz meiner Fehler. Welche Fehler Kane Ihrer Meinung nach auch haben sollte, so schlimm wie meine können sie nicht mal annähernd sein. Und wenn mich meine Frau trotz allem lieben konnte, dann frage ich mich, warum Sie bei Kane nicht das Gleiche tun können?«

Großer Gott. Der Arme dachte anscheinend wirklich, der Kuss wäre der Grund für den Bruch gewesen. Weil sie Kane nicht gesagt hatte, warum es aus war. Demnach war er genauso ahnungslos. Warum war ihr das nicht schon früher klar geworden?

Egoistisch, dachte sie. Nur mit sich selbst beschäftigt. So war sie schon immer gewesen.

»Versprechen Sie mir, dass Sie darüber nachdenken werden, was ich Ihnen gesagt habe?«, fragte Joe.

»Versprochen«, erwiderte sie leise.

Als ihre Wege sich trennten, blieb sie zitternd und verwirrt zurück. Sie hatte keine Ahnung, was sie tun sollte. Sie wollte Kane mehr, als sie jemals für möglich gehalten hatte. Sie wusste nur einfach nicht, wie sie ihre Ängste überwinden sollte.

***

Ein paar Wochen vergingen. Wochen, in denen Halley zu ihrem alten Leben zurückkehrte, von der Tatsache einmal abgesehen, dass sie eine Ausstellung in einer Galerie in New York vorbereiten musste. Während sie einerseits aufgeregt war, weil ihre Träume nun endlich wahr zu werden schienen, fühlte sie sich andererseits innerlich leer. Es hatte ihre Laune auch nicht verbessert, dass sie Bilder für die Galerie aussuchen sollte. Und auch wenn sie noch ein paar besondere auf Lager hatte, die sie noch nicht an die Stadtgalerie gegeben hatte, so waren die meisten ihrer eingelagerten Arbeiten doch solche, die sie vor dem Sommer gemalt hatte – bevor Kane in ihr Leben getreten war und ihre Welt geöffnet hatte –, und solche, die sie erst vor Kurzem gemalt hatte, nachdem sie sich wieder ganz bewusst eingeigelt hatte.

Die Ausstellung war ein zweischneidiges Schwert. Sie hatte zwar gehofft, eine Galerie würde ihre Arbeiten annehmen, jedoch nicht gewollt, dafür bei einer Vernissage persönlich anwesend sein zu müssen. Dieser Wunsch war natürlich völlig sinnlos gewesen, und tief in ihrem Inneren hatte sie das auch gewusst. Deshalb hatte sie den Großteil des Augusts damit verbracht, sich einzureden, dass sie mit der Aufmerksamkeit und den vielen Leuten schon irgendwie klarkäme und es die richtige Entscheidung war, für die Ausstellung aus ihrer Komfortzone herauszutreten. Es war ihre einzige Chance, um ihre Karriere voranzubringen und auch weiterhin finanziell unabhängig zu sein. Und da sie nicht vom Geld ihrer Familie leben wollte, würde sie es durchziehen. Irgendwie.

In der ersten Woche nach der Trennung hatte Kane ihr noch SMS geschrieben und sie angerufen, sie hatte jedoch beschlossen, kalter Entzug sei der beste Weg, und nach einer Weile hatte er es kapiert. Er hatte jegliche weiteren Kontaktversuche aufgegeben und war auch nicht mehr vorbeigekommen, um ihre Veranda zu Ende zu reparieren. Aber was hatte sie erwartet, nachdem sie ihn aus ihrem Leben verbannt hatte?

Monty war zu ihrem einzigen Trost geworden. Wenn sie gedacht hatte, ein Tier wäre – selbst als Kane noch ein Bestandteil ihres Lebens war – eine gute emotionale Unterstützung, dann traf das jetzt erst recht zu.

***

Kane lief im Büro herum, brüllte abwechselnd seinen Vater an, weil dieser ihm in die Quere kam, und meckerte Jackson an, nicht pünktlich mit Autos fertig zu werden, obwohl sie dem Zeitplan sogar voraus waren. Seine Laune war bereits seit Wochen hundsmiserabel. Er hatte gedacht, schon längst über Halley hinweg sein zu müssen, sie nicht mehr zu vermissen und sich nach ihr zu sehnen. Doch je mehr Zeit verstrich, desto mieser ging es ihm.

Jackson fand, er solle heute Abend im Blue Wall jemanden aufreißen, aber der Gedanke, etwas mit einer anderen Frau anzufangen, ekelte ihn geradezu an. Er versuchte sich wieder auf die Rechnungsbelege, die vor ihm lagen, zu konzentrieren, aber es klappte einfach nicht. Deshalb schaute er auch sofort auf, als er das Klackern hoher Absätze hörte, was darauf hindeutete, dass gleich eine Frau das Büro betreten würde. Und Kane sehnte sich gerade nach Ablenkung.

Als er die hellblonde Frau im Businessanzug sah, war er überrascht. »Phoebe …« Er überspielte seinen Schrecken. »Irgendwas nicht in Ordnung mit deinem SUV?« Er klammerte sich an den banalsten Grund, warum sie hier sein könnte.

Warum nach Halley fragen, wenn diese sowieso nichts mit ihm zu tun haben wollte?

Phoebe schüttelte den Kopf. »Eigentlich sollte ich gar nicht hier sein, aber ich dachte, dass es dich vielleicht interessiert.«

Plötzliche Sorge erfasste ihn. »Alles gut bei Halley?«

»Wenn unglücklich zu sein *gut* bedeutet, dann ja. Dann geht es ihr einfach hervorragend«, erwiderte sie sarkastisch.

Vermutlich hätte er sich jetzt besser fühlen sollen, weil es ihr genauso dreckig ging wie ihm, aber er tat es nicht. Er wollte, dass sie das Leben hatte, das sie sich wünschte, und nicht, dass sie traurig war.

»Also, was genau kann ich für dich tun?«, fragte er, während er einen Stift zwischen seinen Handflächen rollte.

»Halley hat Freitagabend eine Vernissage in Manhattan. Ihre Bilder werden dort ausgestellt und … na ja … Ich dachte, dass dich das vielleicht interessiert.«

Wow. Ihre Träume erfüllten sich. Was ihn eigentlich nicht verwunderte. Sie war wirklich talentiert, und er war begeistert, dass jemand, der in der Branche etwas zu sagen hatte, das erkannt hatte und ihrem Erfolg auf die Beine half. »Das freut mich.«

Phoebe nickte. »Mich auch. Hier ist das Infomaterial der Galerie – für den Fall, dass du einen kleinen Ausflug machen willst.«

Er warf einen Blick auf die Karte. Manhattan war etwa eine Autostunde von Rosewood entfernt. Wenn er wirklich hinfahren wollte, könnte er das zeitlich problemlos schaffen. Um sie zu unterstützen. Nichts anderes.

Er hatte in Bezug auf Halley keine Erwartungen mehr. Inzwischen war genug Zeit verstrichen und ihm war klar geworden, dass wenn sie ihn vermisst und Kontakt gewollt hätte, auch etwas unternommen hätte.

»Danke, dass du es mir erzählt hast«, sagte er. Er war sich noch unschlüssig, wie er sich entscheiden würde.

Wenn sein Auftauchen eine Unterstützung für sie wäre, würde er es ohne zu zögern tun. Wenn er sie mit seiner Anwesenheit allerdings nur aus der Fassung brächte, würde er es sein lassen, weil er ihr ihren großen Abend nicht kaputt machen wollte.

»Ich glaube, es würde ihr viel bedeuten, wenn du kommen würdest«, sagte Phoebe, als hätte sie gerade seine Gedanken gelesen. »Weißt du, sie wäre dann nicht ganz so allein. Du weißt ja, wie unwohl sie sich immer mit fremden Leuten und großen Menschenansammlungen fühlt.«

Er nickte. Das wusste er. Was hieß, dass ihr diese Veranstaltung eine Menge bedeuten musste, wenn sie sich dafür sogar aus ihrer Komfortzone bewegte. Jedenfalls bedeutete sie ihr mehr als er, weil sie nicht bereit war, diesen Vertrauensschritt auch für ihn zu tun.

»Überleg's dir einfach«, sagte Phoebe.

»Mach ich. Ich will nur nichts versprechen.«

Phoebe nickte verständnisvoll. »Tschüss, Kane.«

»Tschüss, Phoebe.«

***

Der Tag der Ausstellungseröffnung kam, und auch wenn ihre Schwester und ihre Tante sie nach New York City begleiten würden, war Halley dennoch das reinste Nervenbündel.

Ein paar Stunden vor der Abfahrt kam Phoebe zu Halley, um ihr bei der Kleiderwahl behilflich zu sein, womit sie die letzten dreißig Minuten beschäftigt gewesen waren.

»Sei mutig und zieh was Fröhliches und Buntes an«, riet Phoebe ihrer Schwester.

Halley starrte sie ungläubig an. »Und das kommt ausgerechnet von der Frau, die nur Weiß, Elfenbein, Beige und Cremefarben im Kleiderschrank hat.« Sie zog eine Augenbraue hoch.

»Ich bin ja auch nicht der Star der Ausstellung.«

»Sag so was nicht.« Beim bloßen Gedanken daran hätte Halley sich am liebsten übergeben.

»Okay, was ist mit dem hier?« Phoebe holte das hübsche blaue, rückenfreie Chambray-Kleid mit Nackenträger heraus. Es war dasselbe Kleid, das sie bei dem Date mit Kane getragen hatte – an jenem Abend, als sie ihren ersten großen Verkauf gefeiert hatten.

Obwohl sie der Anblick traurig stimmte, fühlte sie sich Kane dadurch auch irgendwie näher, akzeptierte Phoebes Vorschlag und drückte sich das Kleid an ihre Brust.

»Und deine heiß geliebten flachen Sandalen wirst du auch nicht tragen. Ich hab dir zwei Paar High Heels mitgebracht. Von denen kannst du dir eins aussuchen.« Phoebe wies auf die Einkaufstüte, die in der Schlafzimmerecke stand. »Schließlich reden wir hier über Manhattan! Da musst du schon noch einen draufsetzen.«

Halley seufzte. »Okay, dann eben High Heels.«

»Wie sieht's mit Make-up aus? Soll ich dir dabei helfen?«

Halley verdrehte die Augen. »Ich bin nicht komplett unfähig, mich selber zurechtzumachen«, brummte sie.

»Nein, natürlich nicht. Aber darf ich dir vielleicht Locken machen?«, fragte Phoebe hoffnungsvoll.

Halley lachte. »Ja, darfst du.« Solche typischen Schwestern-Sachen hatten sie als Jugendliche verpasst, und sie war begeistert, dass Phoebe jetzt so etwas machen wollte.

»Tante Joy hat gesagt, dass sie uns abholt und in die Stadt fährt.« Die Fahrt nach New York dauerte etwa eine Stunde, und Halley war dankbar, dass es ihrer Tante nichts auszumachen schien, sich mit dem Wagen durch den Verkehr von Manhattan zu schlängeln – was sie selbst nur höchst ungern gemacht hätte.

Die Schwestern zogen sich gemeinsam um, und Phoebe machte Halley ein paar weiche Locken ins Haar. Halley schminkte sich stärker als sonst, stärker sogar, als sie es gewöhnlich tat, wenn sie ausging. Und sie entschied sich für die cremefarbenen High Heels, die ihre Schwester mitgebracht hatte.

Und ehe sie sich's versah, stand sie auch schon in der Galerie in New York City bei der Vernissage ihrer eigenen Ausstellung. Sie hielt ein Glas Champagner in der Hand und versuchte keine Panikattacke zu bekommen, während sie sich mit dem Galeristen unterhielt.

Marc Renault, ein gut aussehender Mann in den späten Dreißigern mit graumeliertem Haar, stellte sie einem Mann vor, der überraschenderweise an einem ihrer älteren Bilder interessiert war.

Sie fing einen Blick ihrer Schwester auf, die ein Daumen-hoch-Zeichen machte. Halley holte einmal tief Luft und meisterte dann mit einem Lächeln auf dem Gesicht das Gespräch mit den beiden Männern.

Anschließend drehte sie sich um, um Phoebe ihrerseits einen gereckten Daumen zu präsentieren, und erblickte plötzlich Kane, der mit Andi neben ihrer Schwester stand.

Bei dem vertrauten Anblick – Kane in dunklen Jeans und in dem eng anliegenden schwarzen T-Shirt, das seine Muskeln so gut zur Geltung brachte – durchfuhr es sie. Zwischen all den Männern in Anzügen und Krawatte sah er hier so fehl am Platz aus, dennoch war ihr sein Anblick höchst willkommen. Wie hatte er von dem heutigen Abend erfahren?

Ein Blick in Phoebes schuldbewusstes Gesicht genügte, und sie wusste Bescheid. Dafür sollte sie ihrer Schwester eigentlich den Hals umdrehen. So sehr sie Kane auch sehen wollte, so sehr tat es auch weh, ihm in die Augen zu blicken und zu wissen, dass er nicht mehr ihr gehörte.

Du warst diejenige, die diese Entscheidung getroffen hat, sagte sie sich. *Für ihn ist es besser so und auf lange Sicht gilt das auch für dich.* Doch als er dann zu ihr herüberkam, fiel es ihr schwer, irgendetwas von dem zu glauben, das sie sich zu ihrem Selbstschutz einredete.

»Hi«, begrüßte er sie und stellte sich neben sie.

»Hi«, murmelte sie. »Danke, dass du gekommen bist.«

»Ich kann deine erste große Ausstellung doch nicht verpassen. Schließlich weiß ich, wie viel dir der heutige Abend bedeutet.« Er begegnete ihrem Blick, und seine dunkelbraunen Augen verweilten auf ihrem Gesicht.

Er war so süß und ein so guter Mann. »Danke. Wie geht es dir so?« Sie zwang sich zu der Frage, auch wenn sie diese unbeholfenen Höflichkeiten zwischen ihnen verabscheute.

»Mir geht's gut.« Er log. Er hatte die gleichen dunklen Ringe unter den Augen wie sie, die sie mit Make-up kaschieren musste. »Und dir?«, fragte er zurück.

»Mir geht's … auch gut.« Sie würgte die Worte förmlich hervor. »Diese Ausstellung zu kriegen war einfach unglaublich.« Nur warum war sie dann nicht so selig, wie sie eigentlich sein sollte?

»Freut mich zu hören. Wenn es dich glücklich macht …« Er ließ die Hand über die Galerie kreisen. »Dann ist es das, was du tun musst.«

Er beugte sich zu ihr, sein warmer, vertrauter Geruch schlug ihr entgegen, und er gab ihr einen Kuss auf die Wange. »Viel Glück«, flüsterte er, bevor er sich umdrehte und davonging.

Beim Anblick seines sich entfernenden Rückens und bei der Erinnerung an seine Lippen auf ihrer Haut, schnürte sich ihr die Kehle zu, und Tränen traten ihr in die Augen. Seine Worte klangen in ihrem Kopf nach. *Wenn es dich glücklich macht, dann ist es das, was du tun musst.*

Aber sie war nicht glücklich. Nicht ohne ihn. Alles, was sie vor Kane in ihrem Leben zufrieden gemacht hatte, war leer ohnehin, einschließlich ihrer Rettung, dem Malen.

All ihre Gründe, ihn aus ihrem Leben zu verbannen, und all die Dinge, von denen sie glaubte, dass er sie verdient hatte, aber von denen sie dachte, sie ihm nicht geben zu können … all das wollte sie ihm jetzt geben.

Und die Tränen, die ihr nun über die Wangen liefen, sagten ihr, dass ihre Vorwände eben genau dies gewesen waren –nichts als eine Lüge, um ihre eigenen Ängste zu vertuschen. Was hatte sie denn jetzt eigentlich noch in ihrem Leben, außer diesen Ängsten? Rein gar nichts.

Weil sie Kane nicht mehr in ihrem Leben hatte.

Es hatte die schmerzhafte Zeit ihres Getrenntseins gebraucht und ihn heute Abend bei ihrer Ausstellungseröffnung auftauchen zu sehen, um sie erkennen zu lassen, was für eine Närrin sie gewesen war. Wegen des Verrats ihrer

Mutter war sie so am Boden zerstört gewesen, dass sie in ihr Schneckenhaus zurückgekrochen war, und den einen Menschen von sich gestoßen hatte, der ihr das Leben, die Liebe und wahres Glück gezeigt hatte. Sie musste das wieder in Ordnung bringen, sofern das überhaupt noch möglich war.

Die nächsten Stunden der Vernissage waren die längsten ihres Lebens. Vertraglich war sie dazu verpflichtet, anwesend zu sein, und so blieb sie bis zum bitteren Ende. Wobei sie sich die ganze Zeit mit Selbstzweifeln und Misstrauen hinsichtlich ihrer Entscheidungen herumschlug.

Und wenn sie gemeint hatte, die Ausstellungseröffnung sei schon lang gewesen, dann war die Rückfahrt nach Rosewood sogar noch um einiges länger. Phoebe und ihre Tante sprachen über ihren Erfolg und wie stolz sie auf sie seien. Halley wusste das auch zu schätzen – das tat sie wirklich –, aber alles, was sie jetzt wollte, war, endlich nach Hause zu kommen, diese unbequemen High Heels auszuziehen, sich in ihr Auto zu setzen, und dann zu Kane zu fahren.

Sie hatte keine Ahnung, was sie dort erwarten würde. Ob er sie überhaupt freundlich empfangen oder wegschicken würde. Sie hatte ihn tief verletzt und keine zweite Chance verdient. Aber sie wollte unbedingt noch eine haben und würde alles tun, um ihn davon zu überzeugen, dass es ihr wirklich leidtat. Ihr war jetzt klar, wie viel sie verloren hatte, und sie wollte ihn wieder zurückhaben.

Zum ersten Mal in ihrem Leben wollte sie mutig sein. Sie wollte furchtlos sein. Für sich selbst. Und für Kane.

***

Kane brachte Andi nach Hause. Sie hatte sich extra freigenommen, um ihn zu der Vernissage begleiten zu können, und dafür war er ihr unendlich dankbar. Ihr Vater, der sich nach anfänglichem Gemecker dann doch von seiner besten Seite zeigte, hatte auf Nicky aufgepasst, während sie weg waren. Jetzt war Kane wieder zu Hause und fühlte sich mieser als zuvor.

Halley zu sehen – in demselben blauen Kleid, das sie an jenem Abend getragen hatte, als er sie ausgeführt hatte, um ihren ersten großen Bildverkauf an eine New Yorker Galerie zu feiern – war wie ein Schlag ins Gesicht gewesen. Sie hatte wunderschön ausgesehen, ihr Haar hatte in weichen Locken ihr Gesicht umspielt, aber sie hatte auch zerbrechlich gewirkt.

Er wusste, dass der Stress einer großen Ausstellungseröffnung an ihr gezehrt haben musste. Hatte ihre Schwester ihr im Vorfeld beigestanden? Ihr versichert, dass sie es schaffen würde? Er hoffte es. Dennoch, sie hatte trotz ihrer Ängste ihr großes Ziel erreicht, und er war verdammt stolz auf sie.

Es war eine lange Fahrt in die Stadt und wieder zurück gewesen, und jetzt rief sein Bett nach ihm. Er zog sein T-Shirt aus und wollte sich gerade auch die Jeans ausziehen, als es an der Tür klopfte.

Er ging davon aus, dass es sein Vater war. Wer würde denn sonst noch zu so später Stunde vorbeikommen? Er zog die Tür auf.

»Halley«, stieß er hervor.

Sie trug immer noch das blaue Kleid, hatte jedoch die High Heels ausgezogen, die so untypisch für sie waren und vermutlich auf Phoebes Konto gingen. Außerdem hatte sie ihr Haar zu einem Pferdeschwanz zusammengebunden, sodass sie jetzt wieder mehr wie *seine* Halley aussah als früher an diesem Abend.

»Hi. Kann ich reinkommen? Ich würde gerne mit dir reden.«

Er nickte und trat beiseite, damit sie an ihm vorbeikam. Dann schloss er die Tür hinter ihr. Er atmete den süßen Geruch ihres Shampoos ein und bekam sofort eine Erektion. Verdammt. Würde das jemals aufhören, dass er so reagierte, wenn sie in seiner Nähe war? Würde es jemals aufhören, dass er sie wollte?

»Ich bin noch nie in deiner Wohnung gewesen. Ist das zu glauben?«

Stimmt, dachte er, weil sie immer bei ihr gewesen waren. »Das ist mein Zuhause.« Er wies auf die Bude, in der er seine Zeit verbrachte. An der gegenüberliegenden Wand befand sich der Fernseher, und davor stand eine Couch. Ein kleiner Tisch und zwei Stühle bildeten den Essbereich, und die Küche war rechts vom Eingang. Weiter hinten befanden sich Schlafzimmer und Bad. Das war alles.

»Klein, aber gemütlich«, stellte sie fest und trat in die Mitte des Raums. »Können wir uns setzen?«

Er nickte.

Scheiße, das hier war ganz schön unangenehm. Nichts zwischen ihnen war bis jetzt jemals unangenehm gewesen. Nicht mal am Anfang, als sie ihn noch zurückgewiesen hatte. Es tat ihm im Herzen weh, weil sie sich mittlerweile schon so fern waren.

»Was kann ich für dich tun?«, fragte er. Sie könnte jetzt auch genauso gut sofort zur Sache kommen. Bevor seine ganze Wohnung nach ihr roch, noch lange, nachdem sie wieder weg war.

Sie sah auf ihre Hände hinunter, die sie in ihrem Schoß knetete. »Ich weiß es sehr zu schätzen, dass du heute Abend da warst. Du kannst dir gar nicht vorstellen, wie viel mir deine Unterstützung bedeutet hat. Besonders seitdem wir … du weißt schon.«

»Getrennt sind?« Er würde seine Worte nicht in Watte packen aus Rücksicht auf ihre heiklen Empfindlichkeiten. Sie war für das hier verantwortlich. Und könnte der Sache jetzt ruhig auch ins Auge sehen.

Sie nickte und räusperte sich. »Die Sache ist die. Als ich Schluss gemacht habe, dachte ich, ich hätte dafür einen guten Grund. Ich hatte gerade ein wirklich schlimmes Erlebnis mit meiner Mutter hinter mir und wollte mich nicht mehr mit meinem Leben auseinandersetzen. Mit niemandem. Ich hatte Angst. Und du … du bist so lebendig, Kane. Du vibrierst geradezu vor Leben und hast keine Angst davor.«

»Hör mal, ich weiß das mit deiner Mutter, das mit dem Scheck und dem Ring. Phoebe hat mich aufgeklärt – im Gegensatz zu dir.«

Sie nickte. »Tut mir leid, dass ich es dir nicht erzählt habe.«

»Ich will deine Entschuldigungen nicht hören. Wirklich nicht.«

»Okay«, flüsterte sie. »Es ist nur so, dass ich damals gedacht habe, dass du so viel mehr verdient hast, als ich dir jemals geben könnte. Ich war nicht bereit, mich emotional so zu öffnen, wie ich es in einer Beziehung hätte tun müssen.«

»Und meinst du nicht, ich sollte das selbst entscheiden, was ich *verdiene* oder von dir will?«

Zuerst zog sie den Kopf ein, aber dann drückte sie die Schultern durch und sah ihm in die Augen, als habe sie sich gerade selbst eine Standpauke gehalten und sich dazu entschlossen, sich ihm zu stellen. »Vielleicht. Aber ich wusste, dass du auf mich warten würdest, und das wollte ich nicht. Für mich selbst habe ich nicht genug gewollt und für dich viel mehr.«

Seine Hände hingen zwischen seinen Knien, während er sie ansah. »Ich weiß es wirklich zu schätzen, dass du es mir erklärst.«

Sie schluckte. »Das ist noch nicht alles. Als du heute Abend aufgetaucht bist und mir gesagt hast, dass ich das tun muss, was mich glücklich macht … da ist mir bewusst geworden, dass ich nicht glücklich bin. Mich hat überhaupt nichts mehr glücklich gemacht, weil du nicht mehr bei mir warst.«

Bei ihren Worten stockte ihm der Atem. Eigentlich war er davon ausgegangen, sie sei nur hier, um ihm zu erklären, warum sie Schluss gemacht hatte. Nie hätte er gedacht, dass sie gekommen war, um alles wieder in Ordnung zu bringen.

»Was willst du damit sagen?«

»Ich meine damit, dass es falsch war zu denken, dir nicht das geben zu können, was du verdient hast. Es war falsch, Angst zu haben. Weil du mir alles gegeben hast. Du hast mich nie angelogen. Du bist immer offen und ehrlich gewesen, und alles, was du sagst, ist wahr – ob ich es nun hören will oder nicht. Und während ich mit dir zusammen war, hast du einen besseren Menschen aus mir gemacht. Einen stärkeren und mutigeren.« Sie holte tief Luft. »Du, Kane Harmon, bringst mich dazu, mich zum ersten Mal in meinem Leben furchtlos zu fühlen. Und ich war zu verletzt wegen meiner Mutter, um das zu erkennen.« Sie fuhr damit fort, ihre Hände in ihrem Schoß zu kneten, sah ihn dabei aber unverwandt an. »Ich liebe dich, und ich will noch eine zweite Chance«, flüsterte sie.

Heilige Scheiße. Im Nu war er aufgesprungen und zog sie in seine Arme. Er atmete ihren Duft ein, drückte sie fest an sich, hatte Angst, dass dies nur ein Traum war oder sie gleich wieder verschwinden würde.

»Du bist hier«, sagte er und war unsagbar erleichtert.

»Ja.« Sie grinste.

»Du gehörst mir.«

Sie nickte und sank an seine Brust.

»Sag es.«

Sie schaute auf, nahm sein Gesicht in ihre Hände und blickte ihm in die Augen. »Ich gehöre nur dir und werde nirgends hingehen.«

Er stieß die Luft aus. Okay, jetzt konnte er wieder richtig atmen – vielleicht zum ersten Mal, seit dem Tag vor seiner Werkstatt, als er geglaubt hatte, sie für immer verloren zu haben.

Seine Lippen berührten ihre, er küsste sie lange und leidenschaftlich, holte zwischendurch noch nicht einmal

Luft – er wollte es nicht und brauchte es auch nicht. Nicht, wenn er sie endlich wieder zurückhatte. Er fuhr mit seiner Zunge über ihre Lippen und glitt in ihren Mund, stöhnte bei dem Gefühl, endlich wieder da zu sein, wo er hingehörte.

Da er nicht mehr länger warten konnte, hob er sie hoch und trug sie ins Schlafzimmer, wo er sie aufs Bett legte. Er öffnete das Oberteil ihres Kleides, ließ es nach beiden Seiten herunterfallen und zog es danach mitsamt ihrer Unterwäsche ganz herunter.

Ungeduldig sah sie ihn an, und er konnte es ebenfalls kaum noch erwarten. Schnell zog er sich aus und kniete sich dann über sie, wobei sie einander die ganze Zeit in die Augen schauten.

»Ich habe dich vermisst«, sagte sie. Tränen schimmerten in ihren Augen.

»Ich dich auch, meine Schöne.« Er ergriff ihre Hände und drang dann in sie ein. Bei dem Gefühl ihrer engen, feuchten und heißen Muschi, die sich um seinen Schwanz zusammenzog, stöhnte er rau auf.

»Sag es«, forderte er sie auf. Er musste es jetzt einfach hören, während sie einander so nah waren, wie sich zwei Menschen nur sein konnten.

»Ich gehöre dir«, versprach sie ihm, und er fuhr damit fort, Anspruch auf sie zu erheben – auf die ursprünglichste Art und Weise überhaupt.

Danach lag sie in seinen Armen, strich mit den Fingern über sein Brusthaar. »Es tut mir leid«, sagte sie wieder.

»Nicht …« Er schüttelte den Kopf, denn er wollte die Vergangenheit nicht wieder aufwärmen. »Wenn du das durchmachen musstest, damit wir jetzt an diesem Punkt sind, dann war es das am Ende wert.« Auch wenn er nie wieder das Gefühl haben wollte, sie zu verlieren.

Sie legte ihren Kopf in seine Armbeuge und seufzte.

»Du bist mutiger, als du denkst«, sagte er.

»Ich schaffe das noch, und willst du auch wissen warum?«, erwiderte sie lachend.

»Natürlich.«

Sie drückte sich hoch und blickte ihm in die Augen. »Ich habe keine Angst mehr, weil du mir gezeigt hast, wie man lebt. Du bringst mich dazu, furchtlos sein zu wollen.«

Er lachte und schob sie zurück, um ihr einen weiteren langen Kuss zu geben, und hoffte auf eine zweite Runde *Liebe machen*. Weil alles, das er mit Halley machte, etwas mit Liebe zu tun hatte.

EPILOG

Ende September hatte Kane die Reparaturen an Halleys Veranda beendet, und sie beschlossen, eine Einweihungsparty zu geben. In der Ferne brandete das Meer ans Ufer und zog sich wieder zurück, als sich die kleine Gesellschaft auf der fertigen Veranda versammelte. Da Kane in seiner arbeitsfreien Zeit praktisch schon bei Halley wohnte, betrachteten sie den Abend als ihre erste gemeinsame Party, auch wenn die Gästeliste recht kurz war.

Halley hatte ihre Familie eingeladen: Tante Joy, Phoebe und Jamie. Bei Kane waren es sein Vater, seine Schwester und Nicky. Der elfjährige Jamie und der siebenjährige Nicky verstanden sich trotz des Altersunterschieds gut und verkrümelten sich zusammen ans andere Ende der großen Veranda.

Jackson Traynor, der bei Kane in der Werkstatt arbeitete, kam ebenfalls vorbei und brachte ein Sixpack Bier mit. Er schien sich über die Einladung zu freuen und unterhielt sich mit Joy, Andi und Phoebe über die Grundstückspreise in der Stadt.

Monty rannte von einem zum anderen, sprang an jedem hoch und wollte gestreichelt werden.

Von ihrer Mutter hatte Halley nie wieder etwas gehört … und war auch froh darüber, nichts mehr mit ihr zu tun zu haben. Den durch diese Frau verursachten Schaden hatte Halley verringern können, indem sie den Scheck storniert und auf Drängen ihrer Tante einen Privatdetektiv angeheuert hatte, der die Pfandleihhäuser auf der Suche nach dem Ring abklapperte. Letzten Monat hatte er schließlich Erfolg gehabt und Halley das Familienerbstück zurückbringen können.

Kane kam zu Halley und legte einen Arm um ihre Schulter.

Sie seufzte glücklich und lehnte sich an ihn. »Es ist total schön«, murmelte sie.

»Stimmt. Also was ist mit deiner Schwester? Glaubst du, sie könnte Interesse an Jackson haben?«, fragte er.

Halley schüttelte den Kopf. »Phoebe scheint zwar ganz gut beieinander zu sein, aber sie ist immer noch traurig, weil sie es nicht schafft, Jamies Vater ausfindig zu machen. Sie wurde schwanger, als sie noch in der Pflegefamilie war, und danach wurden sie und Jamies Vater voneinander getrennt. Ich glaube, im Moment will sie sich nur darauf konzentrieren, ihren Sohn großzuziehen.«

»Hmm. Sie ist aber eine zu starke Persönlichkeit, um für immer allein zu bleiben«, meinte Kane.

Halley zuckte mit den Schultern. »Ich hoffe ja auch, dass sie jemanden kennenlernt, denn ich will, dass sie das gleiche Glück findet wie wir.« Sie stellte sich auf die Zehenspitzen und gab ihm einen Kuss auf den Mund.

»Mmmm.« Er schlang einen Arm um ihre Taille und zog

sie an sich. Sein Schwanz drückte sich dabei demonstrativ gegen ihren Bauch, was sie fast dazu brachte, sich zu wünschen, sie hätten keine Gäste.

»Hey, hört auf damit! Hier gibt es auch Kinder!«, rief Phoebe von der anderen Seite der Veranda.

Halley schaute zu ihr rüber und verdrehte die Augen. Es gab keinen größeren Kane-Fan als ihre Schwester … außer ihr natürlich.

»Ich liebe dich«, flüsterte sie ihm ins Ohr.

»Ich liebe dich auch, meine Schöne.«

Sie wurde rot. Sie würde wohl nie genug davon bekommen, ihn diese Worte sagen zu hören. Dann streichelte sie seine Wange und fragte: »Bist du bereit, den Grill anzuschmeißen?«

»Kann's kaum noch erwarten.«

»Ich werd' mal Bestellungen aufnehmen«, meinte sie und ging dann zu den Menschen, die sie so liebte.

Sie wusste, wie glücklich sie sich schätzen konnte, dass Kane ihr noch eine Chance gegeben hatte, und dass es diese warmherzigen, liebevollen Menschen in ihrem Leben gab, die für sie da waren.

Und nie wieder würde sie ihre Familie oder Kane als etwas Selbstverständliches betrachten.

Lust auf mehr von Carly Phillips?
Dann lesen Sie weiter in *Love not Lost – Grenzenlos*

LESEPROBE

Carly Phillips
Love not Lost – Grenzenlos
ISBN 978-3-453-42403-6
Auch als E-Book: ISBN 978-3-641-26239-6
Erscheint im **Frühjahr 2022**

HEYNE

Das Buch

Die Immobilienmaklerin Phoebe Ward ist früh Mutter geworden und zieht ihren Sohn mithilfe ihrer Tante groß. Aufgewachsen in Pflegeheimen, musste sich Phoebe damals von dem Vater ihres Kindes trennen. Jahrelang hat sie versucht, Jack Nichols wiederzufinden, aber ohne Erfolg … Bis sie ihm eines Tages in Rosewood Bay gegenübersteht. Der Bauunternehmer arbeitet an demselben Projekt wie Phoebe und ist ein äußerst attraktiver Mann geworden. Und auch Phoebe ist noch anziehender als Jack sie in Erinnerung hat. Bekommen die beiden nach all den Jahren die Chance auf ein Happy End?

KAPITEL 1

Phoebe Ward flitzte in der Küche herum und machte sich für den Tag fertig. Wie üblich wurde sie von Terminen geradezu überschwemmt, die zwischen das zur-Schule-Bringen-und-Abholen ihres Sohnes gequetscht wurden. Da es Ende Juni war, standen die Sommerferien ohnehin kurz bevor. Dann würde sie einen Schalter umlegen und ihn morgens immer fürs Tagescamp fertigmachen.

»Jamie, komm endlich nach unten zum Frühstücken oder du verspätest dich noch!«, rief sie, damit er einen Zahn zulegte. Nach ihrer Berechnung hatten sie fünfzehn Minuten, um zu frühstücken, dann mussten sie sich auch schon auf den Weg zur Schule machen.

»Bin schon da!«, rief er, während er in die Küche geschlittert kam. Er trug einen marineblauen Kapuzenpulli, eine schwarze Trainingshose und Sneakers. Und roch, als hätte er in Axe gebadet. Der Geruch – eine Mischung aus Zitrus und Pfefferminze – war beißend penetrant, blockierte augenblicklich ihre Nasengänge und verdarb ihr jeglichen Appetit.

Sie atmete durch den Mund ein. »Was habe ich dir über das Vollsprühen mit Axe vor der Schule gesagt?«

Mit Unschuldsmiene schaute er sie an. »Hab ich doch gar

nicht. Du hast gesagt, dass ich duschen soll, und das hab ich gemacht.«

Also in dem Duschgel gebadet und das Ganze anschließend mit dem dazugehörigen Deo gekrönt. Na toll. Seine Lehrerin würde jedenfalls höllische Kopfschmerzen bekommen, wenn alle Kinder im Klassenzimmer so stanken.

»Ich rieche wie ein Mann!«, verkündete Jamie frech grinsend.

Sie verkniff sich ein Lachen. »Du riechst wie *irgendwas*«, murmelte sie. »Iss jetzt deine Eier. Wir müssen uns beeilen. Ich habe heute früh noch einen Termin.«

Er setzte sich auf einen Stuhl und begann sich das Essen in den Mund zu schaufeln. »Verkaufst du heute ein Haus?«, fragte er und warf einen Blick auf ihr Businesskostüm, das sie an Tagen trug, an denen sie Termine mit Kunden hatte.

»Kauen und runterschlucken, bevor du redest«, ermahnte sie ihn. »Zuerst treffe ich mich mit einem neuen Bauunternehmer bei Celestes Haus«, berichtete sie über ihre gute Freundin Celeste Renault, die nach New York City gezogen war. »Sie will ihr altes Haus verkaufen und ich soll die Renovierungsarbeiten beaufsichtigen. Und heute Nachmittag habe ich noch eine Hausbesichtigung, bevor ich dich von der Schule abhole.

»Cool!« Er nahm zwei große Bissen Toast und trank in riesigen Schlucken seinen Orangensaft aus. »Fertig!« Mit dem Ärmel wischte er sich den Mund ab. Sie seufzte.

»Du hast aufgegessen. Hühnchen aus dem Ofen sind fertig«, korrigierte sie seine Wortwahl. »Pack jetzt deinen Rucksack und dann nichts wie los!«

Er nahm seinen Teller, brachte ihn zum Spülbecken, ließ Wasser darüber laufen und stellte ihn dann in die Geschirrspülmaschine. Er war ein Junge mit all den für Jungs in seinem Alter typischen skurrilen Angewohnheiten, aber er war ein gutes Kind. Und in Anbetracht der Tatsache, dass sie ihn bereits mit sechzehn bekommen und danach praktisch allein großgezogen hatte – mit ihrer Tante Joy und ihrer Schwester Halley als einziger Unterstützung –, konnte sie sich glücklich schätzen, dass sie beide es eigentlich ganz gut hinbekommen hatten.

Sie lächelte, während er herumwuselte und seine Tasche packte, was er eigentlich schon gestern Abend hätte erledigen sollen. »Immer mit der Ruhe und geh auf Nummer sicher, dass du nichts vergisst.«

»Mach ich. Bin fertig.«

Sie schnappte sich ihre Schlüssel und beschloss, sich später unterwegs einen Kaffee zu holen. Dann gingen sie aus der Tür.

Sie setzte Jamie bei der Schule ab, winkte zum Abschied und schaute ihm nach, bis er sicher im Gebäude verschwunden war. Danach hielt sie kurz bei Grace's Coffee Shop, um sich einen Vanilla Latte zu besorgen, den sie auf dem Weg zu Celestes Haus trank. Es handelte sich um ein großes Anwesen, das sich nach seiner Renovierung für einen stolzen Preis verkaufen ließe. Phoebe fuhr in die Einfahrt, in der bereits ein Ford F-150 parkte. Der Fahrer war nirgends zu sehen, und sie stieg aus ihrem Wagen.

Später am Tag hätte sie mit mehr Trucks und arbeitenden Männern gerechnet. Vorne an der Einfahrt stand schon der Müllcontainer für alles, was man herausreißen würde, bereit. Celeste hatte sowohl dem Bauunternehmer als auch Phoebe einen Schlüsselbund gegeben, doch diese brauchte ihn gar nicht, weil die Tür einen Spaltbreit offen stand. Sie schob sie mit dem Fuß weiter auf, ging ins Haus und schloss dann die Tür hinter sich.

Mit Master's Construction hatte sie zuvor noch nie zusammengearbeitet, da die Firma außerhalb ihrer Heimatstadt Rosewood Bay ansässig war. Laut Celeste hatten sie solide Referenzen und deshalb den Zuschlag erhalten. Heute würde Phoebe zum ersten Mal den zuständigen Bauunternehmer treffen. Celeste wollte ein weiteres Augenpaar vor Ort haben, wenn sie selbst schon nicht da sein konnte.

»Hallo?«, rief Phoebe.

»Hier drin!«, hörte sie eine männliche Stimme antworten, die aus dem hinteren Teil des Hauses zu kommen schien.

Sie folgte dem Klang und bemerkte schließlich einen Mann, der gerade telefonierte und ihr den Rücken zuwandte. Er war groß, gut gebaut, mit definierten Muskeln, und sie ließ den Anblick auf sich wirken. Was für einen Hintern er hatte! Einen knackigen Arsch in ausgewaschenen Jeans.

Ungeniert gaffte sie ihn an, ihr Blick wanderte seine schlanke Taille hinauf und über seine breiten Schultern. Sein dunkles Haar war kurz und pechschwarz, genau die Farbe, die sie bei Männern so gerne mochte. Er trug ein hellblaues, durchgeknöpftes Hemd, die Ärmel waren hochgekrempelt, was seine sexy Unterarme zum Vorschein brachte.

Und dann drehte er sich zu ihr um, hob einen Finger, um ihr damit zu verstehen zu geben, dass er noch einen Moment zum Telefonieren bräuchte. Allerdings achtete sie gar nicht darauf, denn ein einziger Blick auf sein attraktives Gesicht genügte, um sie erstarren zu lassen. Er war erwachsener, als sie ihn in Erinnerung hatte, sah aber genauso gut aus wie damals.

Im Gegenzug riss er bei ihrem Anblick die strahlend blauen Augen auf.

Sie sah nicht einfach einen Fremden an, sondern starrte in die verblüfften Augen des Vaters ihres Sohnes – einen Mann, den sie schon, bevor sie von ihrer Schwangerschaft erfuhr, nicht mehr gesehen hatte.

»Jake?«, flüsterte sie und konnte nicht fassen, dass sie gerade im selben Raum mit ihrer ersten großen Liebe stand. Ihrem ersten Ein und Alles.

»Ich ruf dich zurück«, sagte er ins Telefon und unterbrach die Verbindung. »Phoebe? Verdammt, bist du das wirklich?«, fragte er und klang dabei genauso verblüfft, wie sie es war. Seine Stimme war noch die gleiche, wenn auch etwas tiefer und unendlich sexyer.

»*Du bist* Master's Construction?« Sein Nachname war Nichols. Wahrscheinlich arbeitete er für die Firma, aber bei seinem Anblick war sie wie betäubt, weshalb ihr diese dämliche Bemerkung herausrutschte.

»Ich bin für das Projekt hier verantwortlich«, erwiderte er und wies mit der Hand um sich.

»Aber Master's Construction hat seinen Sitz doch in Thornton«. Phoebe meinte damit die Nachbarstadt von Rosewood Bay. »Das heißt, dass du die ganze Zeit in der Nähe warst?« Sie konnte es immer noch nicht fassen.

»Sieht ganz so aus«, erwiderte er und verschlang sie förmlich mit seinen Blicken.

»Wow.« Nach Jamies Geburt hatte sie ihn unbedingt finden wollen. Ihre Tante hatte versucht, ihn ausfindig zu machen, aber ohne Erfolg. Ihr Privatdetektiv war in eine Sackgasse geraten, nachdem er herausfand, dass Jake das Heim verlassen hatte, in das er zur Strafe gesteckt worden war, nachdem man ihn mit Phoebe im Bett erwischt hatte.

»Setzen wir uns doch«, schlug sie vor. Er griff nach ihrem Ellenbogen und führte sie zum nächsten Sofa, seine Berührung brannte sich förmlich durch ihre Kostümjacke.

Sie ließ sich nieder und er nahm neben ihr Platz, viel zu nah und doch viel zu weit entfernt.

»Phoebe, o mein Gott, du siehst großartig aus«, stellte er fest, sein Gesichtsausdruck war freundlich, seine Stimme klang heiser, was sie daran erinnerte, dass er heute kein Junge mehr war, sondern ein Mann. Er wandte den Blick nicht von ihren Augen, als fürchtete er, sie würde sich in Luft auflösen, sobald er blinzelte.

Bei dem Kompliment brannten ihre Wangen, was bei ihr als blasser Blondine natürlich immer besonders auffiel. »Danke. Du siehst aber auch ziemlich gut aus.«

Ein Lächeln brachte seinen Mundwinkel zum Zucken und das Grübchen zum Vorschein, an das sie sich noch gut erinnern konnte.

Er war reifer geworden, seine kantigen Gesichtszüge waren definierter, seine Lippen voll. Ihr war, als würde sie geradewegs in die Augen ihres Sohnes blicken, als sähe sie sein zukünftiges, erwachsenes Ich. Bei dem Gedanken machte sich Panik in ihr breit.

»Was hast du all die Jahre gemacht, in denen wir uns nicht gesehen haben?«, fragte er und lehnte sich vor. Offensichtlich wollte er Versäumtes nachholen.

Ich habe dein Kind großgezogen, schoss es ihr durch den Kopf, und sie kämpfte gegen aufkommende Hysterie an. Sie musste ihm auf jeden Fall erzählen, dass er einen Sohn hatte, konnte aber auch nicht einfach so mit der Tür ins Haus fallen. Schließlich wusste sie rein gar nichts über sein Leben.

War er verheiratet? Ihr Blick wanderte zu seinem Ringfinger, aber keine Spur von einem Ring. Was allerdings nichts zu bedeuten hatte. Er könnte sich schließlich entschieden haben, keinen zu tragen. Oder er war unverheiratet, hatte aber eine feste Freundin. Oder Kinder.

Ihre Gedanken rasten. Sie brauchte definitiv mehr Zeit, um in Ruhe über alles nachdenken zu können. Um sich zu überlegen, wie sie es ihm schonend beibringen und ihm erklären könnte, dass sie ihn nicht absichtlich ausgeschlossen hatte.

»Phoebe?« Er stupste sie an, weil sie schon seit geraumer Zeit nichts mehr gesagt hatte.

»Ich arbeite als Immobilienmaklerin«, erzählte sie. »Deshalb hat mich Celeste auch damit betraut, ein Auge auf die Arbeiten an ihrem Haus zu haben.«

Er nickte verstehend.

»Und was ist mit dir? Was hast du die ganze Zeit so getrieben?«, fragte sie.

»Ich bin im Baugewerbe gelandet, nachdem … na ja, ich bin einem Typen begegnet, der mich unter seine Fittiche genommen und mir alles beigebracht hat, was er weiß.« Er rollte seine breiten Schultern nach hinten, und in seiner Stimme schwang Stolz mit.

»Das ist gut«, murmelte sie, unsicher, was sie sonst sagen sollte.

Sie schwiegen. Smalltalk fühlte sich irgendwie unangebracht an, angesichts der Bedeutung des Geheimnisses, das ihr auf dem Herzen lag. »Hmm … hör mal, ich muss jetzt los. Ich habe etwas Papierkram vergessen, den ich für einen Termin heute Nachmittag noch erledigen muss. Soll ich mit dir einen Rundgang durchs Haus machen, bevor ich gehe?«

Er kniff die Augen zusammen, offenbar verwirrt über ihre plötzliche Eile aufzubrechen, schüttelte jedoch den Kopf. »Ich bin startklar. Ich warte heute Morgen nur auf die Jungs, die die Küche renovieren sollen, und am Nachmittag auf die Leute, die fürs Bad zuständig sind.«

»Okay, gut. Dann lass ich dich jetzt mal.« Sie erhob sich, begierig nach frischer Luft. »Ich komm in ein paar Tagen wieder vorbei, um nach dem Rechten zu sehen.«

Damit ging sie in Richtung Eingangstür, bereit, sich schnell aus dem Staub zu machen.

»Phoebe?«, rief er, seine Stimme klang zu nah.

Sie drehte den Kopf und warf einen Blick über ihre Schulter. Er war aufgestanden und kam mit ausgestreckter Hand auf sie zu, als wollte er sie daran hindern zu gehen. *Groß und beeindruckend, einfach umwerfend*, dachte sie. Sie hatte das Gefühl, diese hellblauen Augen könnten geradewegs in ihre Seele blicken.

»Ja?«, fragte sie.

Er schenkte ihr ein herzliches, bezauberndes Lächeln. »Es ist schön, dich wiederzusehen«, sagte er, und es klang aufrichtig.

Sein tiefer Tonfall durchrieselte sie auf eine Weise, die etwas absolut Sexuelles hatte. O Gott. Also hatte sich auch daran nichts geändert. Sie war immer noch empfänglich für ihn.

»Gleichfalls«, flüsterte sie. Dann drehte sie sich wieder um, um zu gehen. Allerdings spürte sie seine Blicke in ihrem Rücken, als sie aus dem Haus hastete, als stünde es in Flammen.

★★★

»Was zur Hölle ist da eigentlich gerade passiert?« Jake Nichols rieb sich den Kiefer, während er der davoneilenden Phoebe hinterherstarrte. Ihre Hüften schwangen in ihrem taillierten, cremefarbenen Rock und der Anzugjacke, genau wie ihr seidig glänzender, hellblonder Pferdeschwanz hinter ihr her tanzte.

Als er ihr gegenüber saß, hatte er festgestellt, dass sie erwachsener geworden war. Und immer noch wunderschön. Aber die Frau, die er einst so gut gekannt hatte, war heute eine Fremde für ihn. Und sie war vor ihm weggerannt, als hätte er die Pest.

Sie wiederzusehen war eine absolute Überraschung gewesen. Er hatte geglaubt zu träumen. In den Jahren, in denen er sich alle möglichen Wiedersehens-Szenarien ausgemalt hatte, war ihm dabei nie in den Sinn gekommen, dass sie Angst vor ihm haben könnte. Und doch war es offensichtlich gewesen, dass sie so schnell wie möglich weg wollte.

Er fuhr sich durchs Haar, ihm war ganz flau im Magen. Phoebe war für ihn immer die Eine gewesen. Ja, sie waren jung und ganz schön blöd gewesen, aber selbst damals hatte er gewusst, dass er nie wieder so eine wie sie finden würde.

Das war ihm klar geworden, als man sie zusammen erwischt hatte und er den Kopf für sie beide hinhielt – das Problemkind verführt das unschuldige Mädchen und bringt es in Schwierigkeiten. Er hatte ihr keine Vorwürfe gemacht, obwohl nur er daraufhin in ein Heim gesteckt worden war. Die Dawsons waren seine letzte Chance auf eine gute Familie gewesen, und diese Chance hatte er vermasselt, genauso wie bei allen anderen Familien auch, bei denen er vorher gewesen war. Und genauso bei seiner alleinerziehenden Mutter, die nicht mit ihm fertig geworden war. Keiner wollte ihn mehr, nachdem er es auch dieses Mal verbockt hatte, und dafür hatte er bezahlt.

Als er zu den Dawsons kam, war Phoebe schon eine ganze Weile dort gewesen. Die Pflegefamilie war eine der besseren, aber er war ein zu großer Scheißkerl gewesen, um das zu kapieren.

Nur Phoebe war in der Lage, die Wut zu besänftigen, die damals in ihm loderte. Sie war sein einziger Lichtblick in der Zeit, in der das Jugendamt die Vormundschaft über ihn hatte. Phoebe war klug, fleißig und witzig, und sie hatte versucht, ihn im Zaum zu halten, aber nicht einmal für sie war er in der Lage gewesen, sich zusammenzureißen. Nachts hatten sie nebeneinander im Bett gelegen und geredet, nachdem alle anderen im Haus bereits schlafen gegangen waren. Sie hatte über eine gemeinsame Zukunft fantasiert; hätte er sich doch bloß verdammt noch mal nie dazu hinreißen lassen, ihr zu glauben.

Sie zu verlieren hatte unheimlich wehgetan. Anschließend war er völlig außer Kontrolle geraten und hatte sich nach dem letzten Heimaufenthalt sogar in noch größere Schwierigkeiten gebracht. Er dachte nicht gerne an diese Zeit zurück. Stattdessen konzentrierte er sich lieber auf das Hier und Jetzt. Und die Gegenwart war ja auch ziemlich gut.

Er ließ den Blick über das große Anwesen schweifen. Als er den Job annahm, hatte er nicht geahnt, dass das Phoebe wieder zurück in sein Leben bringen würde. Aber so war es.

Vielleicht war sie ja vor ihm weggelaufen, aber dieses Mal wusste er, dass er sie wiedersehen würde. Er könnte herausfinden, was ihr widerfahren war und was sie erlebt hatte, seitdem sie getrennt worden waren. Und hoffentlich mehr darüber erfahren, was für eine Frau sie geworden war.

***

Phoebe raste aus Celestes Einfahrt und fuhr nach Hause. Ihr war flau im Magen, Panik erfüllte sie. Sie steuerte in die kreisförmige Einfahrt des Anwesens, wo sie mit Jamie das Gästehaus bewohnte, und hielt vor dem Haupthaus, in dem ihre Tante Joy wohnte. Ihre Hände zitterten immer noch. Sie musste sich erst wieder beruhigen, bevor sie reinging und Joy die Neuigkeiten mitteilte. Dass *sie* Jake damals nicht hatte ausfindig machen können, er ihr heute aber wie aus heiterem Himmel über den Weg gelaufen war.

Doch so sehr sie selbst ihn damals auch hatte finden und ihm von seinem Sohn erzählen wollen, so sehr fürchtete sie sich jetzt davor. Jamie war jetzt elf, fast zwölf. So viele Jahre waren in der Zwischenzeit vergangen. Mit welchem Recht könnte sie sein Leben jetzt einfach dermaßen auf den Kopf stellen? Andererseits: Wieso auch nicht?

Sie erinnerte sich noch an ihre erste Begegnung mit Jake, als wäre es gestern gewesen. Trotz der vielen Jahre, die Phoebe in Pflegefamilien verbracht hatte, weit weg von ihrer eigenen, hatte sie ihre positive Einstellung zum Leben nie verloren, auch dank der Familien, die sie bei sich aufgenommen hatten. Ein einziger Blick auf den Bad Boy, der zu den Dawsons gekommen war, hatte genügt, und sie hatte sich Hals über Kopf in ihn verknallt. Sie hatte geglaubt – so wie nur ein junges Mädchen glauben konnte –, ihm helfen zu können, und sich schrecklich schuldig gefühlt, als nur er bestraft wurde und die Dawsons verlassen musste. Heute machte er allerdings den Eindruck, in seinem Leben danach alles richtig gemacht zu haben, auch wenn sie keine Einzelheiten über die letzten Jahre kannte.

Ein plötzliches Klopfen an ihrem Wagenfenster ließ sie zusammenzucken, und ihr entfuhr ein Schrei. Als sie aufschaute, sah sie ihre Tante, die neben dem Wagen stand und sie merkwürdig anschaute.

»Alles okay bei dir?«, fragte Joy.

Phoebe blickte in die grünen Augen ihrer Tante und nickte.

Sie stieß die Luft aus und schaltete den Motor ab, dann stieg sie aus dem Wagen. »Tut mir leid. Ich brauchte noch eine Minute, bevor ich reinkomme.« Sie sah ihre Tante an, die einen Hosenanzug trug, ihr blonder Bob glänzte seidig und sie war wie immer top frisiert, in der Hand hielt sie ihre Tasche.

»Bist du gekommen, um mich zu sehen? Ich wollte nämlich mit einer Freundin Mittagessen gehen, bin aber früh dran und hab noch Zeit.«

Phoebe nickte. »Hast du auch genug Zeit, um noch mal reinzugehen und zu reden?«

Joys Gesichtsausdruck wurde sanfter. »Aber natürlich! Ich ruf nur schnell meine Freundin an, dass wir uns ein bisschen später treffen.«

Das war typisch für sie, sie nahm sich immer Zeit für ihre Nichte. Genauso wie sie auch ihr ganzes Leben umgekrempelt und sich der Herausforderung gestellt hatte, Phoebe dabei zu helfen, sich um ihr kolikengeplagtes Baby zu kümmern. Diese ersten langen Jahre hatten sie gemeinsam durchgestanden, und Phoebe hatte es geschafft, die Highschool abzuschließen und gleichzeitig ihren Sohn zu haben.

»Bist du sicher, dass es dir auch wirklich nichts ausmacht?«, fragte Phoebe, die nicht so egoistisch sein wollte, andererseits aber gerade jetzt wirklich jemanden zum Reden brauchte.

»Aber natürlich«, erwiderte ihre Tante lächelnd.

Phoebe folgte ihr in das riesige Haus, in dem Joy aufgewachsen war.

Sie verschwand, um ihre Freundin anzurufen, und ließ Phoebe im marmorverkleideten Eingangsbereich zurück. Joy hatte ihr über diesen viel zu großen Raum erzählt, dass er früher, als Phoebes Großeltern noch lebten, kalt und abweisend gewesen war. Heute strahlte er dank Joys Persönlichkeit und der Auswahl seiner Ausstattung jedoch Wärme aus. Mit überdimensionierten Einrichtungsgegenständen hatte sie ihrem Zuhause Gemütlichkeit verliehen, und es gab auch keinerlei zerbrechliche Sachen, die so aussahen, als würden sie bereits vom bloßen Ansehen kaputt gehen.

Stattdessen gab es Familienfotos von Phoebe und Halley als Teenager und von Jamie in verschiedenen Altersstufen. Ihr Sohn war in diesen langen Gängen aufgewachsen und darin herumgetapst. Und kein einziges Mal hatte sie sich Gedanken gemacht, dass dabei irgendetwas zu Bruch gehen könnte.

»Okay. Jetzt gehöre ich ganz dir. Meine Freundin wollte den Lunch ohnehin verschieben. Sie ist erkältet und fühlt sich nicht besonders gut. Also hab ich so viel Zeit für dich, wie du willst.«

»Super! Können wir uns setzen?«, fragte Phoebe.

Joy nickte. Die beiden Frauen gingen in die große Küche, die ebenfalls von ihrer Tante verändert worden war. Aus einem Raum, der einst nur vom Personal zum Kochen genutzt worden war, war ein gemütlicher Aufenthaltsort für die ganze Familie geworden.

Phoebe legte ihre Tasche auf den Tisch und nahm Platz, bevor sie sich ihrer Tante zuwandte. »Du wirst nicht glauben, was mir heute passiert ist!«

»Schieß los.«

Phoebe schluckte. »Weißt du noch, wie du damals einen Detektiv engagiert hast, um Jake ausfindig zu machen? Jamies Vater?«

»Ja …«, erwiderte ihre Tante ein wenig misstrauisch.

»Na ja, heute war ich in Celestes Haus, um mich mit dem Bauunternehmer zu treffen, und da war er! Stand einfach da. Direkt vor mir.« Sie konnte es immer noch nicht fassen, dass sie ihm einfach so, ganz zufällig, über den Weg gelaufen war. Völlig unerwartet. »Ich meine, wie groß ist denn die Wahrscheinlichkeit, dass so was passiert?«

Ihre Tante wurde blass. »Du lieber Gott.«

»Ich weiß. Und die ganze Zeit hat er in Thornton gelebt«, erzählte Phoebe.

Joy rang die Hände und wirkte ebenso aufgewühlt, wie Phoebe war. »Was ist genau passiert? Worüber habt ihr geredet?«

Phoebe schämte sich, als sie flüsternd zugab: »Ich hab mich aus dem Staub gemacht. Er sieht Jamie so verdammt ähnlich, das hat mich völlig aus der Bahn geworfen. Und er hat mich gefragt, was ich in der Zwischenzeit gemacht habe und ich dachte: *Ich hab deinen Sohn großgezogen*. Deshalb hab ich dann Panik gekriegt und bin abgehauen.«

»Oh, Liebling.« Tröstend tätschelte Joy Phoebes Arm.

»Ich werde ihm von Jamie erzählen müssen. Ich brauche nur Zeit, um mir zu überlegen, wie ich das am besten anstelle. Was genau ich ihm sagen soll.« Sie verknotete ihre Hände ineinander und war mit den Nerven völlig am Ende.

Joy lehnte sich vor und seufzte. »Phoebe, erinnerst du dich noch, wie jung du damals warst, als du zu mir gezogen bist? Du warst praktisch selbst noch ein Baby, das ein Baby bekommt.«

»Ja, ich weiß.« Ihre Tante hatte sie aus der Pflegefamilie zu sich geholt, nachdem Joy von ihrer Schwester Meg – Phoebes und Halleys drogenabhängiger Mutter – von den Mädchen erfahren hatte. Zuvor hatte Joy jahrelang nichts von Meg gehört. Kurz darauf hatte Phoebe dann festgestellt, dass sie schwanger war. Sie wusste, welches Glück sie hatte, dass ihre Tante sie nicht dazu zwang, ihr Baby zur Adoption freizugeben … oder noch Schlimmeres.

Stattdessen hatte ihr Joy ermöglicht, weiterhin die Schule zu besuchen und dennoch das Baby zu behalten, das sich Phoebe sehnlichst gewünscht hatte. Man musste kein Psychologe sein, um sich zusammenreimen zu können, dass ein Kind, das in der Obhut des Jugendamtes aufgewachsen war, sich nach Liebe und Akzeptanz sehnte, selbst wenn es Glück mit seinen Pflegefamilien gehabt hatte. Sie hatte Jake verloren, erhielt aber die Chance, sein Baby zu bekommen und zu behalten. Ihr Baby, das sie bedingungslos lieben würde.

Dafür würde sie ihrer Tante für immer etwas schulden.

ENDE DER LESEPROBE